夏の夜のカヨ

真宮正次

郁朋社

装丁／宮田麻希

夏の夜のカヨ

序章　特別軍事作戦

二〇二二年二月二四日、武力によるロシアのウクライナ侵略が始まりました。八年前の二〇一四年に同じウクライナ領のクリミア半島を併合したのに飽き足らず、さらなる領地拡大を目論んでのことどす。

「威圧され民族虐殺に遭っている親ロシアの人達を守る為の特別軍事作戦である」とロシアの大統領プーチンは言っていますが、それはただの名目で明らかに二匹目の泥鰌《どじょう》を狙っての軍事侵攻にほかなりません。NATO軍は資金や軍事物資等によるウクライナ支援をうちだし、ここに実質的な戦争が開始されました。いつ終わるとも知れぬ戦争が始まったんどす。

実はうちは昔、縁あってこの両国を訪問しておりました。思い出すのは霧雨の中に佇む当時まだソビエト連邦と言われていた頃の首都モスクワどす。異国情緒あふれた建物や石畳が雨に煙って、街並みがぼうっと霞んで見えていました。ウクライナもまだ独立前であった為、キーウという都市も先進国にまみれる以前の東欧圏の古き良き居住まい――言わばあか抜けない良さを随所に醸し出していました。

ただ祖母に付き添っていっただけどすけど、あれからもう四〇年近くなりますやろうか。当時うちは高校生どしたけど、いつのまにかあの頃の祖母の年齢と殆ど変わらんようになってしまいました。

観光旅行などではおへん。あれは祖母の生涯において唯一無二の奇跡やったと思います。言うなれば生きてきた証に白黒をつけるための総決算……そんな数日でした。現地で体験したあの鮮烈な出来事はうちにとっても生涯忘れ得ぬものとなりました。

あの訪欧の旅以降はそれまでは聞き流していたようなことでも祖母の話には耳を傾けるようになりました。そう、祖母の若かりし頃の話——当時の大日本帝国での話どす。

国民には都合の悪い情報は流さない。反抗する者は捕える。兵員が減少すれば、規則を変えて徴兵による動員数を増やす等々、今思えば当時の大日本帝国と今のロシア共和国の共通点は枚挙に暇がないほどどす。

鬼畜米英——日本の言いなりにならないアメリカや西欧の国を政府はそのように呼んでいました。その米英から金融制裁・経済制裁を受け、物資に乏しい日本は徐々に追い込まれ、特に食糧事情は悲惨なものどした。

攻勢に出るロシアの姿が当時の大日本帝国と重なるなら、今テレビに映っているウクライナの国民が逃げ惑う様子は紛れもなく一世紀近く前、うちら日本国民の姿どす。

歴史は繰り返すと言います。うちはテレビに映る人達を見て以前にも増して祖母のことが思い出されてなりません。祖母もまた歴史の流れに翻弄された人やったんどす。

第一章　祇園祭の夜

「久方《ひさかた》のぉ、光のどけきぃ――」

「はい。しづ心なく花の散るらむ！」

ぱんと大きな音をたてて、女性が下の句の札をはたいた。百人一首のなかでも、ことに親しまれている一首――三六歌仙のひとり、紀友則の歌だ。

はたいた下の句の札を手許の取っている幾枚かの上に積み重ねる。既にそこそこの高さにはなっている。着物姿に襷《たすき》掛け、勇ましい出で立ちで勝負の席に座り直す。年の頃は三〇前後くらいか。

読み上げの方も年齢が同じくらいの女性が担当している。こちらは着物の上に割烹着を重ねてぃる。読み上げの係をしている分だけハンディになっているのか、取ったカルタの枚数は先程の女性よりは少ない。

その二人の女性の両脇にそれぞれ男の子と女の子がこれも人形のように着物で着飾って座り、カルタ取りに参戦している。

割烹着の女性の横に座っている男の子は小学校の低学年くらいか、坊ちゃん刈りの髪形に半ズボンのスーツ姿、首許の赤い蝶ネクタイがなんとも凛々しい。並べられたカルタに必死に眼を遣《や》っているが、手許の取った札は数枚ほどだ。向かい合っている女の子はそれよりさらに年下のようで、赤地に梅模様の振袖で着飾っている。こちらもまん丸いお顔の中の口をとがらせて、くりんとした目できょろきょろと見渡しているが、手許にはまだ一枚の札も取れていない。ときおり悔しそうにきゅっと引き締める口許から負けん気な性格が窺える。割烹着の女性が続けて読み上げる。

「忘らるる身をば思はず誓ひてし――」

「はい」

襷姿の女性が取る。

「なげきつつひとりぬる夜の――」

「はい」

これも同じ女性が取る。

「春すぎて夏来にけらし――」

「はい」

やっと少年が取れた。思わずその顔に笑みがこぼれる。一方でまだ一枚も取れない少女の方は大変だ。奥歯をかみしめ、なんとかこらえてはいるものの見開かれた眼からは今すぐにでも滴《しずく》がこぼれてきそうだ。

これを見て襷の女性が目配せをした。読み手の女性が微笑んで頷くと、こっそり隠し持っていた札を取り出してきた。おもむろに句を読み上げる。

「夏の夜はまだ宵ながらあけぬるを～」

その瞬間だった。

「はい、雲のいづこに月やどるらむ！」

ぱんとカルタの上から畳を叩く大きな音をたて、少女が元気な声で下の句を読み上げた。

「ええっ、夏夜《かよ》ちゃん、早よおすなぁ。まだ句を全部読んでませんえ」

「これは夏夜のおはこやから夏夜が取らなあかんの。おばちゃんやお母ちゃんに取られたらあかんの」

思わず問い掛ける女性にさきほどの半べその表情はどこへやら、元気な声ととびっきりの笑顔で少女が答えた。

――どこにでもある正月の風景。ここ朱雀《すざく》家でも二家族六人が集まって百人一首に熱戦を繰り広げていた。二つの家族というのは朱雀家と奥村家、祇園でお茶屋を経営している朱雀家に夫婦で教師を務める奥村夫妻が娘の夏夜を連れて年始の挨拶に来ているところだ。

炬燵《こたつ》で酒を酌み交わしているのが両家の主人、朱雀正と奥村宏文だ。こちらも正月用に和装できめているが、もうだいぶ出来上がっている風情だ。

一方でカルタをまき散らした六畳の間で上の句を読み上げている割烹着姿の方が正の妻である晴美、両の手を畳につき、虎視眈々と読み上げを待っている襷掛け姿の方が宏文の妻多恵とその横に鎮座しているのが小学生になるかどうかという年頃である娘の夏夜、向かいに座っているのが夏夜よりは少し年上になる朱雀家の一粒種の正夫だ。普段は脂粉の薫り艶《なま》めく祇園の色街も正月ばかりはごく普通の家庭と化していた。

祇園の茶屋――それこそは雅やかな京都にあってひときわ華やかに賑わう饗応の中心地だ。主に接待の場として舞妓・芸妓を呼び、贅《ぜい》の限りを尽くした食膳を提供する一等地である。

お茶屋と教師、一見共通点のない組み合わせの家族が懇意になった理由は少女の夏夜に起因する。

それは近所に住んでいる夏夜が朱雀家に出入りする舞妓に惹かれてのこのこ追《つ》いていったのがきっかけだった。

店へ入ろうとした舞妓がついてこようとする少女に気が付き、声をかけた。

「あれっ、お嬢ちゃん、どこの子？」

「夏夜ね、あっちから来たの。ここできれいなお姉ちゃんと一緒にいるの」

「ええっ、ちょっと誰かこのお嬢ちゃん、知っといやす？」

「はて、どこの子やら……」

「さあ……」

とまあ、まわりはこんな様子なのだが、当の少女は悪びれもせず、恐れる様子もなく、至ってご機嫌で舞妓さんにつきまとっていた。

たまたま通りすがりの人が夏夜を見知っており、どこの家庭の子か判明したのだが……とまあ、このような経過を経て、朱雀家と奥村家との交流が始まったのだ。

「夏夜ね、大きくなったら舞妓さんになるんえ」

いつのまにやらわがもの顔で出入りする少女はたちまちお茶屋に来る舞妓や芸妓の間で人気者となり、「朱雀」の一人息子の正夫よりもかわいがってもらえる存在となっていた。

「あら夏夜ちゃん、おはこなんて言葉、どこで聞いてきたんえ?」

正夫の母の晴美が尋ねる。

「あのね、正夫にいちゃんに教えてもうたん。夏夜のもんっていうことやねんて。『夏の夜は』って夏夜の名前がはいっているからやて。おはこ、おはこ〜」

「ええっ、正夫、あんたそんなこと夏夜ちゃんに教えたん?」

「うん、意味違《ちご》うてた?」

「いやまあ、大体そんなもんやろうけど……」

少女が調子に乗ってさらに話しかける。

「それでね夏夜、もうまくらのそうしも言えるようになったんえ」

「ええっ、枕草子ってあの清少納言の……聞かせて聞かせて」

晴美もさすがに大人の女性だけあって少女が何やら自慢したげな様子を見てとり、うまく話を合わせてくる。

「それでは言います」

もったいぶって少し間を取ってから少女が暗唱を始めた。

「なつはよる
つきのころはさらなり
やみもなほ　ほたるのおおくとびちがひたる
また　ただひとつふたつなど

ほのかにうちひかりてゆくもをかし
あめなどふるもをかし」
舌っ足らずの危なっかしい口調だったがなんとか最後まで言い終えた。

枕草子は平安時代、一条天皇の皇后である藤原定子に仕えた清少納言が著わした随筆で、少女が口にしたのはその冒頭の四季の段より夏の部を抜粋したもの、夏は夜に趣があるということを述べたものだ。

また清少納言というのは当時の貴族で歌人であった清原元輔《きよはらのもとすけ》の娘のことで、清少納言の「清」は清原姓に由来するものと言われている。さらには清少納言の曽祖父である清原深養父《きよはらのふかやぶ》が詠んだ「夏の夜はまだ宵ながら明けぬるを雲のいづこに月やどるらむ」（夏の夜は短く、まだ夜になって間もない宵のうちだと思っていたのにもう夜が明けてきてしまった。西の方まで行き着けそうにないあの月は雲のどのあたりに隠れるのだろうか、という意味合いで夏の夜の短さを月を擬人化することで表している）という百人一首に選ばれたこの歌が、枕草子の夏の段に影響を与えたとも言われている。

「すごい。夏夜ちゃん、お上手」
晴美が拍手をしてくれたので、夏夜がさらに調子に乗って続ける。
「うちの名前は夏夜。夏の夜って書いて夏夜。このまくらのそうしから取って、おばあちゃんがつけてくれてん」

「そう、おばあちゃんも随分ときれいな名前をつけてくれはったんどすなぁ」

「うん、おおきに」

「ほんなら、次の句、いきますえ」

年始のカルタ取りは続く。

しかし、その穏やかな光景とは裏腹にこの昭和七年、日本を取り巻く状況は予断を許さぬ情勢にあった。

即ち、前年九月、中国東北地区奉天《ほうてん》北部の柳条湖《りゅうじょうこ》において、日本兵により構成されている関東軍は作戦参謀を担った石原莞爾《かんじ》らの指示により満州鉄道線を爆破した。そして自ら実行したにもかかわらず、それを中国軍による攻撃とみなして中国東北の地に侵攻を開始し、ここに満州事変が勃発したのである。

軍部の先走りによる侵攻の流れは留まるところを知らず、じわじわとそしてやがて一気に日本の政治の世界にも浸透していった。

昭和六年の暮れ、若槻礼次郎内閣が倒れ、代わって首相となったのは犬養毅であった。協調外交を唱えていた外務大臣幣原《しではら》喜重郎は閣外に追いやられ、陸軍大臣に就任した荒木貞夫中将はさらに関東軍支援を推進した。

しかしこの犬養内閣もなまぬるいと政権運営に不満を持つ青年将校達によって翌年五月一五日、犬養毅暗殺によって幕を引かれることになる。所謂《いわゆる》五・一五事件である。時代はにわかに戦雲急を告げる様相を呈してきた。

そしてこの昭和七年、清朝の末裔である愛新覚羅溥儀《あいしんかくらふぎ》を擁した関東軍は三月一日、中国東北の地に満州帝国の建国を宣言した。

王道楽土を掲げ、五族協和を唱えた新国家であったがその実態は傀儡《かいらい》政権そのものであった。自らは軍を持たずに民を治めるという王道主義は、軍備のことは日本に任せるという都合のいい解釈であり、漢民族・満州民族・朝鮮民族・蒙古民族・日本民族の共生を理想とした五族協和の実体は中国人以下を三等人民、朝鮮人を二等人民、そして日本人を一等人民とする差別が堂々と罷《まか》り通っていた。

国家元首となった溥儀の下には政治機関として国務院が政治を掌《つかさど》り、国務総理が最高の地位にあった。しかし、同院に所属する中国人に実権はなく、関東軍から送りこまれた日本人だけで構成される次長会議が最高の決定機関と言われていた。だが、それも名目で、真の権力者としての実権は関東軍司令官にあった。

中国の首都北京からほぼ東に三〇〇キロ程進むと渤海湾《ぼっかいわん》に面した山海関《さんかいかん》という都市につき当たる。この山海関より東北にあたる奉天省・吉林省・黒竜江省等を日本では関東と呼び、その地に派遣された軍隊を関東軍と呼んだ。

満州国建国当時の関東軍司令官は本庄繁であったが、日本国の全権大使として、満州国を承認する日満議定書に調印したのは、本条の後任として現地に赴いた武藤信義であった。

その日満議定書の調印に遡《さかのぼ》ること数日前、暫行懲治盗匪法《ざんこうちょうちとうひほう》という制度が制定された。治安を維持するための法律とされているが、その中に記載されている臨陣格殺《りんじんかくさつ》という項目は、日本に反抗する者はその場で処刑しても構わないという——まさに江戸時代の切り捨て御免に匹敵する独断に満ちた権限であり、関東軍を前面に押し出した日本が如何に好き放題のことをしていたかという証左のひとつでもあった。

一方、国際連盟では満州国の実態を調査する目的で、ロバート・リットンを団長とする調査団を（所謂《いわゆる》リットン調査団）現地に派遣していたが、数カ月にわたる調査の結果、満州国が住民の自発的な運動による独立国とは認められないという結論を下し、委員会を設置して満州国の不承認を総会に諮った。

結果、不承認に反対であったのは日本ただ一国であり、欠席・棄権の国を除き一対四一の大差で不承認の閣議は可決された。しかし、この決定に不満を持った日本は国際連盟を脱退、以降孤立を深めていくことになる。

またこの頃世界の趨勢は、イタリアではムソリーニが抬頭し、ドイツにおいてはナチスが第一党を占め、ヒトラーが首相の座に就いた。ヨーロッパにおいても一触即発の機運が高まっていた。火薬庫はいつ爆発するのか？　綱渡りのような年が一年、二年と過ぎていった。夏夜は尋常小学校の低学年、正夫は高学年になっていた。

その日が来るのを夏夜は心待ちにしていた。八月一六日、大文字五山の送り火、京都の夏を代表する伝統行事だ。毎年目にしていることではあったが、今年は正夫やその母の晴美、二家族誘い合っていくということで嬉しさもひとしおだった。大文字は大晦日とあわせて年にたった二回、夜更かしが認められている日でもある。気がせくあまり、まだ明るいうちから早く行こうよとたびたび母をせっついていた。

「あっ、子犬だ！」

人に例えればまだ二つ三つぐらいであろうか、たどたどしい歩き方で草叢を進んでいく。その何ともいえぬ仕種とちらりと見えた愛らしい瞳が少女の心を捉《とら》えた。

「こら、待て」

夢中になった少女はどんどん子犬を追いかけていく。子犬にしてみれば、年端もいかぬ子供にいいように遊ばれては迷惑千万なのであろうか、手足を不器用に動かしてはどたどたと逃げていく。摑《つか》まえては逃げられ、逃げられては追いかけるを繰り返しているうちにいつしか母や正夫達とはずいぶん離れた場所に来てしまっていた。それに夏夜が気付いたのは子犬の方がへばってへたりこんだ時だった。

「つかまえたっと。そんなに逃げやんでもええんよ。あれ、ここ……どこ？」

一人で子犬を追いかけてきて皆とはぐれたことにこの時初めて気が付いた夏夜が四囲《あたり》を見廻した。どれだけ離れてしまったのであろうか、あれほどたくさんいた人の数もまばらになっており、提灯が僅かに二つ三つ見える程度だった。にわかに不安感がその小さな胸に押し寄せてきた。

「そんな……お母ちゃん……正夫にいちゃん……おばちゃん……」

みるみるうちに少女の目に涙が溜まり、その声とともに溢れ出してきた。こうなったらもう止めようがない。

「え〜ん、お母ちゃ〜ん、どこ〜……」

地理も、はぐれた時の対応もわからない少女にできるのは泣くことだけであったが、この時ばかりは薄明かりの中でこの声が幸いした。

「夏夜ちゃん！」

見覚えのある提灯が近付いてきて、その後ろから心配そうな少年の顔が覗いた。

「正夫にいちゃ～ん！」

立ちつくしたまま泣きじゃくっていた夏夜が正夫にしがみついた。その勢いのままにしばらくは猛烈な鳴き声をあげていたが、やがて不安が安堵に変わっていった夏夜の気持ちそのままに、しゃくりあげる頻度は徐々にその回数を減らしていった。


京都の夜を赤く染めた夏の風物詩も無事その役目を終え、一堂に会していた人達も散会してしまい、市内《まち》は再び暗闇と静寂に包まれた。その真っ暗な参道を分不相応な大きな提灯を持って、少年と少女が北へ向かって歩いていた。

「ふ～ん、そうなの。子犬を追いかけて離れてしもうたの」

少年の問いに少女が答える。

「うん、気が付いたら、まわりに人がいてへんから怖かった……」

「そうか……あのね、夏夜ちゃんがいなくなったのに気付いて、ぼくとお母ちゃんと夏夜ちゃんのおばさんとで、三カ所に分かれて捜すことにしたんよ。最終的に家《うち》の前で落ち合おうということで……でも、すぐ見つかってよかったわ」

「うん、おおきに」

口ではそう言ったものの、夏夜がさきほどの不安な気持ちを思い出したのか、繋いでいる手にぎゅっと力をこめた。しばらくして何かに気付いたかのように夏夜が鼻をぴくぴくとさせた。

「さっきしがみついた時にも思ったんやけど、何か正夫にいちゃん、いい薫りがする」

「ああ、これ。昔っからうちの家に伝わってるお香で、特別な時だけに焚くねんて。今年はおばあちゃんの初盆やったさかい……ええ薫りやろ。ぼくも好きやねん。夏夜ちゃんもうちに来たらそのうち……」

そこまで話して、正夫がおずおずときりだした。

「夏夜ちゃんは、ぼくの家にひとりで泊っていく自信ある？」

「えっ、じしん？　じしんってあのグラグラする……」

「いや、そうじゃなくて……う～ん、まだ夏夜ちゃんにはむずかしい言葉やったかな。ごめん、忘れて」

じしんという表現がまだ幼い夏夜には理解できないと察して、話を打ち切った正夫であったが、実は夏夜にはわかっていた。正夫の言うじしんがグラグラする地震などではなく、言わば気持ちの持ちようとでもいうような意味合いのものだということを。しかし、正夫に助けてもらったという気持ちの負い目が妙な照れとなって現れたものか、嬉しいのに素直に気持ちを表現することができなかった。少年の純粋な好意に答えられないもどかしい自分がそこにいた。

（ごめんね、正夫にいちゃん）

言葉の意味を説明してくれるか、別の言いまわしで誘ってくれないかと思ってはみたが、もう正夫の口からそのようなことが語られることもなく、気が付けば家の近くまで戻ってきていた。

花見小路通にはいると、正夫の茶屋《いえ》の前に人影がふたつ遠望できた。正夫の母の晴美と夏夜の母である多恵だ。いずれも先に帰り着いた二人は心配して家の前で待っていたのだ。

すぐ、人影の方から声がかかった。

「夏夜？」

お母ちゃんだ。夏夜が脱兎《だっと》のごとく駆けだした。

「お母ちゃ～ん！」

夏夜が猛烈な勢いで母の懐に飛びこむやそのまま大声で泣き出した。やはり心細かったのであろう。

「この子はほんまに……心配かけて……よしよし、もう大丈夫え」

夏夜がしがみついている間、ぽんぽんと背を軽く叩きながらあやしていた多恵であったが、ふと遅れて歩いてきた正夫に気が付いて声をかけた。

「おおきに。正夫ちゃんがこの子を見つけて、連れてきてくれはったんどすな。何や見つけてくれるのはあんたのような気がしてたわ。ほんまおおきにえ」

照れくさそうにはにかむ正夫。多恵の言葉を聞き、夏夜も正夫のことを思い出した。ふり向いて正夫の存在を確認すると、すぐに母の方に向き直って言った。

「うち、正夫にいちゃんのお嫁さんになる！」

目を丸くしたあと、多恵が大きく頷《うなず》いた。

「そうかそうか。よっぽど正夫にいちゃんに助けてもうたんが嬉しかったんやな。そうどすか、舞妓さんよりお嫁さんの方がよろしゅおすか」

何気なく言った一言だったが、夏夜にはどちらかを選ばなければいけないという意を含んだ重みのある言葉としてのしかかってきたように感じた。迷子になったという負い目もあり、母にとても意地悪のようなことを言われたように思えた。

「ど、どっちもなるんや。お母ちゃんのあほぉ！」

そう怒鳴って、再び泣き出してしまった。

一方で、正夫から仔細を聞いた正夫の母の晴美は目を丸くして思わず呟いていた。

「子犬を追いかけていったんやて？　それやったら枕草子の夏夜さんやのうて、まるで源氏物語にでてくる紫の上やおへんか」

源氏物語――それは枕草子とほぼ時を同じくして描かれた宮廷文学である。枕草子は中宮定子に仕える清少納言によって書かれた随筆だが、源氏物語は中宮彰子に仕えた紫式部によるいわば小説である。平安時代の貴族である光源氏と彼をとりまく女性達の物語であり、紫の上はその中でもとりわけ光源氏から生涯をかけて愛された女性として知られている。その紫の上と光源氏の出会いの場面が若紫の一節にある。

さては童べぞ出で入り遊ぶ。中に十ばかりにやあらむと見えて、白き衣、山吹などの萎えたる着て走り来たる女子《をむなご》、あまた見えつる子どもに似るべうもあらず、いみじく生ひ先見えてうつくしげなるかたちなり。髪は扇を広げたるやうにゆらゆらとして、顔はいと赤くすりなして立てり。

「何ごとぞや。童べと腹立ち給へるか」とて尼君の見上げたるに、すこしおぼえたるところあれば、子なめりと見給ふ。「雀の子をいぬきが逃がしつる。伏籠《ふせご》のうちに籠めたりつるものを」とていと口惜しと思へり。

子どもが何人かいて出たり入ったりして遊んでいる。その中にいた一〇歳くらいに見える子が白い着物の上に山吹色の着慣れた上着を着て走ってくる。その女の子は、他の子ども達とは似ても似つかないほど、また成長したらさぞや可愛いだろうという美しい顔立ちをしている。髪は扇を広げたようにゆらゆらと揺れていて、泣きはらした赤い顔をしている。

顔立ちが似ているので、隠れてのぞいている源氏からはその子の母ではないかと思える尼君が「どうしたの、ほかの子とけんかでもしたの？」と聞くと「雀の子をいぬきが逃がしちゃったの。せっかく籠の中に閉じ込めていたのに」とたいへん残念そうなようすだ。

このように光源氏がたまたま見かけた少女が、源氏の思いをよせる人に似ていたことから少女を引き取り、妻として育てていくことになるのだが、ここに出てくる「いぬき」というのは現代では取り巻きの童女のひとりと解釈されている。それを知ってか知らずか犬の子と思い込んで呟いた晴美だった。

夏夜、少女時代の夏の夜の出来事であった。

国際連盟に否定されたにもかかわらず、満州帝国は年々その人口を増加させていた。日本からの満蒙開拓移民に加え、中国南西部の人達が職を求めて入満してきたのだ。

では、いったいどういう職があったのか？　そしてそもそも日本は何を求めてこの大陸に新しい国を興したのであろうか。

それは一に大陸に眠る資源であった。常時四万人が働いていたといわれる撫順炭鉱に代表される炭鉱資源では、昭和一六年の年間生産では二、五〇〇〇万トンを出炭、その数字は日本の石炭生産高の半分近くまで達していた。また鉄鉱石の埋蔵量六億トン以上である鞍山では、溶鉱炉の増設で生産高を高め、その銑鉄生産高は年間一七〇万トンにもなり、こちらはなんと日本の生産高のおよそ八割にまで達していたのだ。他にも金・マグネシウム・軽金属等、持たざる国日本に対して限りないほどの資源の供給地を確保したのであった。

二に産業の開発である。昭和一二年、満州国は当時の資金で二五億円を投入して、満州開発五カ年計画を開始した。重工業を重点的に育成し、資源確保の次の段階として日本への資源の供給をめざしたのである。電力の開発のために吉林の松花江をせき止め、琵琶湖ほどもある湖をつくり、満州最大の水力発電所を築いた。また輸送機関として鉄道を敷き、大連―ハルビン間、およそ九五〇キロを線路で繋《つな》いだ。さらに兵器・自動車・飛行機等の製造にも及び、いつの日にかのソ連との決戦の時に備えていた。

そして三には日本人の移民先の確保であった。爆発的に増える人口を支えるには、国土の四分の三が山間部である日本列島ではあまりに狭すぎた。山を切り拓くには未熟な技術しか持ち得ていなかったし、火山帯を多数内包する地震列島では、山間部の切り崩しなどは自殺行為に等しいものであった。

加えて、従来は北米南米に集中していた移民であったが、好戦的とも取れる日本軍の海外進出が米国の反日感情を高め、遂に日本人移民の受け入れ中止にまで至ったのだ。日本は早急に新たな移民先を決定する必要性に迫られていた。

さらに四には東亜解放・大東亜共栄圏の設立であった。欧米の差別による経済的従属からの脱却を図るため、各国に呼びかけようとした日本であったが、その行為は結果として侵略そのものでしかありえなかった。

一方、遥かヨーロッパにおいては、首相の座に就いたヒトラーが次々と新しい方針をうちだしていた。まず国内において新党の結成を禁止し、ナチスをドイツ唯一の政党とすると、日本に遅れること半年、追いかけるように国際連盟を脱退した。こうなれば、もはやドイツの暴走を止めることはどの国にもできなかった。第一次世界大戦の敗戦時に結ばれたベルサイユ条約を破棄し、再軍備を整えた後は、スペインのゲルニカを空爆、オーストリアを併合し、チェコ侵入を開始した。

時を同じくしてイタリアも国際連盟を脱退、エチオピアに侵入し、アルバニアを併合した。

そして、一九三九年（昭和一四年）九月、ドイツ軍のポーランド侵攻をもって、遂に第二次世界大戦が勃発した。

翌年も両軍の侵攻は止《とど》まるところを知らなかった。ノルウエー・デンマーク・ベルギー・フランス・オランダを次々と攻略し、海を隔てた英国へも爆撃を開始した。そして昭和一五年九月二七日、勢いのまま、ベルリンにおいて、日独伊三国同盟の締結が調印された。この年、英国首相に就任したチャーチル、米国大統領に三選されたルーズベルトは威信をかけて、彼らと対決せねばならなかった。

米英は日本を軽視していた。「東洋の小国に何ができるか。中国侵略だと、それは日本の国力を消耗させるだけだぞ」と、あまり自らの関係しない遠方の出来事故《ゆえ》に、お手並み拝見とでもいうような鷹揚な態度で臨んでいた。しかし、ヨーロッパを席巻するドイツやイタリアと手を組み、さらには南方の仏印インドシナあたりまで侵攻するに及んでは、もう手を拱《こまぬ》いて見過ごすことはできなかった。日本への態度を硬化させ、積極的な中国支援が始まった。獅子が兎を倒すのに本気で牙を剥《む》いてきたのだ。

（米英と戦争を起こせば、日本は確実に滅びる）

山本五十六《いそろく》はそう考えていた。しかし連合艦隊司令長官という要職にある身で、それを口に出すことはできなかった。

米英に勝つ方法があるとすれば——先手必勝、ゲリラ的戦法で戦況を優位に運び、優勢な立場にあるうちに講和をまとめる。——それしかない。そう思った。

こうして昭和一六年一二月八日、早朝のハワイ真珠湾に日本の軍機が乱舞した。

午前七時五五分より始まった奇襲攻撃は、一次・二次あわせておよそ二時間ほどの間に米軍に筆舌に尽くし難いほどの大打撃を与えた。

その被害のほどは、日本軍が飛行機二九機、特殊潜航艇五隻の破損、死亡者はそれらの搭乗員六三名というのに対して、米軍では沈没・破損艦一七隻、喪失した飛行機二三一機、行方不明を含む戦傷者四、七八四名という凄まじいもので、日本から見ればまさに奏功著しい奇襲攻撃であった。

勢いに乗った日本軍は次々に侵攻を開始、半年ほどの間にグアム島・ミンダナオ島・シンガポール・マニラ等を占領下に治め、半年後の六月、真珠湾に次ぐ奇襲攻撃地点をミッドウエーに定めた。

地図上で日本とハワイを直線で結ぶ。その中間地点よりやや東側、東経一七七度二二分、北緯二八度一三分にある島々、それがミッドウエー、まさに日本を窺う拠点である。

この要所を襲うべく山本五十六が機動部隊の責任者として白羽の矢を立てたのは、前回の真珠湾攻撃に引き続き南雲忠一中将であった。

南雲は空母「赤城」に乗船し、艦艇一五〇隻、航空機一、〇〇〇機、将兵一〇万人を従えて戦地に赴いた。

しかし、柳の下に泥鰌《どじょう》は二匹といなかった。日本軍の使用する暗号は米軍によって傍受解読されていたのであった。攻撃予定が知られていれば、それはもう奇襲に非ず。日本軍はまさに相手の待ち構えているところへ、袋の鼠となって飛び込んでいったのである。

結果は明白、空母部隊は全滅し、日本軍は開戦以来初めて喫した敗北により、壊滅に等しい大打撃を蒙ったのである。

一〇〇万の戦力が一万を失っても、蚊に刺されたくらいにしか感じないが、一〇万の戦力しかないものが同数の被害を受ければ、忽ち残有戦力は逼迫したものとなる。戦前からわかっていたことではあるが、現実を目の当たりにした日本は、以降、尋常ならざる手段を連発せざるを得ない状況に追い込まれていくのであった。

国民は何も知らされてはいなかった。昭和一六年一〇月一八日、陸軍大将東条英機が内閣総理大臣となってからは、大本営の発表する情報がすべてだった。

真珠湾奇襲に成功せり
ビルマ制覇、連合軍を撃破分断
マンダレー攻略、怒涛の進撃
米空母レキシントン撃沈

紙面に文字が躍っていた。しかし、それとは裏腹に国内においては制限事項が年々その数を増していた。

総力戦遂行のため、すべての人的・物的資源を、政府が強制運用できる旨を規定した国家総動員法が公布され、ネオンは全廃、女性のパーマネントは禁止、毎月朔日《ついたち》を興亜奉公日とし、国旗掲揚・勤労奉仕が礼賛され、飲食店は休業を余儀なくされて、米・味噌・醤油等が切符配給制となり、とても勝利への進撃を続けている国とは思えぬほどの状況へ日々陥りつつあった。

義務教育である尋常小学校を卒業した夏夜は高等女学校に進み、早や高学年になっていた。まんまるだった顔の輪郭はやや卵型を帯びてきており、豊かな緑なす黒髪やつぶらな瞳はすれ違う人を思わず振り返らせ、また和装で花見小路通を行くときには一部の人に祇園小町と呼ばれるほどに美しく成長していた。

かった。

「大きくなったら舞妓さんになる」

そう主張していた夏夜は、既にそれが可能な年齢に達していたが、時代の流れはそれどころではなかった。

華やかだった祇園の色街も華美が戒められる時代の趨勢を反映してか暗く沈み、一千年もの歴史にも終止符を打ちそうな寂れた趣が漂っていた。

両親の後を継いで教鞭を執ろうか――昨今はそのように考えることが多くなった。そのための格好の相談相手が目の前にいた。正夫だった。夏夜と同じ小学校から中等学校へ進んだ正夫は難関を突破し、三高（京都大学の前身）合格を果たしていた。

男女七歳にして席を同じゅうせず――正夫の小学校卒業以来、話を交わす機会は随分と減ってはいたが、授業でわからない点があると、夏夜は委細構わず、その都度朱雀家を訪れ、正夫に教えを乞い、あるいは相談にのってもらっていた。

「正夫にいちゃんのお嫁さんになる」

口にこそ出さねど夏夜も正夫もこの言葉を覚えていた。幼い頃から共有してきた経験や思い出が二人の心に根付き、それが幼馴染みにありがちな躊躇《ためら》いや桎梏《しっこく》を生むことなく、自然な流れで愛情が育まれていた。もの静かな正夫と天真爛漫な夏夜、互いにないものに惹かれあう二人の帰結するところはひとつであり、双方の両親もまたそれを望んでいた。

何事もなければ、やがて結ばれ、平和な家庭を築くであろう二人だったが……

その二人を引き裂く運命は突然やって来た。

昔ながらの京都の住居や小路は思いもかけない奥行きを持っている。軽い気持ちで入った路地で、その迷路のような複雑な地形に途惑い、迷子になることもあるくらいだ。

茶屋「朱雀」でも表通りからは推し量ることのできない庭を奥に擁していた。庭と言っても一〇メートル四方くらいのこじんまりしたものではあるが、住居の奥の間以外の三方向を高い板塀で囲い、築山を配備した侘びの空間に杉・松・桜などの樹が植わっていた。奥の間の縁側から見ると、すぐ側に手水鉢が置かれ、傍らに植えられた八手《やつで》の樹がその掌《てのひら》のような大きな葉を伸ばしていた。足下には石砂が敷き詰められ、敷石を踏んでいけば隣に鹿威《ししおど》しの置かれた石灯籠に辿り着く。その敷石・石灯籠・築山のぐるりをびっしりと苔が覆い、何とも言えぬ風情を醸し出している。空は青く晴れわたり、梅雨の谷間に束の間ではあるが既に強くなりつつある陽射しを注ぎ込んでいた。もう夏は近い。

その夏の陽射しを一身に浴びながらも庭にしゃがみこんでいる男がいた。主人の正だった。正は昼過ぎから一時間ほど雑草を抜く仕事に精を出していた。雨上がりの陽射しを浴びて雑草はすぐ伸びていく。庭の景観を維持するために雑草取りは欠かせない仕事だった。最初からシャツとステテコの下着だけでの作業であったが、屈伸を繰り返す重労働と陽射しのため、既に全身は汗でびしょ濡れになっていた。

(やれやれ、歳を取れば年々きつくなってくる。こいつは早々に切り上げて、水風呂にでも入らんとやってられんな)

そう思って汗を拭い、腰に手を当てて背筋を伸ばそうとしたその時だった。

「あなた！　あなたーっ！」

正を呼ぶ晴美の声が響きわたった。

（何だ？　節操のない声を張り上げて）

正が汗を拭きながら振り返ると、表玄関にいたはずの晴美がもう奥の間まで走りこんできて、縁側に立ちつくしていた。

「そんな大声を上げて、お隣さんにつつぬけやぞ」

たしなめようと晴美を見遣《みや》った正だがその拍子に晴美の持っているものが目に留まった。翳《かざ》した手に握られているもの——それは赤い色をしていた。

「まさか——赤紙？　召集令状か！」

次の瞬間、血相を変えた晴美が足袋のまま庭に飛び降りてきた。赤子のようにたどたどしい足取りで敷石を踏んで近付いてくる。正の方から歩み寄ると、震えて翳《かざ》したままになっている晴美の右手から赤い紙片を捥《も》ぎ取り、紙面に眼を遣った。

「臨時招集令状」の文字が見えた。

（ああ、間違いない）

五〇間近い自分にまで令状が来るのか、事態はそれほどまでに逼迫しているのか、そう思うと一瞬くらっとし天を仰いだ。

しかし思い直して紙面を見た時、再度驚かされることになる。そこには正の意に反して「朱雀正夫」の文字が認《したた》めてあった。

（えっ？　……正夫？　何だと！　自分ではなく、息子の正夫が……）

紙面から眼を離す。そこには彼を凝視している妻の顔があった。

「あなた、これは……何かの間違い……どすわなぁ？」

令状を持っていた手もそうだったが、晴美のその声もまた震えを帯びていた。

「正夫はまだ三高の学生……それに何よりまだ未成年やおへんか！」

徴兵制度の該当年齢は二〇歳から四〇歳までのはずだ。必死の形相で問いかけてくる。眼の前の現実が信じられないのか。いや、何としても信じたくないのだ。

正も信じたくなかった。しかし赤紙を見つめているうちに、以前に耳にした噂を思い出した。

「学徒……動員か」

正が呟いた。

「えっ？」

初めて聞く言葉に晴美が問い返した。正が答える。

「噂を聞いたことがある。一五歳でお国のために予科練（海軍飛行予科練習生）に志願する者がいるというのに、成人となっても大学に在籍するため徴兵が免除となる学究の徒に対する否定的な意見を。これらの学生をあからさまに臆病者呼ばわりし、事あらば徴集の機を窺う輩《やから》の存在を。日本が進撃を続けている間はいいが、一旦守勢にまわれば、必ず現実味を帯びてくるであろうことを」

そう、これこそがミッドウエーで惨敗を喫した日本軍の窮余の策であった。後に丙種合格、人間魚雷、神風特別攻撃隊など非人道的な方策を生み出す日本軍の最初の秘策がこの学徒動員——学徒出陣であった。

「学徒動員やなんて、そんな……そんなあほな！」

晴美の悲痛の声が祇園の空に谺《こだま》した。


その頃、正夫と夏夜は並んで鴨川の土手に腰を降ろしていた。美しく成長した夏夜は上半身をセーラー服、下半身はもんぺという何とも不思議な服装だったが、髪はおさげにまとめあげ、はにかむ口許の八重歯も愛らしく、木漏れ陽にきらりと反射させていた。

正夫もまた丸刈りにした髪の剃り跡も凛々しく、若者らしくはきはきした口調で、夏夜の持参した代数の問題を笑顔で解説していた。

陽射し柔らかな木陰で、時の移ろいを緩やかに感じ、爽やかな笑顔を交わしていた二人はまだ何も知らなかった。

これから起こるであろうことを、まだ何も……


七九四年、桓武天皇によって京都に都が移された。しかし当時の平安京は不潔で、特に夏になると疫病が蔓延したという。古代の人達は、疫病は無念の死を遂げた怨霊の仕業と考え、貞観一一年（八六九年）、悪疫を鎮めるために、神泉苑に矛を立て、怨霊をこれに寄り付かせて、牛頭天王《ごずてんのう》を祀ったのが祇園祭の始まりと言われている。

吉符《きっぷ》入り（神事初めの儀式）

くじ取り式（山鉾巡行の順番を決める）

神面改め（神功皇后像のつける神面の確認）

神用水清祓式《しんようすいきよはらいしき》（神輿洗いの水を鴨川から汲み上げて清める）

神輿洗い（鴨川の水で神輿を清める）

山鉾建て（組み立てが始まる）

山鉾曳き初め（組みあがった鉾の試し曳き）

宵山（提灯に火が灯され、祇園囃子が演奏される）

山鉾巡行（都大路を巡行）

神幸祭《しんこうさい》（舞殿に安置された神輿渡御、四条御旅所へ奉安）

還幸祭《かんこうさい》（神輿の八坂神社への還幸）

神輿洗い（再び鴨川の水で清める）

神事済奉告祭《しんじずみほうこくさい》（祇園祭の終了を奉告し、神に感謝する行事）

疫神社夏越祭《えきじんじゃなごしさい》（無病息災を願い茅の輪をくぐる祇園祭最後の行事）

祇園祭といえば、山鉾巡行だけのように思われがちだが、実際には一カ月の長きに亘ってこれらの行事が行われている。八坂神社の祭事で、当初は祇園御霊会《ごりょうえ》と呼ばれていたものだったが、矛を鉾に代えることにより町衆に引き継がれていった。応仁の乱・天明の大火など途切れることもあったが、千年の時を超え、現代にまで継続されている京都の夏の風物詩のひとつだ。

（今年の祇園祭は随分と寂しいものになったな）

指定席のようになった鴨川の土手に浴衣姿で腰を落ち着けて正夫はそう思った。

とにかく食材や調味料が制限されているものだから、お菓子や飲食の類の屋台はない。あるのは金魚売りやお面ぐらいのものだ。

正夫の座った場所から右手に見えるのが三条大橋、左手側が四条大橋、さらに先の方には弁慶と牛若丸が相まみえたという五条大橋がある。もっとも義経記によると二人が出会ったのは五條天神宮の境内とされている。さらに五条の橋も今のものではなく、当時は五条大路と呼ばれていた今の松原橋と言われている。

例年なら人が溢れて大盛況の街並みなのに、屋台よりも空間が目立つ。香具師《やし》の人達も心なしか寂しげに見える。対岸は先斗町《ぽんと》・木屋町と京都一の飲食街なのに、名物の川床も提灯に火が灯っていない。もし戦争が続くようなら来年からは山鉾も出せないかも、いや祇園祭そのものができないかもしれない。

（祇園祭がなくなるくらいなら、他の行事もすべて自粛ってことになるんやろうか？

夏の初めを彩る祇園祭に対して、夏の終わりを告げるのは大文字、それから秋に入ると時代祭があったな。そのすぐ後は紅葉の季節、嵐山の渡月橋から見る山脈《やまなみ》は眼を見張るものがあった。

そしたらすぐ冬がやって来る。京都は盆地やから夏は暑く冬は寒いんや。師走は忘年会なんかで舞妓さん達も大忙しや。多忙な年の暮れが終わると正月や。初詣はいっつも八坂さんへ行ってたっけ。うちの両親や夏夜ちゃん達と一緒に。夏夜ちゃんが小っちゃい時にはおけら詣りの火をぶんぶん振り回して、危ない危ないって窘められていたのに、いつのまにか優雅に振舞うようになってたな。

正月恒例のカルタ取りでは、夏夜ちゃんの十八番は自分の名前がはいった清原深養父の歌やったな。「十八番」って言葉を教えてあげたら何が気に入ったのか「おはこ、おはこ～っ」って言ってまわってたな。

──そうや、何をする時も夏夜ちゃんが一緒やったんや。

寒い冬に湯豆腐を食べに行った時、土筆《つくし》を摘んだ野辺、円山公園の枝垂桜の花見も、葵祭の時も

──なんでもかんでも、いっつも一緒やった……）

人は死ぬ前に自分の一生を走馬燈のように思い出すという。明日には出征のため連隊の司令部に赴く正夫もまた、これまでの短い人生を振り返っていた。片手に赤紙を持ちながら何気なく見遣った眼の前には見慣れた鴨川の風景が映し出されていた。

まだ死ぬと決まった訳ではないが、立つ鳥跡を濁さず、自らの人生との決別の儀式を行っていた。

正夫の思い出す過去──そこには両親と共に必ず夏夜の姿があった。夏夜に自分の心の丈を告げずに征く──それだけが心残りであった。

「夏の夜はまだ宵ながら明けぬるを　雲のいづこに月やどるらむ」

件《くだん》の百人一首、清原深養父の短歌《うた》を口に出して詠んでみた。万感胸に満ち、怺《こら》えきれぬ思いが声となって漏れた。

「夏夜ちゃん……」

呟きとも囁きとも嘆きとも取れる声、我ながら女々しく思い、思わず苦笑いしたその時、後方《うしろ》から正夫に呼びかける声があった。

「そう、うちの名は夏夜。夏の夜と書いて夏夜」

思わぬ声に振り返る正夫。

いつのまにか傍らの樹の下に浴衣姿の夏夜が佇み、正夫を見つめて微笑んでいた。

陽が傾いてきた。太陽はその姿を山の端に没しつつあり、沈む直前の西陽《にしび》が京都の市街を照らしている。叢雲《むらくも》が徐々に陽を覆い、代わってその辺《あた》りに置かれてある山鉾のシルエットが浮かんできて、ひとつふたつと提灯に火が灯されていく。童謡のようにカラスの鳴く声が、次ぃで鐘の音が聞こえてくる。山鉾を除けば、ごく普通に日常繰り返される京都の黄昏時の光景だ。

（これが最後になるかもしれない。ようく眼に焼き付けておこう）

明日なき身の正夫には眼に入る物すべてが感慨深かった。こうして夏夜と並んで歩いていると得も言えぬ気持ちになっていった。

鴨川に平行している川端通をゆっくり北に向かって歩きながら、先程の夏夜との出会いを思い出すと恥ずかしさに顔が火照《ほて》ってきた。

「夏夜ちゃん」

思わず口から洩れた名前をすぐ後ろにいた当の本人に聞かれたのである。

「ええっ、何で夏夜ちゃんがここにいるの？」

「正夫にいちゃんの家に寄ったら、ひとりで祭を見に出かけたって言われたから、ひょっとしてこないだ勉強を教えてもうたここかなと思うて……そしたらいきなりうちの名前を呼びはんねんもん。びっくりしたわ。正夫にいちゃんいうたら後ろに眼でもついてんのかなて思ったえ」

「えっ？　あ、あぁそう、何か後ろに人の気配らしいもんは感じとったんやけど……そんなことより
せっかくのお祭りやから、ちょっと見てまわらへん？」

人の気配など全然感じてなどいなかった。それとなく話題を逸らしたものの、まったく正夫にとって冷や汗の出そうな瞬間であった。

「あっ、ほら鳥が降りてきた」

夏夜が川面を指さす。夕暮れの鴨川にふわりと鳥が舞い降りた。水面を嘴《くちばし》で啄《ついば》んでいる。

「暗くなってきたからわかりにくいけど、サギみたいやね。シラサギかな、それともアオサギ……」

「そうやね、京都だけにゴイサギと違うやろか」

正夫が答える。

「ゴイサギ？　京都だけにって……？」

「ああ、昔帝が捕縛を命じた時に逃げようとしたサギに対して、臣下の者が『勅命であるぞ』と告げたところ、おとなしく捕まったというんやて。これを聞いた帝は五位の位を授けて野に放してやったという言い伝えがあるんよ。ほら、あのオウムのような冠羽がその証だって。暗いけど見えるかな」

「へえ、そう言えば、頭に何やらかぶってはるわ。ほんならあのゴイサギは夕霧の君より位が上という訳ね」

「えっ？　あっ、そうか」

夕霧の君というのは源氏物語に登場する光源氏の御曹司である。元服に際して、貴族は通常五位以上の冠位を授かるのだが、源氏は息子に学問を学ばすために、敢えて官僚の位である六位にしたとい

う源氏物語の「乙女」の帖に基づく会話だ。

「驚いたなあ。夏夜ちゃん、いつのまに源氏物語をそんなとこまで読んでたん？」

「正夫にいちゃんには到底及べへんけど、ひととおりはね。でも、初恋の彼女である雲居の雁の手前、夕霧は悔しかったやろね」

「そうやね。やっぱり風潮としては位第一《くらいだいいち》ってことはあるやろうからね。清少納言も枕草子の中で『位こそ、なほめでたきものはあれ。やむごとなうおぼえ給う事のこよなさよ』と位というものはやはりすばらしいもので、位が高いと思われることはこの上もないことだというふうに綴っているからね」

「うわっ、今度は枕草子か。そっちはまだ殆ど読んでへんのに……」

「ゆっくり学んでいくことですな。もともとは枕草子の夏夜さんやさかい」

軽口をたたきながらも正夫は恐れていた。若い女性と二人で歩いているところを警官や憲兵に見咎めでもされたらただでは済まないであろうことを。しかし翌日には徴兵され、明日をも知らぬ僻地へ送られることを考えると、今の楽しいひと時を放棄するという自分の気持ちを裏切る行動を取ることなど到底できるべくもなかった。

(暗くなるまでは、なるべく離れて歩こう。万一注意を受けるようなことがあっても……なあに、いざとなればこれさえ出せばわかってもらえるだろう)

そう自分を納得させて、掌のなかの赤紙をぎゅっと握りしめた。

川端通を左に折れて御池《おいけ》通に入る。鴨川を渡るとすぐ寺町通だ。ここをもう一度左折し、山鉾の巡行とは逆に寺町通を南へ下る。陽はとっぷり暮れてしまった。本来なら提灯なしではとても歩けない時間だが、今日ばかりは明るい。

京都在住の人以外にはあまり知られていないが、祇園祭の行事のひとつに屛風祭というものがある。旧家に伝わる秘蔵の美術品や高価な衣装を見ることができるように、明かりを灯し、表戸を開放して、各家の玄関先に陳列するのだ。加えて山鉾に並んだ駒形提灯や屋台の明かりもある。その明かりが仄《ほの》かに翳《かげ》りを帯びて路地《みち》行く人を照らし出す。

気温も少し下がって、繰り出してくる人の数も増してきた。こんこんちきちんのお囃子と相俟って、やっと祭りらしい雰囲気になってきた。つい重苦しさに打ちひしがれそうになっていた正夫もまた、軽口をたたける程度に気持ちがほぐれてきた。

「夏夜ちゃんは舞妓さんや芸妓さんに使われる『妓』って字の意味、知ってる？」

「『妓』？　女偏に支えるって……」

「そう、」支えるをさらに分解すると？」

「十に又」

「うん、そうとも取れるけど、この場合は十一人と読んで欲しいんや」

「十一人、女が十一人？」

「そう、人並っていう意味を十人並とか言うでしょ。つまり、舞妓さんや芸妓さんになるような人は十人並ではいけませんよ。十一人並以上の器量の人やないと――っていう意味なんや」

「へえっ、ちっとも知らんかった。そんなんやったら、うちなんか全然あかんえ」

「とんでもない。祇園小町の夏夜ちゃんなら絶対間違いなし。なんせ清少納言が推薦する紫の上なんやから」

「ああっ」

自分の名前の由来といつかの大文字の日の迷子事件のことを言われてるんだと夏夜にはぴいんときた。

「もう、てんご（冗談）ばっかり言うて、正夫にいちゃんのいけず」

夏夜が拳《こぶし》をつくって手を振り上げる。浴衣の袖から見える二の腕も露《あら》わに正夫をこづく仕種をしたその時であった。

「貴様ら、ちょっと待ちやがれ！」

大向こうから声がかかり、軍服姿の男が二人の前に立ちはだかった。大柄な男だ。荒《すさ》んだ顔つきをしている。血走った眼で二人を睨みつけてきた。

「さっきから見ておれば、ちゃらちゃらしくさって。このご時世を何と心得とるか！」

正夫と夏夜の顔色が変わった。男の剣幕の前には、二人して立ちつくすしかなかった。

（しまった。気を付けとったつもりやったけど、暗くなって、つい気が緩んでしもた）

唇を噛み締める正夫、あっという間に人の輪の中心に三人の姿がさらけ出された。男の追及が続く。

「この瞬間にも兵隊に志願し、南方や満州に赴き、敵と戦い、挙句にバタバタと倒れている者達がいるというのに……さっきからの貴様らの態度は何だ。前線の同胞らに申し訳ないとは思わんのか。畏れ多くも天皇陛下に対して、どう申し開きをするつもりだ。貴様らは日本人の恥だ。その非国民の根性を叩き直してやる！」

言うや否や男の鉄拳が正夫の右頬を襲った。正夫がもんどりうって群集の中に倒れこんだ。

「正夫にいちゃん！」

夏夜がすぐに助け起こす。が、殴られた時に口の中を切ったのであろう、鼻と口から流れ出した血が正夫の顔を汚していた。

「いきなり、何ていうことを……！」

振り向きざま、男を睨みつけ、非難しようとする夏夜を正夫が制した。

「待ってくれ……」

そう言うと、夏夜に支えられてなんとか立ち上がった。徐《おもむろ》に浴衣の袖口を捜して、何やら紙切れらしきものを取り出した。赤紙だ。畳んであった用紙を開き、男に見せて言った。

「僕も明日には召集なんや。言い訳するつもりはないが、それで……」

「やかましいっ！」

正夫の言葉が断ち切られた。男の拳が今度は先程とは逆の左頬を見舞った。

「きゃあ！」

夏夜の悲鳴とともに再び正夫の身体が倒れ込んだ。間髪を入れず、男の台詞《せりふ》が追い打ちをかける。

「映画の水戸黄門漫遊記じゃあるまいし、そんな赤紙一枚が印籠の代わりに天下御免の許可状になるとでも言うのか。それさえあれば何にでも通用すると考えたようだが、甘いぜ。そんなもので俺達軍部の人間が納得すると思うか。延《ひ》いてはその赤紙を発布された軍隊最高権威の大元帥であらせられる畏れ多くも天皇陛下がご納得されると思うのか！　おう小僧、貴様は明日が召集か知らんが、俺はもう五年も大日本帝国のために命を張ってるんだ。なめたまねをさらすな！」

　巧妙にも天皇の名を出すことによって自らの行為を正当化してきた。こうされると正夫や夏夜はもとより、まわりの群集も迂闊に男に抵抗することはできない。

（くそっ、自分の感情の代わりに、天皇陛下を引き合いに出しやがって……逆効果だったか、しかし赤紙で説得できないとなると、他に手段《てだて》はないぞ……）

　みるみる頬と瞼が腫れあがって正夫の視界を閉ざす。その霞む正夫の眼に映ったものは――夏夜の後ろ姿であった。

　殴られた拍子に正夫が手離した赤紙を拾い、両の手で掴んで男の眼前に翳《かざ》し、やや腰を曲げたへっぴり腰の姿勢ではあったが、正夫を庇《かば》うように夏夜が男の前に立ち塞がった。

「やめろ、夏夜ちゃん。道理のとおる相手やない！」

　正夫が必死で叫ぶ。

　それを聞き流し、男が嘲《あざけ》るように言った。

「そんなものは通用しねえと言っただろう。まだわからねえのか。この娘《アマ》！」

　男の恫喝に夏夜が気丈にも言い返した。

「うちに手エ出してみい。あんさんもただでは済まへんえ」

「何だと……？　フン、何を言い出しやがる。天皇陛下に逆らうやつは、女だからといって容赦はせんぞ」

「うちに手エ出すことで、あんさんが今言いはった、この天皇陛下から賜ったご通知を破るようなことにでもなったら、あんさんも畏れ多くも天皇陛下に対して申し開きが立たんて言うてますんえ！」

「むうっ。この娘《アマ》、何を……」

男が一瞬怯《ひる》んだ。

「おおっ！」

群衆から感嘆の声があがった。この瞬間、夏夜と男の立場は逆転していた。男の言葉尻を捉え、道理を味方にした夏夜の機転が、男の傍若無人な振る舞いに眉を顰《ひそ》めていた群集をも味方に代えたのだ。

「そや、赤紙を破ったら、おまはん腹切ってもおっつかんぞ」

「千年も天皇がおられた京の都で、天皇陛下に無礼をはたらくんか」

「陛下に無礼をはたらくような奴は、京の町衆が黙っておらんぞ」

一気呵成、四方から男に罵声が飛んだ。天皇陛下の名を大義名分として使用することで、自らの行為を正当化していた男の狡知が、夏夜の機知によってひっくり返され、その置かれた立場は官軍から賊軍へと一八〇度転化させられていた。

「くそっ」

悔しそうに唇を噛み締めていたが、四面楚歌、多勢に無勢、こうなっては男に勝ち目はない。

「ええい、そこどかんか。見世物じゃねえぞ！」

そう言うと、踵を返して、逃げるように群衆に紛れ込んでいった。

次の瞬間、わあっと群集《まわり》の歓声があがった。危機は去った。

「おねえさん、よう言いはった」

「おにいさん、早よ手当してもらいや」

動き出した人々が声をかけていく。人の流れが元に戻っていった。

落ち着きを取り戻した正夫が夏夜に声をかけようとした瞬間、へっぴり腰だった夏夜の腰がよろよろと崩れ、後ろに倒れこんできた。正夫が慌てて支えたので、何とか尻もち程度にとどまったが、今にも気を失いそうな夏夜の呆けた表情を覗き込んで、正夫は思わず呟いていた。

「夏夜ちゃん、君って女《ひと》は……強い女《ひと》やなあ」

その呟きも聞こえない様子で、夏夜が何か話したがる素振りを見せた。

「に、にいちゃん……」

「ん、何？　起き上がるんか？」

「それが……」

「どうしたん？　夏夜ちゃん」

夏夜が何ともばつの悪い表情で恥ずかしそうに言葉を継いだ。

「にいちゃん、立たれへん。うち……、腰、抜けてもうた……」


京都の繁華街の中心地といえば四条河原町が挙げられる。南北に伸びる河原町通と東西に走る四条通、この縦横に交わる二本を数軸にして八方に町屋や神社仏閣などがあり、京都の街並みを構成している。

その四条河原町から四条通を東へ向かう。南北に伸びる木屋町通、先斗町通、縄手通、花見小路通を横切ると八坂神社に突き当たる。

八坂神社の前を南北に走っているのが東大路通である。北へ行けば東山三条から南禅寺のある蹴《け》上《あげ》、南へ向かえば清水寺や通し矢で有名な三十三間堂も近い。また八坂神社を通り抜けると、桜の名所である円山公園や浄土宗の総本山、知恩院が後方に控えている。

その八坂神社へ通じる石段に正夫が一人で腰をかけていた。さっきまでの河原町通の喧騒とは裏腹に東大路四条は静まりかえり、僅かに聞こえる祇園囃子の響きだけがその名残りを留めていた。

まもなくぱたぱたと足音が聞こえ、夏夜が小走りに戻ってきた。円山公園内を流れる小川で手拭いを水に浸してきたのだ。

「かんにん、正夫にいちゃん。遅うなって」

そう言って瞼や頬に手拭いを当て、鼻や口許にこびりついた血糊を拭う。正夫の腫れあがり、熱を帯びた顔に手拭いの冷たい感触が心地よかった。

「夏夜ちゃん、もう腰は大丈夫なん？」

「へえ、おかげさんで。もう何ともおへん」

「おおきに、夏夜ちゃん。助けてもうた上にこんな事までしてもうて」

「何言うといやす。助けてくれはったんは京の町衆どす。それに、元々はうちに原因があったようなもんやから……」

「優しいなぁ夏夜ちゃんは。さっきの勇ましい娘さんとは別人のようや」

「またそんないけず言うて。今度こそほんまにぶちますえ」

「わっ、もうかんにんして。これ以上顔が腫れあがったら、家に帰っても僕やとわかってもらわれへんわ」

「あははっ」

二人の顔に笑顔が戻った。ひとしきり笑いあった後、沈黙が二人を包み、視線が絡み合った。

見つめる正夫の眼に堪えきれず夏夜が視線を逸らし、奥の闇を見て言った。

「うち、八坂さんに昼間も来てたんえ」

「えっ？」

「正夫にいちゃんの武運長久のお守りを貰いに、ほら」

夏夜が袂からそのお守りを取り出した。紫の生地に金糸で八坂神社と縫い上げてある。

「正夫にいちゃんの無事を祈って。それからおばちゃんに言われたから恥ずかしいけどうちの写真も入れて……あと、おばちゃんから預かったにいちゃんの好きなもんも入れといたえ」

「僕の好きなもん、お守り袋に入るくらいの……ええっ、何やろ？」

「後の楽しみにしといて」

正夫の問いに夏夜が含み笑いをしてはぐらかす。会話を交わしながらも二人の視線はいつしか互いを見つめて離れない。

「ありがとう、夏夜ちゃん」

礼を言いながら正夫の手が夏夜の拳を包む。見つめあう二人の顔がさらに近付いた。

その時――

「勝ってくるぞと勇ましく～誓～って国を出たからは～～」

突如、男が現れ、大声で歌いながら二人の傍を通り過ぎていった。

吃驚《びっくり》して手を離し、お互いあらぬ方向を見て硬直状態になっていた二人だったが、

「進軍喇叭《ラッパ》聞く度に――」

男の声が遠ざかっていくや、ほっと胸を撫で下ろした。闇に紛れた二人のことは気付かなかったようだ。

「酔っ払いか」

「あぁ、びっくりした」

肩を竦《すく》めて目配せする二人だった。

正夫が照れ隠しのように提案した。

「夏夜ちゃん、も一回、八坂さんにお願いに行こ」

「えっ？　う……うん」

夏夜に嫌も応もない。

正夫にも躊躇《ためらい》はなかった。夏夜の手を取り、階段を駆け上がっていった。

暗闇にぱんぱんと柏手を打つ音が響く。

（八坂さんの神様、これまで何かにつけお守り戴き、ありがとうございました。僕もいよいよ明日に

は出征の身です。残していく父と母のことを宜しくお願いします。そして何より、今日も僕のために八坂さんのお守りを持ってきてくれた隣にいる夏夜ちゃんを守ってあげてください。お願いします。

朱雀正夫、お国のために立派に戦ってきます)

「よしっ」

誓願の後、再び柏手を打って正夫が顔を上げた。すっきりした面持ちで隣を見たが、夏夜はまだ手を合わせ、面《おもて》を伏せたままだった。一心不乱に何やら祈っている。

(おっと)

夏夜の気を散らさぬよう一歩下がり、振り返って境内を見渡した。暗闇に慣れた眼に、月明かりが夜の帳《とばり》に朧《おぼろ》の影を落とす。

(境内《ここ》でも随分遊ばせてもらったな)

静寂の中、しばしの間、感慨に耽る正夫だったが、はっと夏夜のことを思い出し振り返った。

先ほどまでと同じ姿勢の夏夜がそこにはいた。

(夏夜ちゃん、そんなにまで僕のことを……おおきに)

呟く正夫の前で、不動の姿勢をとっていた夏夜の姿が微《かす》かに動いた。震えている。夏夜の後ろ姿が小刻みに震え出した。そのまま背が次第に丸みを帯びていき、やがて、いつのまにか両の掌で覆っていた顔から嗚咽が漏れてきた。

「夏夜ちゃん!」

堪らず、後ろから正夫が呼びかけた。

一瞬びくっとした夏夜は、そのまま返答することも振り向くこともままならず、掌で顔を覆ったまま俯いていたが、やがて震える声を絞り出すようにして正夫に問いかけてきた。

「おかしい。こんなん絶対におかしいわ。何で戦争なんかあるの？　何で未成年の学生が戦争に行かなあかんの？　何で二度と逢えんかもしれん人に『生きて還ってきて』の一言を言うたらあかんの？」

夏夜の激情が迸《ほとばし》り出た言葉だった。

「ううっ……」

怺《こら》えきれずに夏夜が咽《むせ》び出した。

正夫がゆっくりと近付き、後ろから夏夜の両肩を優しく抱いた。

「夏夜ちゃんの言うとおりや。戦争なんか誰が始めたんや。戦争百害《こんなもん》あって一利なしや。誰が自分から進んで死にたいなんて奴がいるもんか。みんな自分が征《ゆ》くことで、祖父母、両親、兄弟姉妹、奥さんやわが子の命が守られることを信じて征くんやないか。自分の命を愛しい人の命と交換《ひきかえ》に征くんや。それを手向けの言葉が『死んでこい』とはあまりに哀しいやないか」

「……」

「なあ夏夜ちゃん、こんな戦争がいつまでも続く筈がない。平和な時代が必ず来る。その時こそ戦争の意義を糾し、次代に戦争の愚かさ、悲惨さを伝え、同じ過ちを繰り返さないように後世に説いていくのが、僕らに与えられた使命やないかな」

「……」

「与謝野晶子が戦争に赴く弟を思って『君死にたもうことなかれ』と詩《うた》ってからおよそ半世紀が経っ

てるけど、今の状況はその頃と何ら変わってへん。半世紀で何も変わらんものを僕らがどうこうしようとしても無理じゃないかとも思う。その時は僕らの子孫へ伝えていくんや。何年もの年月をかけて、子から孫へ伝わっていく間には動かへん山もきっと動くようになっていくよ。与謝野晶子は大阪の人やけど、京都の人間も平和を願う気持ちは決して引けを取らんということを見せてやるんや」

「……」

「なあ夏夜ちゃん、京都って何てきれいなんやろ。つくづくそう思たわ」

正夫が詩のように言葉を綴り始めた。

「暮れなずむ京の都
夕焼けの中を飛んでいく渡り鳥の群れ
黄昏に忍び寄る叢雲
鴨川を渡る風
その風にたなびく川端の柳
川床にかかる風鈴の音
ずらり並んだ駒形提灯
提灯によって闇に浮かびあがる山鉾
浴衣姿の乙女
その乙女と歩いた小路《こみち》

僕は生涯、この日この時を忘れへんやろう」

明日なき我が身を考えると、どこか投げやり気味だったかなと感慨に浸る正夫だったが、その気持ちを見抜いたのは夏夜であった。

「正夫にいちゃんの嘘つき！」

俯いて泣きじゃくっていた夏夜が、いつのまにか顔を上げ、直向きな眼で正夫を見据えていた。

「次の世代に伝えていこうなんて言いながら、今の正夫にいちゃんの眼は何？　その眼は生きることを諦めた眼や。死ぬことを覚悟した人が感傷に耽る眼やおへんか！」

「夏夜ちゃん……」

図星だった。隠していた心中をずばり言い当てられ、うろたえる正夫に夏夜がしがみついた。

「今まで辛抱してきたけどもうあかん。正夫にいちゃん、うちは強い女でも何でもない。うち一人では何にもでけへんねん。正夫にいちゃんがおらんかったらあかんねん。お願い、約束して！　生きて還ってくるって……」

夏夜が真情を吐露した。その赤裸々な訴えに正夫の気持ちが動いた。諦観の境地に至り澱んでいた眼に光が戻った。夏夜の思いが正夫の諦念を翻らせ、死から生へ、少なくとも精神的には生還を果たした。正夫の眼に生気が宿り、夏夜を抱く手に力が籠った。

「夏夜ちゃん、約束する。必ず生きて還ってくるって……君のために！」

「正夫にいちゃん！　――うちも約束する。さっき正夫にいちゃんが生涯忘れへんて口にした京都の光景、うちも決して忘れへん。二人の思い出としてにいちゃんが還ってくるまで、うちだけの心の奥に秘めとく。万一にいちゃんが忘れるようなことでもあったら、うちが必ず思い出させてあげる！」

「夏夜ちゃん！」

見つめあう二人。夏夜の潤んだ眼と正夫の刹那の眼、互いの瞳に映る相手の顔が次第に大きくなっていき、次の瞬間——

二つの唇は、そっと重ね合わされた。

ためらいがちに正夫の手が夏夜の背に廻され、その身をぐっと引き寄せた。

その手が最初はおずおずと、やがて次第に大胆に夏夜の浴衣の内懐《うちぶところ》に侵入していった。

こんこんちきちん　こんちきちん

夢中でしがみつく二人の耳に、祇園囃子の響きだけが刻みこまれていた。

戦局悪化のため、祇園祭はこの年を最後に姿を消し、再開には数年を要することになる。

第二章　ラーゲリ

「父上、母上、暑い日が続いておりますが、いかがお過ごしですか。

月日の経つのは早いもので、祇園祭の時に皆様より見送られてからもう一カ月、毎日が厳しい訓練の明け暮れで、正夫も心身ともにすっかり逞《たくま》しくなり、この度基礎教練を終え、いよいよ任地へ赴くこととなりました。行き先を知らされてはおりませんが、まわりの情勢から鑑みるとどうも満州のようです。異国の地で神国日本のために戦い、畏れ多くも天皇陛下を守護する一翼を担うと考えると何よりの誉れであります。

正夫は元気で日々過ごしておりますが、京都は盆地ゆえ、さぞ残暑が厳しいかと思われます。昼間はもとより、暑い夏の夜にも体調を崩さぬようご注意ください。

それでは、落ち着きましたら、また連絡をさしあげます。皆様方におかれましては、くれぐれもご自愛戴きますよう、重ねてお願い申し上げます
朱雀　正夫」

「正夫へ

君が征ってから初めての春を迎える。世の中の動きとは関係なく季節は巡り、円山公園の枝垂桜は今年も見事に開花、人々の目を和ませてくれている。しかし時節柄花見の宴席などは自粛しているので、桜の木もまた大東亜圏の平和を心待ちにしていることであろう。

さて、朗報だ。君の妻の夏夜が一子を生した。男児だ。私と君の名を継いで正人《まさと》と名付けた。元気ですくすくと育っている。夏夜の方も産後の肥立ちは悪くなく、母子ともに順調だ。これも現人神のご加護の思し召しかと思う。これで君も後顧の憂いなく思う存分戦い、満州の地で日本男児ここにありということを示してくれたまえ。そして一刻も早く勝利の報告を受けることを信じて待っている。頑張りたまえ。日本の勝利まであと少しだ。

朱雀　正」

（空が抜けるように蒼い。大地は三六〇度の展望を可能にしている。水平線は見たことがあるが、地平線なるものをこの眼で見ることができようとは……）

早いもので、正夫がこの満州の地に配備されてから、もう二度目の夏を迎えることになる。その間、幾度となく日本に宛てて便りを認《したた》めたのだが、未だかつて返事が返ってきた例《ためし》がなかった。検閲されるので、宛名は父の正にして、差し障りのない手紙を何通か送ったのだが返信が一度もない——ということは、こちらから出した手紙も届いていないということなのだろうか。

疑心暗鬼の憶測に苛《さいな》まれ、便りのない寂しさも手伝って、ここ半年ばかりは筆を走らすことも億劫になっていた。

「夏夜ちゃん」

正夫は何度この名を呼んだことだろう。何度夢の中にその面影を垣間見たことだろう。何度お守り袋の中の写真に話しかけたことだろう。夏夜と再会するということだけを心の頼《よすが》にして、日々を送っていた。

広い、とにかく広いこの満州で、夏場はからっからに乾いた大地が横たわっている。その干上がった大地で歩行演習が行われる。夜を日に継いで只管《ひたすら》歩け歩けだ。水場がないので水筒の水をきらすようなことでもあれば、すぐさま命に関わってくる。風が吹けば黄砂が舞う。これがまた粘り気を含んでしつこく、眼を洗ってもなかなか落ちてはくれない。軍服の隙間からも容赦なくはいってくるので、下着などもすぐ黄色く染まってしまう。雨の後などはもっと大変だ。粘土が足に絡まり、行軍の邪魔をする。足が上がらないほど粘りつくので、通常の二倍は疲れるし、洗濯に要する時間も二倍必要になってくる。新参の兵隊が入隊してくるので、今でこそ先輩兵になった正夫だったが、新兵の時は洗濯などの雑用や訓練時における連隊の雑具の運搬等がすべてまわってくるのだからそれこそ大変だった。

まずカラカラに乾いた大地を例に挙げたが、この大陸は決してそればかりではない。場所《ところ》によってはとてつもない規模で湿原地帯が広がっている。傍目《はため》には蜻蛉や蝶々が舞う美しい自然なのだが、どっこいとんでもない文字通りの落とし穴がある。

一つには底なし沼だ。泥炭地《でいたんち》の層なので、足許が泥濘《ぬかる》み、雨の後などは固い土質の層との境目がわからない。うっかり泥沼に踏み込んだら最後、そのままズブズヌと沈んでしまう。必ず二人以上で行動しないと、一人でそのような目に遭ったら絶対に助からない。

もう一つが谷地眼《やちまなこ》、言わば自然の造った落とし穴だ。湿原というのは水の上に島が浮かんでいる状態と考えてもらえばいい。ただその島の所々《ところどころ》に穴が開いており、その上を草や枯葉が覆っている。一度落ちてしまえば、覆われた草木に邪魔されて水中から上への穴が見えないうえ、踠《もが》けば踠くほど、水中の藻が手足に絡まってくるという危険極まりない場所《ところ》だ。

それほど危険な場所なら近寄らなければよいのだが、どっこいそれを利用する者もいる。匪賊《ひぞく》だ。殺人・略奪を生業《なりわい》とするこの集団が湿原地帯を拠点としてゲリラ活動を繰り返すものだから、罠と知りながらも追わざるを得ない状況もある。相手も命懸けの狐と狸の化かしあいだ。

湿原ばかりではなく、打って変わって草原地帯もある。人の頭を越すほどに茂った草木が延々とはびこっている。ここも逃げ込まれるとまず見つからない。もっとも逃げ込む方も迷路に飛び込むようなものだから、そちらも相当大変だ。

そして昼なお暗い大原生林、落葉松《からまつ》・椴松《とど》・杉などに代表される針葉樹林が、人間の立ち入るのを拒んで聳《そび》え立っている。その中に迷いこんでしまえば、樹林帯に陽を遮られて、忽ちのうちに方向を失い、すぐにも立往生する羽目に陥る。

また前方の高地を越えれば、そこはもう国境の向こう側――ソビエト社会主義共和国連邦だ。ソ連兵が手ぐすねを引いて待っている。この国境近辺に関東軍が配備されているのは、ソ連軍への牽制が目的だ。日ソ不可侵条約を結んではいるものの、双方とも隙あらば侵入への機会を窺っている曲者同士だ。今でこそヨーロッパ戦線に人員を割いてはいるが、ドイツやイタリアが降伏するようなことにでもなれば、一気に兵力を東側にまわしてくるであろう。質量共に豊富なソ連軍が満を持して国境を越えてくれば関東軍などひとたまりもない筈だ。

そしてソ連軍がドイツ軍に掻き回されているように、関東軍も中国の匪賊に煩わされていた。ひとまとめに匪賊と呼んではいたが、その構成される組織は何種類か存在した。

まず満州事変で敗れ去った張学良を主魁とした敗残兵達、次に頭角を現しつつある毛沢東の下、中国共産党軍として組織されたる者達、金日成の指揮下で朝鮮の独立を目指して戦っている者、そして元々は蒙古民族であった土着の馬賊達、さらには困窮しきった現地の住民、これらのゲリラが手を替え品を替え襲撃してくる。彼等はソ連軍と違って重機関銃や戦車・大砲といった大量破壊兵器は持っていないが、その分小回りがきく。さっと襲い、さっと引いていく様はまことに神出鬼没であり掴みどころがない。いたちごっこは果てしなく続く。

国境地帯に派遣された関東軍を取り巻く状況は以上のようなものであり、そこでは一触即発の膠着状態が続いていた。

そして、外患に対して内憂、軍隊に所属していても保証される身分や安全というものは存在しなかった。

不条理と書いて「ぐんたい」と読む。軍隊と書いて「りふじん（理不尽）」と読む。そのように取り沙汰される理由《わけ》を入営した者は直ちに我と我が身で納得させられる。

軍隊――そこにあるものは、ただ上意下達の精神とそれを実行するだけの肉体で、人間性などというものは全く必要とされない。寧ろ不要な感情があれば、それはすべて除去される対象にしかならない。どのような方法で除去されるのか？　命令という名を借りた制裁、私刑《リンチ》である。

上官の言うことは絶対だった。カラスは白いと上官が言えば、それはそうなのだ。過ちを指摘する、訂正する、躊躇う、逆らう――すべて結果は同じ、即座に鉄拳が飛んでくる。立場を下に置くものが口をはさむ余地などまったくないのだ。鉄拳、あるいは竹刀による殴打、こういった瞬間的な苦痛はまだ軽い方だ。手足を突っ張っての腕立て伏せ、あるいは壁に凭れての人間椅子、これらは体力の限界を超えるまで続けられる。しかし団体責任で行われる場合、たいていは誰かが堪えきれなくなるまでということで、体力的に優位な者ならやり遂げられよう。真《ほんとう》に辛いのは肉体と同時に精神をも苛むものだ。

例えば柱にしがみつき体力の限り「み〜ん、み〜ん」と鳴き続きさせる「人間蝉」という名の拷問。これを人前でさせられる。声を憚《はばか》れば叱咤されるし、体力が続かず手を離して倒れ込めば、容赦なく打擲される。面子も人格もあったものではない。後輩や年少者の前であっても晒し者にされ、プライドはずたずたに引き裂かれてしまう。それが軍隊の鉄の規律を生むためには格好の処罰だというのだ。

慣れぬうちは大の男が人目も憚らず泣かされてしまうことも日常茶飯事であり、昼間こそ辛抱していた者達も夜になると絶えきれず、部屋のあちこちから嗚咽の声が聞こえてくる。

新兵さんは可哀そうだね
また寝て泣くのかよ

まさにこの進軍喇叭《ラッパ》の替え歌は現実そのものだという証明が日々繰り返されるのだ。

そして、それに堪え切れなくなった者の末路はといえば、ある者は精神に異常をきたし、またある者は自殺を企《はか》る。選択肢のひとつとして脱走も考えられるが、これも命がけである。捕まれば公には重営倉入りと言われているが、十中八九、その前に私刑で嬲《なぶ》り殺しの目にあう。よしんば逃げおおせたとしても、僅かばかりの食料と水で、この過酷な大自然の中どれだけ身体がもつものか。ソ連に投降という手段もあるが、自分達日本人が中国人の捕虜にしてきた残酷極まりない仕打ちを考え、同じ酷い眼に合わされると思うと到底踏ん切りがつかない。

と、なれば――只管《ひたすら》堪えるしかないということだ。正夫はそう結論付けていた。

幸か不幸か動乱の南方戦線に較べてこの満州の地は膠着状態が続いている。何かが終わるその時まで、とにかく堪えて待つだけだ。

連合艦隊司令長官である山本五十六元帥が戦死し、その後を継いだ古賀峯一元帥もまた殉職した。南方では転進（実は撤退）が相次いでいるという。冷静に現状を分析すれば、どういう形であれ終戦が近付いているのは間違いないだろう。何とかその日まで生き長らえたいものだ。そう考えたところで、正夫はふと自嘲した。

（僕は意気地なしなのかな）

すぐに思い直して首を振る。

（いや違う。この戦争が間違っているんや。夏夜ちゃんと約束したのは、生きて還るってことだけやない。その後、こんな思いをする人のないように、戦争をなくすために生きようって。その使命が残っ

ているんや。待っててくれよ夏夜ちゃん）

誓って空を見上げる正夫だった。その空は遥か彼方で、遠く日本と繋がっている筈であった。

格子戸をがらがらと開ける音がして、

「お母ちゃん、明けましておめでとうございます」

夏夜が入ってきた。

「あぁ、夏夜か、おめでとうさんどす。久し振りやな」

多恵が割烹着の前で手を拭きながら玄関先まで出てきた。何やら洗い物をしていたらしい。

「アケマッテ、オメト、ゴザマ……」

「ま、正人ちゃんも一緒かいな。はいはい、おめでとうございます。もうそんなに喋れんのんか、かしこいなぁ

まぁ、上がっておくれやす。火鉢に火も熾《おこ》してますえ。ささ……」

夏夜が多恵に招き入れられて、正人の手を引きながら上がり框を越え客間に向かう。勝手知ったる他人ならぬ自分の家だ。客間に鎮座ましますのが何とも面映い。後で自分の部屋も覗いてみよう。何たって一六年余りも過ごした自室《ところ》なんやから。

「はい、お待っとうさんどすえ」

多恵が急須と湯飲み茶碗を盆に載せて運んできた。

「夏夜、ちょっとこれでお茶いれといて。他《ほか》のもん持ってくるから」

夏夜がお茶を入れ、湯飲み茶碗を両の掌で覆って暖まっていると、

「どっこいしょっと」

多恵が網と餅を持ってきた。

「待っといてや正ちゃん、今お餅を焼いたげるさかいな」

そう言うと網を火鉢に掛け、丸餅を三つ、四つと載せる。

この正月に家でも同じように焼いて食べたのであろう。正人が手を火鉢に翳《かざ》しながら、餅が膨れるのを凝視《みつ》めている。それを微笑みながら見ていた多恵が正人から眼を離し、夏夜に視線を移して話しかけてきた。

「はい、お待っとうさん。実家《うち》へ来てくれたんが久し振りなら、着物姿も久し振りどすな」

多恵が初めて眼にする落ち着いた留袖だ。朱雀家で作ってもらったものだろう。

「それももう今日でおしまいやけどね。正月の三が日くらいもんぺと違《ちご》て、普通の格好をしとおすもん。お母ちゃんかてそうどすやろ」

「あたりまえどす。京の着倒れの女子《おなご》が洒落《しゃれ》っ気を失くしてどないしますか。どんどん着なはれ。

——言うても、やっぱり、せいぜい今日ぐらいまでやろうけどな。

それはそうと、今日はゆっくりしていけるのんか？　お父ちゃんは挨拶廻りで、夕方まで帰ってきはれへんさかいな。そっちの親御さんには何時頃帰ると言うてきたんえ？」

多恵にしてみれば、近くにいながらなかなか会えない娘と孫、ゆっくりした時間が持ちたくて仕方がないようである。

夏夜が微笑んで答える。

「まだまだゆっくりできるえ。なんせお義父さんが着倒れから食い倒れに行きはったから」

「食い倒れ？　大阪かいな」

「へえ、正月の顔見世の寄り合いやそうどす。阿倍野の方らしいんで。お義母さんが『ゆっくりしておいで』って」

昔《いにしえ》より京都と大阪の二大都市は京の着倒れ、大阪の食い倒れとそれぞれの特徴を示して、並び称されてきたものである。

「何もこんな時、安全な京都から危ない大阪へ行かんでもよろしおすのに。去年、東京は何回も空襲に遭うて、次はきっと大阪が狙われるていう専《もっぱ》らの噂やのに」

「うちもそう言うて、止めたんやけど……」

「けど？」

「年初めのどうしても外されへん寄り合いやし、アメリカさんも三が日はお休みやろ――って」

「おやまあ、アメリカさんに三が日なんておしたっけ？」

多恵が眼を丸くして続ける。

「鷹揚なもんどすな。ま、それくらいやから、あんたがその子を孕んでるてわかった時も、怒るよりも寧《むし》ろ喜んでくれはって……」

「ちょ、ちょっとお母ちゃん、そんな話、いまさらひき合いに出さんでも……」

あの祇園祭の夜のことだ。互いの情熱の赴くままに結ばれた二人だったが……大文字の頃に月のものがないのに気付いた。まさかとは思ったが、九月になっても同様の状態が続いた時にはどうやら子供を身籠ったのを認めざるを得ない状況に陥った。（これはえらい事になった）と相談したくても当の正夫は既に連隊入りして連絡の取りようもない。日にちが経つほどにまだ膨れてもいない下腹部が目立ってくる気がしてくる。食欲が減り、今まで何ともなかった臭いが不快になり、えずき（吐き）そうになる。不安は募るのに誰にも相談できない。そのジレンマに圧《お》し潰されそうにしながらなんとか隠していたのだが、何度目かの悪阻の時にとうとう母の多恵に見つかってしまった。問い詰められ顔を真っ赤にしながら仔細を白状したのだが、それからがまた大変だった。恥ずかしがる夏夜を強引に朱雀家へ連れていった多恵は、正・晴美夫妻の前で事情を語ったのだった。父親が正夫だということが信じてもらえるのか、信じてもらえたとしても結婚はおろか、結納も交わしていない身でのこの不始末、子を堕ろせと言われるのだろうか？　そうだとすれば費用は如何ほどするのだろう？　とりとめのない考えのまま千々に乱れずっと顔を伏せたままでいた夏夜だったが、意外にも正には「よくやってくれた」と言われ、晴美からも「今まで誰にも言えず、ひとりで大変どしたやろ。今思えば正夫からたった一通届いたあの手紙に『夏の夜にはご注意ください』という文章がおした。あれはこういう事態を想定してのことやと思います。手紙の内容は全部検閲されるいうからこれが精一杯のメッセージやったんどすな。それにうちらがもっと早《はよ》う気付いてやってたら……夏夜ちゃん、あの子を恨まんといてやってな。あの子は限られた範囲の中でできる限りのことをやってくれたんや。悪いのはそれに気付かんかったうちらどす。これからはうちらもできる限りのことはするから何でも言うとくれやす」と労《ねぎら》われた瞬間、その場に突っ伏して大声で泣き出してしまった。

（正夫にいちゃんはうちのことを忘れてなかった。出征した後、相談相手とはなれぬ自分の代わりに、途方に暮れるであろううちのために手を打ってくれてたんや。やっぱり正夫にいちゃんや）

緊張感が解け、安堵と恥ずかしさのあまり涙が途切れることはなかった。その後、その席でのことは何も覚えていない。気が付けば実家の布団の中で眠っていた。部屋の窓から紅葉を見つめ、初めてその秋の季節の移ろいを感じることができた。それからは実家と正夫の家を行き来することが増え、出産の後は先方に移り住んで、子育ての合間にお茶屋の仕事を手伝う毎日に明け暮れていた。

やっと落ち着いた暮らしの中で、迎えた正月、実家に帰り久し振りに寛《くつろ》いだ気持ちに浸っていたところに多恵の懐古するような言葉が耳に入った。そちらは懐かしむ余裕が出てきたかもしれぬが、夏夜にとっては二度と思い出したくない恥ずかしい日々だ。慌てるのも無理はない。だが多恵は悠然としたものだ。

「もう昔のことやから構しまへんやろ。ほんまにあんたから告白された時にはどないしてええかわからへんかったわ」

「う、うち、ちょっと、うちの部屋見てくる」

言うが早いか、夏夜が風を巻いて階段を駆け上がっていった。

「何も今さら逃げんでも……なあ、正ちゃん、おかしなお母ちゃんやなあ。あぁ、お餅が膨れてきたわ。もうちょっとどすえ」

夏夜に逃げられた多恵はすぐに正人を相手に話し始めた。

「ぷうう」

正人が膨らんだ餅を見てほっぺを膨らます。

「あはははは」

多恵の高らかな笑い声が階上に聞こえてきた。

二階に上がった夏夜はかつては自分のものだった部屋の中心に座ってみた。徐《おもむろ》に首を上げ四囲を見廻す。やはり懐かしい。

窓際には一〇年の勉学を共にした机、畳には燐寸《マッチ》で火遊びをして焦がした痕、柱には唱歌の「せいくらべ」さながら身長を定規でつけた傷、押し入れの蒲団の裏側にもぐりこんで隠れん坊をした日々が微笑ましく思い出される。ついこの間まで、そのように子供の日々を過ごした自分が今や一児の母として、戦時中ではあるがそれなりに恵まれた日を送っている。しっかりしなくてはと自分に言い聞かせる。

多恵が口にしたように、正人共々朱雀家の人間として迎え入れられ、義父母である正や晴美と比較的平穏に暮らしている身にとって、正夫のことだけが気がかりだった。便りは満州に発つ時に届いた一通だけで、その後は梨の礫《つぶて》だ。そんなに筆不精という訳ではないだろうから、届かないのは戦局時の交通事情のせいとおおよその察しはつくのだが……

（ふふふ……）

もしこちらからの便りが全く届いていなくて、急に還ってくるようなことでもあれば、正人を見てどんな反応を示すか——などと考えると、ふとにやけてしまう。

（うちは楽天的なんやろか）

そんなことを思いながら何気なしに窓を開けてみた。

あぁ、この光景も変わらない。道を隔ててお向かいの店が散髪屋、洗濯屋、看板屋さん、真冬の引き締まった冷気が正月の人通りの少なさと相俟って、凛とした空気を醸し出している――筈なのだが、何やら道を行き来する人の数が多いし、慌てている様子だ。何かあったのだろうか。

ちょうどその時、小走りに駆けていく顔見知りのおばさんが夏夜の眼にとまった。

「小池のおばちゃ～ん」

二階から夏夜が呼びかける。呼ばれた女は一瞬きょとんとしていたが、すぐに夏夜に気付いて返答した。

「あぁ、夏夜ちゃん。帰っとったんかいな」

「おばちゃん、おめでとう――どうしたん、みんな？　何やらバタバタして」

「えっ？」

「それが……大阪が空襲みたいなんや」

「高台から見る大阪の上空が真っ暗になってるらしいわ。あてらも避難せなあかんかもしれんえ。――ほな」

女が慌てて路地を駆け抜けていった。

夏夜の顔色が変わっていた。

「お母ちゃん、えらいこっちゃ。大阪が……大阪が空襲やて！」

階段を駆け下りて、開口一番、夏夜が叫んだ。

「何どすて？」

多恵の顔からみるみる血の気が引いていく。

「そや、ラジオや、ラジオ！」

慌ててスイッチを捻ったが、雑音ばかりでニュースは流れてこない。多恵と夏夜が視線を交わす。

聞き耳をたてたまま時間だけがいたずらに過ぎていき、不安が益々募ってきた。

「いやーっ！　お母ちゃん！」

夏夜が堪えかねて叫んで、多恵に縋りついた。

「お、落ち着いて、落ち着いて……」

多恵が声を震わせながらも、夏夜を抱きかかえた。

「ふぎゃーっ！」

突如、子供の絶叫がそこに加わった。夏夜の剣幕に驚いた正人が泣き出したのだ。

「あ、あぁ、ごめん正ちゃん……」

おろおろする母娘を尻目にラジオがやっと情報を伝えだしたのは夕方にならんとする頃だった。

スーパー・フォートレス（超空の要塞）と呼ばれたB二九爆撃機が初めて日本を空襲したのは昭和一九年六月一六日で、中国四川省の成都から発進して北九州の製鉄工場を狙ったものだった。その後米軍はサイパン・グアム島のマリアナ諸島を占領し、一一月二四日には遂に東京に空襲をかけた。以後東京は八月一五日の終戦までに実に一一〇回を超える空襲を受けることになり、空襲による死亡者は東京だけでおよそ一〇万人、全国統計では三〇万人に及ぶことになった。その空襲による攻撃は次第に全国各地に広がっていき、最後は広島・長崎に投下された原子爆弾により終戦を迎えることになるのだが……

そのような中、昭和二〇年一月三日、大阪を襲った空襲は、Ｂ二九が撒き散らした焼夷弾により阿倍野区一帯を一面の焼け野原に変貌させた。

数日後、省線（今のＪＲ）は復旧したものの夏夜の義父である正が祇園の街に戻ってくることはなかった。


その日の様子はいつもと何ら変わることはなかった。そう、あの霧が晴れるまでは……

未明、満州牡丹江東部の国境地帯は乳白色の霧に覆われていた。昼と夜の寒暖の差が激しい高地にはありがちな風景で、本来なら霧などに拘わらず、何気ない日常が繰り返されるはずの日であったのだが……その異変にまず気付いたのは歩哨兵であった。

「中村二等兵、どうした？」

「あっ、朱雀一等兵殿、見廻りご苦労様であります」

「うむ、虫の知らせか、よく眠れないので、いっそ起きてきてしまった。それよりどうした？　何度も首を傾《かし》げたりしていたが、変な物でも見えるのか？」

「はっ、先刻《さっき》まで一面の霧で何もわからなかったのでありますが、薄れてくるにつれ、国境線である高地の随所に、何やら影のような物が見えるような気がして……」

「影だと、どうれ……」

正夫が双眼鏡を借りて覗き込む。

言われてみれば、普段は樹が数本しかないような高地に数カ所濃い靄《もや》がかかっているようにも見える。中村二等兵が何度も首を傾げたくなる微妙な違和感が感じられた。

(たしかに何かがちがう。何だ、何がどう違うというんだ)

正夫の違和感が疑問に変わり、やがて不安感が心中を満たした。目に見えぬ何かに対する怯えのため眼前の景色から眼を離すことができなくなった。しかし、その不透明な景色はその後数分のうちに激変した。

にわかに朝陽が射してきて、同時に眼前を閉ざしていた霧がすっと引いた。そこには一夜にしてとんでもない光景が拡がっていた。

見よ。見晴るかす大地の果てまでを埋め尽くす戦車の群れを。そこには夥しい数の戦車・装甲車・自走砲が連なり、その高みより関東軍兵舎を見下ろしていたのだ。

五月のドイツ軍降伏後、ソ連軍の極東への移動は粛々として進められ、八月までに兵員一七四万名、火砲三万門、戦車・自走砲併せて五、二〇〇輌、飛行機五、〇〇〇機を東進、ソ満国境への配置を完了し、満を持して八月九日、日ソ相互不可侵条約を無視し、敢然と参戦してきたのだ。

一変した眼前の凄まじい光景に明らかに中村二等兵の顔色が変わった。

「一等兵殿！　あ、あれ……」

正夫も動顛していたが、とにかく一刻も早く味方にこの事態を知らさねばならない。

「落ち着け！　全員を早急に起こせ！　喇叭《ラッパ》だ！　喇叭を鳴らせ！」

早朝の静寂《しじま》に喇叭の音が響き亘った。その直後、

「豪《ごうん》！」

それを契機《きっかけ》のように戦車軍が一斉に砲撃を開始した。


朕深く世界の大勢と帝国の現状とに鑑み、非常の措置を以《もっ》て時局を収拾せむと欲し、茲《ここ》に忠良なる爾《なんじ》臣民に告ぐ――

（私は深く世界の大勢と日本の現状について考え、非常の手段によってこの事態を収拾しようと思い、忠義を持った国民に通告する。

私は日本政府にポツダム宣言を受諾することを通告させた。

日本国民の安全を確保し、世界の国々と共に栄えることを慶《よろこ》びとするのは、先祖から行ってきたことであり、私もそのように努力してきた。米英に宣戦布告をした理由も日本の政治的・経済的自立と東亜の安定を図るためであり、他国の主権を侵害したり、領土を侵犯したりすることは私の望むとするところではない。

今、将兵の勇敢な働き、公務員の勤勉さ、そして一億国民の努力にも拘わらず、戦況は我々に不利に働いている。

さらに新型爆弾の一般市民への被害は計り知れないものがあり、このまま戦争を継続することは、とりもなおさず日本と日本国民の滅亡を意味することになる。そのような事態に陥った時、私は国民や先祖の霊に謝罪のしようもないと考え、ポツダム宣言に応じるように命令した。

戦禍に遭ったもの、また遺族のことを考えると体中が引き裂かれる思いがする。今後、日本国の受ける苦難は大変なものになるであろうが、耐え難きを耐え、忍び難きを忍んで、将来のために平和を実現しようと思う。

私はいつも国民と共にある。あなたがた国民もまた団結して総力を将来の建設のために傾け、日本の栄光を再び輝かせるよう、努力してもらいたい)

御名御璽《ぎょめいぎょじ》

昭和二〇年八月一四日

ポツダム宣言とは一九四五（昭和二〇）年七月一七日よりアメリカ・イギリス・中国の首脳（トルーマン・アトリー・蒋介石）がドイツのベルリン郊外にあるポツダムに集い、七月二六日、日本に降伏を勧める宣言を発表したものだ。(後日、ソ連のスターリンも署名)

概要は一三条から成り立っており、一例を示すなら一三条では「日本政府が直ちに日本国軍隊の無条件降伏を宣言し、日本政府がそれを保証することを要求する。そうでなければ日本はすぐに壊滅されるだけである」と、このような内容になっている。既に南方の島々は奪還され、沖縄もまた連合軍の支配下に置かれていた。後日、原子爆弾の投下とソ連軍の日ソ相互不可侵条約の一方的破棄による参戦が状況に拍車をかけ、この宣言を受諾せざるを得ない状況に追いこまれた日本は、天皇の決断により、無条件降伏を受け入れ、八月一五日、玉音放送により広く国民に通達した。

日本は敗れた。

無敵を誇った関東軍は壊滅した。

満州国は、大東亜共栄圏の夢は幻となって潰《つい》えた。

只管《ひたすら》逃げ廻るだけの敗残兵がそこにあるだけであった。

辛くも正夫は生き延びていた。

あのソ連の大砲が火を噴いた直後、砲弾が宿舎を直撃し、吹っ飛んだ建物の残骸が、まさに宿舎へ逃れようとしていた中村二等兵を襲った。無数の木片が突き刺さり、中村は即死した。しかし遅れて逃げようとしていた正夫はちょうど中村の陰となることで、多少の被弾は受けたものの致命傷は免れたのであった。が、中村を悼む間などなく、雨あられと飛び交う砲弾の前では、自らの命だけを守るべく逃げ廻るのがやっとであった。そして遂に命からがら宿舎の後ろを覆っている森林に飛び込むことによって、一命を得たのであった。

ただ森林地帯といっても即安全圏という訳ではない。無差別砲撃による直撃を避けることができるというだけで、宿舎に近ければ近いほど、それだけ流れ弾《だま》が飛来する率は高い理屈《わけ》だから、必然的に森林の奥へ奥へと逃げ込むことになる。そのようにして正夫は徐々に針葉樹林帯の懐へと踏み込んでいった。

やっと砲音が遠のく奥地まで逃げ込んできた正夫だったが、一息ついたところで愕然とした。まったく臨戦状態ではないところで襲撃されたものだから殆ど着の身着のままで逃げだしてきたということになる。身に着けているものを慌てて確認する。持っている物は銃弾数発がはいった拳銃だけ。携行食料も燐寸もナイフもない。これでどうやって生き延びろと言うのか？

「即死が餓死に代わっただけか……」

そう呟くとその場にへたりこんで両の手で頭を覆ってしまった。

しばしの静寂。いつのまにか砲弾の音は途切れていた。戦車のキャタピラーの音も聞こえない。落ち着きを取り戻すために肌身離さず首にかけているお守り袋に手を遣った。出征前の祇園祭の夜にもらったあのお守りだ。夏夜の写真を取り出す。僅か数年しか経っていないというのに、写真は早やセピア色に変色しつつあった。

(夏夜ちゃん、おそらく一個師団全滅や。森の外はソ連軍に包囲されてるやろ。武器は拳銃一丁だけ。食料もあれへん。僕は一体どうなるんやろ)

問いかける正夫に写真の夏夜がとっておきの笑顔を返す。それを見た正夫の唇の端がふっと緩んだ。

(そやな。君と約束したもんな。必ず生きて還るって。君は待っててくれるって……逃げるよ。必ず生き延びてみせるとも。力の限り！)

写真をしまい、正夫が立ち上がろうとしたその時、近くで草を踏む音が聞こえた。

「誰だ？」

身構える正夫に、

「慌てるな。味方だ」

日本語の返事が返ってきた。男が二人だが、一人がもう一人を支えるように立っている。先程の砲撃でどちらかが傷を負ったものだろう。支えられている方の足許が覚束ない。ゆっくりと歩を運びながらその影がだんだん近づいてくる。支えているのが河合二等兵、傷を負っている方が……北口少尉か？

正夫がすぐに呼びかけた。

「北口少尉殿、河合二等兵、ご……ご無事でしたか？」

「あまりご無事とも言えんがな。あぁ、河合ご苦労だった。手を離してくれても構わんぞ」

駆け寄る正夫に北口が答える。河合の支える手から離れてどっこいしょとやおら地面に腰をおろした。

「やられたな。宿舎を直撃だ。ソ連が遂に不可侵条約を破棄して攻撃をしてきたんだろう。一瞬のことで反撃もへったくれもない。命からがら逃げだしてきた。幸い俺は早起きして、宿舎裏で体操をしておったところだったし、河合は洗濯当番で干し物の最中だったので直撃は免れたが、俺の方は破片を被弾してご覧のとおりのザマだ。河合がいなければ到底ここまで逃げおおせなかったろう……お前の方はどうだった？」

「自分は反対です。宿舎前で敵軍戦車を発見して中村に喇叭を吹かせたところ、直後に被弾を食らって……かわいそうに、中村の奴は即死です」

「そうか、一瞬聞こえたあの喇叭は貴様達であったか。他の者達は……おそらく全滅であろうな……」

会話の次に沈黙が三人を覆った。この為す術なしの状況下でどうすればよいのか。沈黙の後三人を待っていたのは絶望感であった。

緯度が高い満蒙の地では夏と雖も朝晩は冷え込む。そんな夜露が滴り落ちそうな月明かりだけの闇の中に蠢《うごめ》く三つの人影があった。最後尾の一人は木の枝を杖として、足を引きずりながら無理にでも歩を進めていく。今にも息があがりそうに口を半ば開け、はっはっと弾む息を口中に押し込んでの前進を続けているのは北口少尉であった。本当は休養を取らねばならぬ足であろうが、この僻地で他の二人に置いていかれたらという恐怖が北口を動かしていた。逃避行が始まってまだ数日だというのにその顔は早や頬をこけさせ、眼窩を窪ませており、さらには伸びた髭がこの数日間の労苦を物語っていた。

疲弊しているという点では前方を行く正夫や河合も同様だった。最初のうちこそ北口を庇って手を貸してはいたが、疲労の度合いが増すにつれ、北口にばかりかまけていると、このままでは彼ばかりではなく共倒れになることすら考えられた。森の中で口にするのは小川の水だけ、補給がままならない現状では体力は浪費する一方だった。北口を気遣って後方を振り返ったり立ち止まったりはするのだが、いつしか自分を守るだけで精一杯の状況に追い込まれていった。

あのソ連軍の猛攻を避けるために飛び込んだ森林地帯、そこから三人の逃避行は始まった。とても元の方向へは戻れぬ情勢なので、必然的に森林の奥地へと踏み込んでいった。昼なお暗い森林地帯の奥へ、さらに奥へ――僅かに射しこんでくる陽の光を頼りに南へ只管《ひたすら》南へ――

彼らが目指したのは哈爾浜《ハルビン》であった。人口五〇万人の大都市哈爾浜では既に日本人移民も五万人近くに増えており、中国東北の地に君臨する関東軍の要衝となっていた。

とにかくその地に辿り着き、ソ連軍の侵犯行為を報告した後は本隊と合流し、態勢を立て直してソ連軍と戦わねばならない。それは愛国心か、それとも生への執着か、断ち切れぬ思いが彼らを南へ向かわせていた。が、森林は彼らの想像を上回って深かった。行けども行けども樹林帯の尽きることはなかった。その間に口にしたものは相変わらず水場での水分補給だけであった。まだ八月なので熟れた木の実などはなく、幾度か眼にした茸に対しては辛うじてまだ見合わせるだけの理性を持ちあわせていた。

五日目、いや六日目になろうか、漸く樹林帯を抜け、開けた荒れ地らしいところに飛びだした。そこにも口にできるものは何もなかったが、彼方に人家らしきものが遠望できた。人のいるところ食料あり、三人はそちらを目指すことにした。

一晩さらに野宿を重ねた翌日、遂に彼らは人家近くまで辿り着き近辺に唐黍畑《とうきび》を見出した。ほぼ一週間振りに口にする食料であった。人の物であるとか、盗れば罪になるなどという理性や倫理観など飢餓の前にはひとたまりもなかった。食った。只管貪り食った。空腹の身にいきなり過食をし、腹をこわしたのは寧《むし》ろ愛嬌であった。

それからというものは、空腹には勝てず危険と知りつつも人家近くを進路の基準とした。但し、専ら昼間は寝て、夜のうちに食料を調達し、移動するという昼夜逆転の生活に変えた。食料は殆ど唐黍かじゃがいもであった。そんな危険と背中合わせの逃避行が一〇日ほど続いたが、遂に地元民と遭遇する日がやって来た。

その日もいつもと同じように陽が沈んでからの動き出しだったが、唐黍畑の角を曲がったところで夜回りの村民とばったり鉢合わせをしてしまったのだ。背丈以上に生い茂った唐黍に身を隠し、夜陰に乗じての畑荒らしだったが、ずっとうまくいっていたので鉢合わせに対する危険への認識がいつのまにか疎かになっていた。

慌てて拳銃を身構える正夫達だったが、案に相違して相手の方が穏やかに話しかけてきた。しかも日本語で。

「ニポン、ヘイタイサン、タイチョプ」

もとより関東軍が支配してきた土地だ。しかも学校教育では、最初のうちこそ日本語の授業時間を設ける程度であったものが、やがて日本からの移民が増えてくると、中国語が使えない日本人教師の日本語による授業となり、また一般の人民も日本語を話せないという理由だけで、容赦なく打擲されるような事態ともなれば、必然的に片言の日本語でも使用するようになってくる。そういう理由《わけ》だから、このような僻地における農民が日本語を話してきても不思議ではないのだが——奇妙なのは彼らの態度であった。

「ニポン、ヘイタイサン、ワタシタチヲマモル、ワタシタチ、オカエシニ、ゴチソスル、ネ」

そんな物分かりのいい話があるものだろうか？

一見して畑荒らしとわかる落武者のような兵隊達に対してご馳走するだなどと——かつて関東軍が権力をかさに着て脅していた時ならともかく。それともここにはまだソ連軍が進撃してきていないのだろうか？　或いは日本軍が反撃に転じたのか？　腑に落ちぬ点を疑えばきりがないのだが、三人とも飢えには勝てず、食事の匂いにつられて一軒の民家に入っていった。

瓦屋根はあちこちが欠け落ち、漆喰の壁にもほうぼう穴があいている。明かり取りの窓は小さく、室内はうす暗い。全体では畳八畳分くらいの広さで、段差があり半分ほどのスペースが座敷風になっている。ここで寝食を摂るのだろう。三人もそこへ上がりこむと料理が運ばれてきた。

最初こそ、たいした馳走《もてなし》とも言えないのだろうが、眼の前に食料が並べられるともういけなかった。

「河合二等兵、まず味見をします」

と、軍隊の規律どおり多少の疑いを持って接していたが、何も毒などが含まれていないと知るや、我先にと手を出し、挙句老酒がそれに輪をかけた。

久し振りの満腹感、陶酔感に浸ってしたたかに酔いつぶれてしまった者達では、中国人達が密かに眼くばせする意味合いを知る術もなかった。

そんな彼らを日の出と共に容赦ない現実が襲った。

「豪《ごうん》」

いつぞやの大砲の発射音が早朝の邑《むら》に谺《こだま》した。空砲ではあったが、久し振りに耳にした強烈な轟音に三人は度肝を抜かれ覚醒した。酔いも何も吹っ飛んでしまった耳に拡声器を通じてたどたどしい日本語が流れてきた。

「日本兵ニ告ぐ。君達ハ包囲サレテイル。武器ヲ捨テテ出テコイ。日本ハ降伏シタ。戦争ハ終ワッタ。君達ト我々ガ戦ウ理由ハナイ。君達ヲ撃ツヨウナコトハシナイ。繰リ返ス。武器ヲ捨テテ出テコイ」

（やはり昨夜の食事は罠であったか。我々を酔い潰しているうちにソ連に連絡、朝方には包囲完了と

いうわけか。徒《いたずら》に村民から被害者を出さぬための見事な連携作戦だ）

臍《ほぞ》を噛む三人であった。ただそれよりも衝撃を受けたのは日本が降伏しての終戦を告げられたことだった。日清、日露、第一次世界大戦を勝ち抜いてきた神国日本が降伏・敗戦などということは考えてもみなかったし、またそういった事態に対処する教育など全く受けていなかった。軍人が授かったこのような場合の対処法とは「生きて虜囚の辱めを受けず」これに尽きた。

しかし数日前に受けた迫撃、それによる逃避行、そして飢餓との戦いは彼らの気持ちを完全に萎えさせていた。様子を窺うため覗いた扉の向こう側は、数日前に目撃した国境付近ほどではなかったが、戦車やソ連軍の犇《ひし》めいているという状況に大きな違いはなかった。

それぞれ僅か数発ずつしかない銃弾で何ができようか？　少尉の北口が結論を下した。

「投降しよう」

三人が手を上げて小屋から出てきた。忽ちその姿は集まってきたソ連兵達によって覆いつくされていった。


かつて満蒙の地において関東軍に経営を委託されていた満州鉄道は一八路線、三、〇〇〇キロメートルにも亘る路線網を誇り、とりわけ特急あじあ号は勝利と栄華の象徴であった。日本の最高の鉄道技術を投入された設計・制作により、流線形の蒸気機関車と専用固定編成の豪華客車で構成されており、大連―新京間七〇〇キロを最高速度一三〇キロ、所要八時間三〇分で繋いだ。これは当時の日本の鉄道省で最速の特急「燕」（最高速度九五キロ）を大きく淩いでいた。また「あじあ」の名称は三万通もの一般応募から決定されていた。遥か遠くの地平線を走るあじあ号を遠望しては、彼の地の者は皆、一度はあの特急に乗車してみたいものだと憧れを抱いていた。

その栄光を極めたあじあ号が以前走っていた線路を今貨物車両が走っていた。但し、積載物は物に非ず、そこには投降あるいは拿捕された日本の軍人達が満載されていた。

走行と停車を繰り返し、停車の度車両の連結を余儀なくされ、それに比例して捕虜の数を増やしていった列車は荒野を彷徨《さすら》う蛇の如く蛇行しながら只管《ひたすら》南を目指していた。進行方向を捕虜達が認めることができたのは貨物車両の隙間から射しこんでくる陽の光と、その時の時刻から推定してのものであった。

即ち、午前中は進行方向に向かって左から、そして午後は右から射してくる西陽によって南下が予見された。列車が目指しているのは釜山か青島か、いずれにせよ進行方向から予想されるのは日本への強制送還だ。そのことが彼らの心に僅かな希望の火を灯していた。

そして行きつ停まりつしていた列車はある駅のホームに辷《すべ》りこんだ。今までの駅と較べて随分と大きい。

「何処だ、ここは?」

頻りと捕虜達が隙間から外を覗き込む。そこに書かれてある文字は——ハングルだった。——ということは
「平壌《ピョンヤン》か?」

「平壌だぞ!」

「朝鮮か？」

「朝鮮半島を突っきれば釜山。そして日本だ」

「日本へ還れるのか？」

「そうだ、もう一寸《ちょっと》だ！」

捕虜達の喜びの声が車両内に響き亘った。

そう、彼らは日本と眼と鼻の先ほどの地点《ところ》まで戻ってきていた。このまま何事もなければ、数日後にはその足で日本の地を踏みしめることができたであろう。

このまま何事もなければ……


一九四五年（昭和二〇年）二月、クリミア半島のヤルタに連合国軍の重要人物達が顔を揃えていた。米国のルーズベルト、英国のチャーチル、ソ連のスターリンであった。既に戦争の帰趨は見えていた。次に必要なものは戦後処理だ。各国の思惑を秘め、机上の処理が始まった。スターリンが口を開いた。

「ドイツ降伏後三月以内に対日戦に参戦しよう。見返りとして日露戦争で奪われた南樺太、満州における権益の復活、さらに千島列島の併合を求める」

申し出は承認され、予想どおりまもなくドイツは降伏、ソ連は三カ月を要《か》けて兵士・武器を満州に送り込んだ。

ここまではスターリンの思惑どおりだった。このまま参戦し、終戦を早期に導き、それを恩に着せて、以前の条件に加え北海道の割譲、さらには戦後処理において共産主義の導入、行く末は日本をソ連の傘下に置くというように胸算用を算《はじ》きだしていた。

ところがアメリカが開発した原子爆弾が事態を一変させた。広島・長崎に投下された二弾に因《よ》り日本は莫大な被害を被り、終戦へのカウントダウンは早められた。

慌てて参戦したソ連であったが、それは他の連合国には証文の出し遅れとしか映らなかった。終戦後、北海道の割譲などは当然認められず、ルーズベルト亡き後大統領に選任されたトルーマンのアメリカが戦後処理のイニシアティブを取った。日本の軍国主義は民主主義に改められ、処理執行のため八月二八日にはマッカーサー元帥の来日までも既に予定として組み込まれていた。


一九四五年（昭和二〇年）八月二三日、この日も残暑が永遠に続くのではないかと思わせるほどにモスクワの空はきれいに晴れ渡っていた。しかしそれとは対照的にその室内では暗雲がたちこめるような重苦しい雰囲気に包まれていた。

クレムリンの執務室では二人の男が対峙していた。背後に己《おの》が写真を掲げ、重厚な黒檀の机に両腕を載せ、ミラノの名門木工家具の会社より取り寄せたソファと見紛《みまご》うばかりの椅子に座っているのがスターリンであり、その前では顔面を蒼白にしたワシレフスキー極東ソ連軍総司令官が突っ立っていた。

スターリンは激怒していた。その自慢の机には、既に怒りのあまり真っ二つにへし折られたペンが数本転がっていた。普段は柔和に垂れた眼をも引きつらせ、色白の顔が真っ赤に上気したその様は、ソ連の名産品であるじゃがいもを茹でたかの如き様相を呈していた。

「トルーマンの頑固者とチャーチルのわからず屋め。このソビエト連邦をスターリンを蔑《ないがし》ろにするとどういうことになるか。貴様らが守ろうとする黄色い劣等民族共の身をもって知らしめてやる。ワシレフスキー元帥。予定変更だ。日本兵共《ヤポンスキー》の本国送還はならん。我がソビエト連邦のため、シベリアの極地で死ぬまで働かせろ！」

「了解《ダー》しました！」


ガタンと音をたててようやく長らく停まっていた捕虜収容列車が動き出した。待ちかねていた小さな歓声が上がり、希望を載せて列車は走り始めた。しかしものの数十分、小一時間と経たないうちに不穏な声が囁かれ始めた。例によって方向を見極めるのには陽射しの方角から判断するわけだが、現在《いま》は午前中だから南に向かっているのならば、進行方向に向かって左側から陽が射しこんでこなければいけない筈なのに、陽射しが入ってくるのは逆の右側ばかり、ということは——北に向かっているということではないか？　疑心が、さらには失意が捕虜達の心に宿った。車内の雰囲気はにわかに澱んだものとなった。

数時間後、列車はとある駅のホームに辿りこんだ。用便のための時間が取られ、貨物列車の扉が開いた。監視付きではあるが、捕虜達はわずかに自由の身となりえた。外に出た者からすぐに駅名表示を確認しようとする。眼につくのは漢字ばかりで、今朝出発の時まで目視できたハングル文字はどこにもない。ということは、やはり日本とは逆の方向ということなのか？　せっかく平壌まで南下しておきながら北上しなければいけない何らかの理由がソ連側に発生したということか。

誰しも噂には聞いていた。ドイツやイタリアの敗残兵がシベリアの奥深くに送りこまれ、資源や森林開発のため、強制労働を強いられていることを。そしてそこは、すべてのものが凍てつくこの世の生き地獄であるということを。

正夫は河合と目配せを交わした。もし予想どおり列車が北上しているのならば、行き着く先に前途はない。極寒の地で力尽きるまで働かされれば待ち受けているものは死しかない。よしんば本国に送還されることがあっても何年先のことか。それまで身体がもちこたえることができるのか。遠方になるほど脱走はより困難を極める。それなら日本により近い今なら脱走に成功すれば帰国の可能性は広がる。というより今しか脱走の機会はないのではないか――こっそりそのような相談をしており、目配せはそれを行動に移す合図だった。

(逃げるぞ!)

(お……おう!)

緊張のためあぶら汗を流しながら監視の隙を窺い、今まさに走り出そうと身構えたその時だった。

「…………!」

ソ連兵の大きな声が上がり、日本兵の疾走する姿が眼に入った。

(しまった。先を越されたか)

そう正夫が臍を噛む暇もあらばこそ、次の瞬間――

グラタタタタタタ――!

凄まじい自動小銃《ピントフカ》の発砲音が炸裂し、ひとりの日本兵の姿が宙に浮いたかと思うと次の瞬間、激しく地面に叩きつけられていた。

ズタタタタタタ――

即死状態であるはずの兵に尚も機銃掃射の追い打ちがかかる。その機銃音の停止と共に人形のように跳ねまわっていた兵が、ぼろ雑巾のようになった身体をやっと横たえた。みるみる赤いものが溢れてきてその雑巾を朱に染めた。

ソ連兵がまず捕虜達を指さし、次に死体を指さして大声で何やら喚いた。言葉は解らずともその言わんとするところは誰もが理解していた。

「日本兵どもよ。お前達も逃走を図ればこのようになるぞ」――と。

数分後、捕虜達を積載した列車は、重苦しい空気も一緒に携えたままゆっくりとホームを離れ、再び北へ向かって走り始めた。日本兵達の脳裏から脱走への意識はすっかり取り払われていた。


およそ一カ月をかけて列車はゆっくりと走り続けた。その間停車すること幾たび、その都度車両単位で捕虜が降ろされた。ある時は人間だけ、またある時は車両ごと連結を解かれた。

そして遂に正夫達の車両にも降車命令が出された。ロシア語の標識に地名が窺えるが、当然文字など読めるべくもなく場所を特定することはできない。ホームもなく降ろされた土地には近くに白樺、遠くには落葉松《から》の針葉樹林が展望される以外何もない。ただ黒い土が果てしなく続くだけの土地であった。まだ夏だというのに、どんよりと重苦しく立ち込めた雲は、さながら捕虜達の行く末を予見しているかのようでもあった。

沈黙の捕虜達が足どりも重く道を往く。道といっても轍の痕跡が僅かにそれらしきものを留めているというだけで、それがなければ砂漠と同じで方角もわからない。

たったそれだけを道標として、一〇〇名を超える捕虜達が無人のツンドラ地帯を往く。まるで死者の行進だ。無言の行進は続く。

かつて背嚢に砂を入れ、四キログラムもの重さの銃剣を携えて、数十キロメートルを歩くという行軍の訓練があった。それに較べると武装解除された身は手ぶらで、僅かに背嚢を担いでいる者も中にはほとんど何も入っていないも同然なのだが、肉体よりも寧ろ精神にある種の負荷が被《かぶ》さっていた。この行軍の前途に光や希望はなかった。待ち構えているのは無間の地獄であり、地獄に向かって進行する捕虜達の編上靴による行進の足取りはさながら亡者達のそれのように限りなく重いものであった。

四、五時間も歩き続けたであろうか。やっと建物らしきものが見えてきた。近付くにつれ、それは建物そのものではなく板塀であることがわかった。一〇〇メートル四方ぐらいの土地を高さ五、六メートルぐらいの分厚い板で囲み、その四隅に望楼を設け、機銃を持った警備兵が四六時中塀の中を監視していた。

敷地内は板塀の入り口を入ったところから見て、向かって右手奥に大きな建物があり、それを守るようにしてその横と中央部にこれも監視用と思われる小さな建物がある。さらに左側に細長い建物がいくつか望見できた。

点呼による人数確認の後、捕虜達は左側の細長い建物の一棟に入れられた。

建物内は入口より奥まで見渡すことができ、中央部が広い空間の通路となっており、それぞれが靴を脱いで上がる両側が高床式の二段ベッドになっていた。日本で言えば蚕棚《かいこだな》という表現が近いものにあたるだろうか。何カ所かある梯子で二階に上がれる仕組みだったが、板敷の上には寝具はおろか、建物内には恐ろしいほど何もなかった。

便所は外にあり、一見建物らしく三方を板囲いで覆ってあったが、穴が掘ってあり、そこに板を渡してあるだけのものだった。大便用には無論個室などあるべくもなく、僅かに正面をも隠してある一隅があるだけで、それすら横で小便を足している者がいれば丸見えの状態だった。

緯度の高いシベリアの地は夏の間は日照時間が長い。正夫達が送り込まれた土地《ところ》は白夜とまではいかず宵闇というものが存在した。陽が暮れた頃、やっと食事が支給された。何やら穀物らしいもののおにぎりが一個と飯盒の蓋に僅かばかりの冷えたスープ(ソ連兵はカーシャと読んでいた)だけであった。これが今後も続くのか? これで体力が、生命が維持できるのか? 捕虜達の脳裏にそんな疑問が浮かびあがった。

とまれ今宵は労役もないだろうと寝《やす》みに就こうとした捕虜達だが、実際に横になってみると、人数に較べて横になるべきスペースが狭すぎることに気付いた。これでは通路に寝ろということかとソ連兵を呼んで不満を口にしたところ、彼らは交互に身体の向きを変えて寝るという狭い場所での対処法を身をもって示した。即ち、一人目が壁際を頭にして横になったならば、二人目は通路側に頭を向け、三人目はまたその反対とする――こうすれば能率的に空いたスペースを活用でき、且つ人が密着することで夜の寒さから身を守れるということであった。合理的というか、せちがらいというか、捕虜一同唖然としたが、背に腹は代えられない。逆らえる立場ではないということで、やむを得ず指示どおり交互に向きを変えて横になると、なるほど確かに蚕棚の板の間だけで人が横になるスペースは事足りて、通路で寝る心配はなくなった。全員心身ともに疲れはて、どうやらこうやら不自然な姿勢も顧みず眠りに就いた。長い一日だった。この先どうなるのか、不安に苛まれるなか疲れには勝てず、眠りに陥ったのだが、どっこい収容所《ラーゲリ》での初日はまだ終わってはいなかった。

キーン、キーン、キーン

深夜の収容所に鐘の音のような金属音が響いた。同時に、

「ダワイ！　ダワイ！」

ソ連兵の大声が宿舎に轟いた。手に持った自動小銃《ピントフカ》で捕虜達を小突き起こしていく。

「な……何だ！　何だ？」

ようやく安住の地と眠りを得たばかりの捕虜達が訳も分からぬままに起こされ、その寝ぼけ眼《まなこ》のまま、小突かれ室外へ追い立てられていく。

「ダワイ！（早くしろ）」

自動小銃を持ったソ連兵《ソルダート》が四方を囲み、屋外での月明かりの中、真夜中の点呼が始まった。

「ラース、ドバ、ツリ、チテーリ、ベアーチ（一、二、三、四、五）……」

五人ずつ一列に並べて人数を数えていく。途中で何度も数え間違いをしてはまた一番最初からやり直す。繰り返すこと数十回、やっと全員の数を確認し終えた時には、起こされた時からおよそ二時間もの時間が経過していた。

「何だよ。合ってるじゃねえか」

「脱走兵が出たわけじゃないのか」

「それにしても数もろくろく数えられんとは……こいつらバカか？」

「所詮、ソ連兵なんてこの程度のものさ。烏合の衆だよ」

寒空に直立の姿勢で待機させられ、不満たらたらで宿舎に戻ってきた捕虜達だが、あらためて寝《やす》もうとした時、何やら出ていった時と感じが違うのに気付いた。置きっぱなしにしてあった背嚢などの物の配置が微妙にずれているのだ。

「もしや……？」

背嚢を探る捕虜達から次々に声が挙がった。

「ああっ、俺の時計が失くなっている」

「俺の万年筆を知らないか」

「大事にとってた親の肩身が……」

「おら、内臓が弱いもんで、嬶《かあ》ちゃんがくれた漢方薬が……」

どうやら点呼を理由に全員を外に追い遣り、その間にめぼしい物を強奪するという図式が遅まきながら見えてきた。その為に時間をかけて点呼を何度もやり直したということだったのか。数字もロクに数えられないうすのろのバカどころか、結構な知能犯・確信犯にしてやられた訳だ。

正夫は夏夜のお守りは肌身離さず持っていたので実害はなかったが、それにしても盗人に追い銭、敗残の捕虜を欺いて、何もない重箱の隅からまだ略奪していくとは……何とも鼻白む思いであった。

「どうやら、奴らはただのバカじゃなかったようだな」

誰かが口にした悔しさと憤りの中、やっとラーゲリ（強制収容所）の初日が終わりを告げようとしていた時、既に外は夜が白々と明けつつあった。


北極海からカスピ海にかけ実に南北二、〇〇〇キロメートルに亘ってソ連を縦断するウラル山脈、ここが分水嶺となり西側をヨーロッパ、東側をアジアと区分することが多い。所謂《いわゆる》シベリアとは本来この東側部分を指す言葉だが、捕虜達が労働を強いられたのはそれには該当しないモスクワやカザフスタン、或いはモンゴルなども含まれるので、当時の日本では一部満蒙地帯を含めたソビエト連邦全域をシベリアと呼んでいた。総面積およそ二、〇〇〇万平方キロメートル（日本の面積の約五〇倍）の広大な土地で、一、二〇〇カ所、五七万五、〇〇〇人もの日本人が労働に従事し、一割近いおよそ五万五、〇〇〇人がそのまま還らぬ人となった。また日本ではあまり知られていないが、ドイツ人捕虜は総員三一五万人のうち三分の一にあたる一一〇万人が死亡したともいわれている。

従事した仕事はその占有率の多いものから一般土木建築、鉄道とその付帯物の建設、採炭・採鉱とその付帯労働、生産工業その他といったところに区分される。

正夫達が送り込まれた土地はバイカル湖のすぐ東、シベリアのほぼ中央部にあたるチタ州のカダラという土地《ところ》であった。シベリアという土地柄、住むのに厳しくない環境などないが、北極海沿岸に近いコリムスクやナリリスク、また採炭の仕事に携わった殆どの者が肺をやられたというカザフスタンのカルカンダやアルマータに較べれば、まだしもましといえた。そのカダラには一万人を超える日本人が送り込まれていた。

キーン、キーン

再び真夜中に聞いたものと同じ金属音が朝の訪れを告げた。この収容所では、これがブザーやチャイムの代わりに時報を告げているらしい。外に出てみれば、物干しのようなものから何やら細長い金属が吊るされている。後に列車のレールと判明したが、これをハンマーで殴って音を出す仕組みになっていた。

昨晩もそうであったがこの朝も日本では考えられないほどの寒さだ。まだ九月だというのにもう霜が降りている。シベリアでは春や秋は存在しない。夏が終われば一気に冬がやって来る。事実彼らも一〇日と置かず降雪に遭遇することになる。

朝食は昨夜と同じく穀物のおにぎり一個とカーシャ（スープ）だった。そして朝食の後、衣服が支給された。防寒帽・手袋・防寒長靴・防寒外套等だ。特に外套はほぼ四六時中着衣し、寝る時にもこれを身に纏って、厳冬期には日本ではまだ観察されていない零下六〇度にもなるという寒さに立ち向かわねばならなかった。編上げの軍靴を脱ぎ、ソ連の防寒着を身に着けた昨日までの日本兵は今やただのザボイシフ（人夫）となって労役に就いていった。

正夫達に課せられた仕事は伐採であった。各種建造物に鉄道の枕木、あるいは固形燃料用にと需要はいくらでもあった。しかし、寒帯性の森林タイガは殊《こと》の外《ほか》手強かった。人跡未踏、千古斧鉞《せんこふえつ》を入れない赤松・落葉松・白樺・樅ノ木などが抑留者達の前に立ち塞がった。

シベリアにおける収容箇所はざっと一、二〇〇カ所以上にものぼるが、誰しもが同じ土地で同じ仕事ばかりをしてずっと過ごす訳ではなく移動がつきものだった。今日、街中で家の壁を塗っていた者が、明日には山の中の炭鉱に潜り込んでいるというケースも充分ありうるということだ。そんな中で殆どの者が経験した辛い仕事といえば、この伐採作業の右に出るものはないであろう。

伐採は力仕事だ。ソ連製の鋸は殆ど二人で使用する型なので、これぞと決めた木の両側に腰をおろして足場を固める。後は双方で両端にある柄を持って踏ん張り、前曳き後押しをする。ここからが一人作業ではない故の難しさで、僅かにどちらかの力加減や鋸を曳く位置がずれたために刃が木に食い込んで動かないケースや下手をすると反動で鋸が飛び出し、その拍子に刃が身体に当たって傷つけられることもあるので、常に注意は怠れない。

倒木の後は枝葉を落とし、少人数で運べるよう丸太になった木材をさらにカットし短くしていく。馬橇《ばそり》までは人力で担《かつ》いでいくのだが、これが意外に重く肩にずしりとくるので、何度も左右の肩で持ち換えを行う。終日これの繰り返しで、収容所に戻った時には肩・腕・腰がパンパンに張って身動きの取れない状態になってしまう。それならばマイペースでやればいいように思えるが、そこにノルマというものが加わってくる。ではノルマを達成できなければどうなるかというと、食事に影響が及んでくる。A食・B食・C食というふうに達成の度合いによって振り分けられており、一定のノルマを満たすことができなければ、黒パンを減らされたり、カーシャの配給を抜かれたりということになる。しかも達成のA食でやっとカーシャ付きのおにぎりだ。

通常力仕事と言えば身体を酷使する反面、膂力《りょりょく》がつくというメリットがあるものだが、ここではそれを補うだけの食材が決定的に不足している。何らかの事情で体調を崩すようなことでもあれば、労働をできぬが故の食材減少、その結果としての体力低下という悪循環から栄養失調での死へと一直線、負のスパイラルここに極まれりだ。これは聞きしに勝る大変な土地《ところ》へ来たもんだと一同あらためて認識を新たにしたものだった。しかしラーゲリ入営から最初の犠牲者が出るまで一カ月とかからなかった。

正夫や河合と一緒に囚われの身となっていた北口が日々病み衰えていた。爆撃により被弾した足をそのまま引き摺って何歩も歩いたのが悪かったのか、捕まった後の貨車での移動は格好の休息にはなったであろうが、彼に必要なのは休息に加えて治療と滋養であった。捕縛から一カ月もの長きに亘る間、口にしたおにぎりとカーシャ、それに黒パンだけの貧粗な食事では確実に体力は奪われ、密かに被弾部を蝕んでいた。見た目にはそう体調が悪そうには見えないので、同じようにノルマを課せられるのだが、健常者と同じ量の仕事をこなせるべくもなく、すぐに食事の量を減らされることになった。最初こそ空腹による不満を託《かこ》っていたが、すぐに身体がその僅かな食事さえ受け付けなくなり、数日後の夕刻、捕虜達がいつものように労役《ラボータ》から戻ってきた時にはもう息を引き取っていた。心臓・脈の停止を確認した後、河合が感慨深げに話しかけてきた。

「朱雀さん、とうとう二八連隊は我々二人だけになってしまいましたね」

「うむ。体温がまだ微かに残っているな。もう少し頑張ってくれれば死に目に会えたのに……」

正夫もまた逃避行の日々を思い出していた。おそらくは全滅したであろう部隊から九死に一生を得ての脱出、灼熱の太陽が照り付ける中での僅かな生への可能性を求めての逃避行、囚われの身となっても生命さえあればいつの日か故郷に還れると口にしていた日……さぞや無念であったろう。

「河合君、せめて我々の手で穴を掘って、葬ってさしあげよう」

そう正夫が口にしたその時であった。不意に死んでいるはずの北口の顔が動いたのだ。

「うわっ！」

「な、何だ？　こりゃ！」

顔面の皮膚が痙攣《けいれん》を起こしたかのようにひくひくと引き攣《つ》り、一瞬生死を誤認したかと錯覚させるほどに動いた。動いたと言うよりも顔面がずれたようにも見えた。その正体は――虱《しらみ》であった。夥しい数の虱が体温の低下を感じとって、頭髪部から顔面へと移動を開始したのだ。死に顔が動いたように見えたのはこの虱の大移動に因るものであった。生き血しか吸わない虱達は、死体に見切りをつけ、新たな獲物を求めて四散していった。

労役《ラボータ》から帰ってくる抑留者達を収容所で待ち受けているのは劣悪不潔な環境下で棲息する虱・蚤《のみ》・壁蝨《だに》・南京虫であった。現実に吸血虫に苛まれている抑留者達であったが、目の当たりにするまでこれほどのものとは思っていなかったのであろう。正夫と河合は顔を見合わせたまま声も出なかった。

気を取り直し、遺体を埋葬してやるべく何人かで土を掘り始めた。もう少し北上すればツンドラと呼ばれる永久凍土地帯だ。そうなればシャベルでは歯が立たない。今のカダラ辺りならなんとか掘ることはできるが、それにしても固い。数人がかりで交代で掘ったが、ほんの一メートルほど掘るのに四時間もかかってしまった。合理的なソ連では、死者に衣服の提供など許可してはくれない。服は使いまわすため、褌だけの殆ど裸一貫の埋葬だ。

やっとの思いでの埋葬ではあったが、翌朝起きてみると、野犬か狼に掘り出された屍《かばね》が無残にその骸《むくろ》を晒《さら》していた。

まだ一〇月になったばかりだというのに雪が降りだした。数日のうちに一面を真っ白に覆いつくしてしまうことだろう。鋸を素手で触るようなことはできなくなる。なぜならば掌《てのひら》がぴったりと張りついて、無理に引っ張れば生皮ごと剥がれてしまうからだ。もう手袋は欠かせない。

そして吹雪は景色を消滅させる。足跡もすべて消してしまう。宿舎から便所へ行って道がわからなくなり、遭難するという笑い話にもならない話もある。川に飲み水を汲みに行って、戻ってくる頃にはもう樽の中の水は凍り始めているという話もある。

冬場ならではの過酷な仕事はいくつかあったが、特に嫌われたもののひとつに大小便の処理がある。前述したように穴を掘って板を渡してあるだけなので、水分を含んだ便が溜まってくると筍《たけのこ》のように盛り上がってくるのだ。そうなれば用を足すにも支障がでるので、一定期間ごとにこれを削らねばならない。削るといっても金槌で割っていくだけのことで、一見たいしたことはないように思いがちなのだが、問題は作業の後だ。叩き割った糞便の欠片《かけら》は衣服に貼りつき、あるいは人の毛穴に入りこむ。暖められた宿舎に戻るとこれが解けて凄まじい臭気を発する。何日かに一回の風呂は広いサウナ室のようなところで、たらいに一杯の湯を配給されるだけだから、とても悪臭を消すまではいかない。糞便の処理に当たった者はその後数日間、悪臭に辟易したものである。

そして抑留者達は一人また一人と櫛の歯が欠けるようにその数を減らしていくことになる。飲み水の代わりに外の雪を口に含もうとして、脱走と間違えられて撃たれた者がいる。丸太を持つ手が滑って丸太に押しつぶされそうになった奴がいる。丸太を持ったまま足を滑らせて丸太の下敷きになった奴もいる。その時は悲惨だった。体力がないものだから息のあるうちに早く助けてやらねばならないのに、助ける方もまた体力がなく力が出ない。助けようとしているものの徒《いたずら》に時間を費やし、当の本人は余力と体温を奪われ息を引き取ってしまう。それは圧死か、はたまた凍死か衰弱死か？　手を尽くしてはいるのに手を拱《こまね》いているのと同じ現状だ。

体力を失くして朝になると死んでいる奴がいた。ある者がソ連兵に知らせようとしたところ仲間内から待ったがかかった。報告を遅らせれば、そいつのために支給される朝食を皆で分けることができるじゃないかと言う。

誰もが追い込まれていた。そこには人間性などというものは存在しない。あるのはその日一日を生き延びんがための知恵と体力だけだ。圧死・凍死・狙撃死・栄養失調・事故死・病死、この冬だけで随分多くの仲間が死んでいった。

日本最低気温は北海道の母子里《もしり》で記録された零下四二度だが、この辺りではそれくらいはザラで、気温はさらに低下、零下六〇度まで冷え込むこともある。

ひと冬が過ぎる頃には、ぎゅうぎゅう詰めだった寝床も多少は余裕を持った間隔が取れるようになってきた。それだけ人数が減ったわけだ。ただ生き残った者達も痩せ衰えて肋骨《あばら》は浮き、尻の肉は落ち、眸《め》だけが落ち窪んだ中に炯光《けいこう》を増し、まさに亡者のようなありさまと化していた。両手の指で太腿を囲うようにして輪をつくると簡単に指が届き、なお余りある状態だった。

シベリアに抑留され、厳格な環境下で苛烈な労働を強いられた日本人約五七万五、〇〇〇人のうち一割近くの五万五、〇〇〇人が現地で命を落としたが、亡くなった人の九割に及ぶ人数がこの最初の冬を越せずに逝ってしまった。

抑留者の全滅は時間の問題かと思われたが、人間の身体はそんなに脆《もろ》い一方でもなかった。ぎりぎりの環境に耐えた身体はその環境に対応してきた。一度体験した寒さには二度、三度と耐え、僅かの食料しか与えられぬ胃は縮小し、少しの分量でも満足するようになっていった。

こうして初めての厳冬を乗り越えた者達は、その後も犠牲は出るものの、徐々に死亡による淘汰の率を減らして、ダモイ（帰国）に微かながらの希望《のぞみ》を託して数年を生きながら得たのであった。

いつしか五年の歳月が過ぎた。他の抑留者と同じように痩せ衰えた姿を晒しながら、正夫もまた一日一日を何とか生き延びていた。

日に一度は手にして見る懐に吊るしたお守り袋の中の夏夜の写真は、当時の写真製版の低劣な技術と、毎日の出し入れで付着した指の脂のため殆ど見えなくなり、僅かに裏面に書かれた励ましの文字を垣間見ることができるだけの状態になっていた。日本に還りたい。祖国の土を踏み、ひとめ夏夜の顔を見たい。その一念だけが正夫を生き長らえさせていた。他の者達も相手こそ違えども寄せる思いは同じだった。恋人に逢いたい。女房に子供に年老いた両親に……執念と望郷の思いだけが彼らを支えていた。

日本の情報がまったくはいらないので、夏夜の安否も不明のままだった。空襲で殺《や》られてはいないか、既に誰かと一緒になっているのではないか、千々に思い乱れる時は、立場を変えてこのままロシア人になることができればどれほど楽かと弱気になる時も一再ならずあった。現地ではロシア語を解する者が政府の命を受け、抑留者達に共産主義に鞍替えするような洗脳の演説を毎日のように行っていたのだ。

気がふれて、自分がロシア人だと言い出す者や、勝手にダモイの連絡を受けたとはしゃぎだす者もいた。誰もが一歩踏み込んでしまえば正常でなくなる正気と狂気の狭間《はざま》を彷徨《さまよ》っていた。正夫を正気の世界で踏みとどまらせていたのは、夏夜の写真と共に連隊の最後の生き残りである河合の存在だった。

河合久義、正夫より一つだけ年下のこの青年は正夫から遅れること一年、やはり学徒動員で満州の地に駆り出されていた。

宮崎出身の河合はもの静かな正夫とは好対照に南国の陽気な雰囲気を醸し出していた。

「祇園に残してきた許嫁がいてね。夏夜さんて言うて、源氏物語の紫の上に例えられるような別嬪さんなんや」

「自分にはそげんないい人はおりませんが、もぞらし（かわいい）妹がおります。もう誰かの嫁女《よめじょ》になっちょるかも……」

「古《いにしえ》より桜の季節はそりゃあ華やかで、すぐ近くの円山公園のしだれ桜を始めとして、醍醐や蹴上までもよう足を伸ばしたもんや」

「桜もそうじゃろうけど、自分の故郷宮崎の野辺一面に咲く菜の花はてげ（とても）きれいやっちゃが」

正夫が夏夜の話をすれば河合は妹のことを語り、京都に雅やかに咲き誇る桜を話題にすれば、南国の野辺に咲き乱れる菜の花を引き合いに出してくる。とりとめのない話を交わしながら二人の絆は日々深められていった。

当初、二人が故北口少尉と一緒に送り込まれたラーゲリはシベリアの東南部、モンゴルや中国とも国境を接するチタ州のカダラという土地であったが、今では紆余曲折を経て、タイシェットなる地に移動させられていた。そしてこの地こそがソ連の中央部に位置する一大拠点となる重要な土地であった。

シベリア鉄道、それはソ連の西部にある首都モスクワから東の涯、日本海に面するウラジオストクまでの九、二八八キロを繋いだ長大な路線だ。ソ連の東西の交通を担う背骨とも屋台骨とも言われる重大な路線だが、それだけにそのたった一本の線に事故でも発生すれば何かと支障がある——ということで新たに第二シベリア鉄道の建設が画策されたのである。

それは当時の路線のほぼ中央部にあたるバイカル湖と東部のアムール河を結ぶことになるのでバアム鉄道と名付けられた。そしてその起点、バイカル湖のやや西側にあり、第一シベリア鉄道との分岐点になったのがタイシェットだった。ここにもカダラ同様に二万人を超す日本人抑留者が送り込まれていた。ここでは鉄道路線のための伐採と枕木やレールの敷設が抑留者の主な仕事であった。

仕事は変わっても季節の厳しさは相変わらずだ。夏は虻《あぶ》や蚋《ぶよ》などの吸血虫が纏わりつくし、冬は冬で凍てつく氷点下の気温がいつまでも続く。ちょっとしたことが命取りになるのも同じだ。虫に刺され痒い部分を引っ掻いたため、その傷跡から破傷風になる者がいれば、冬に手を滑らせ、レールや木材を足の上に落として骨折する者も後を断たない。そして河合の場合もそんなちょっとした迂闊さが契機《きっかけ》であった。

その日はとりわけ厳しい吹雪の日だった。持ち回りであったが、この日、河合に飲料用の水汲み当番がまわってきた。川まで行って氷を叩き割り水を汲み、それを運んでくるだけのことだが、これが力仕事だ。重いハンマーを何度も振り回して氷を砕く。下を川の水が流れていればそれを汲むし、下まで結氷していれば、氷を樽に入れて馬車に積み込む。手伝いはいない。ひとり仕事だ。ただでさえ、ヘトヘトになって戻ってくるのだが、この日は帰途の途中で馬が路面の悪さ故にバランスを崩し横転、積み荷の氷を路面にぶちまけてしまい、その際に水しぶきをまともに受けてしまった。

「くそっ！　この寒空に」

そう文句を言っても仕方がない。荷物が元に戻るわけではない。不幸中の幸いは馬が無事だったことだ。骨折でもしていようものなら立往生になった筈だ。

やっとのことで再度氷を搭載し、ラーゲリに戻った時は既に日が暮れ、他の労働に就いていた抑留者達も全員戻っていた後だった。正夫が預かっていてくれた夕食の粟の握り飯に食らいつく。とても空腹が満たされるとはいえない代物だが、それでも胃袋にものが入れば眠気を催してきた。通常の倍の疲労を感じて、ついそのまま寝入ってしまったのだが、これがいけなかった。身体を濡らした後はすぐに拭かないと、この寒冷地では凍傷の運命が待ち構えている。軽いものならしもやけという程度で済むのだが、下手をすると致命傷になる。そんなことは重々わかっていた河合なのだが、あまりの疲労でつい疎かにしてしまった。そばで寝ている正夫にしても既に睡眠にはいっており、河合のことを構ってやるほどの余裕はなかった。

そのような状況で翌朝起きてみれば天罰覿面《てきめん》、凍傷の激痛が河合の両手を襲った。あまりの痛さに指が強張《こわば》ってしまっていうことをきかない。無理にでもと気持ちを奮い立たせ、建物の外に出ることは出たが、手袋をしていても寒風に晒されると、もう気持ちも身体も萎えてしまった。治すには暖かくして休養を摂り、回復を待つしかないのだが、そういう時に限って、やむなく休養を申し出る相手のソ連兵が融通の利かない奴に当たってしまう。

この頃になると何年もソ連兵達とつきあっているので、彼らが決して鬼畜のような奴らばかりではないことは抑留者にもわかってきていた。優しい奴、話好きな奴、ウオッカを手離せない奴、すぐ歌い出す奴、顔に似ず涙もろい奴と千差万別、いろんな性格の奴がいるということでは日本人もロシア人も同じ、どの人種も変わらない。気のいい奴にあたって、果物や煙草の恩恵に与《あずか》ることもあったが、いかんせんこの日は相手が悪かった。ソ連兵の中でもひときわ口やかましく、があがあと声高にまくしたてるその様からロシア人によくある名前をとって、抑留者から密かにガガーリンと綽名《あだな》をつけられている奴だった。

抑留者の言い分などまったく聞く耳持たぬガガーリンはこの日も手強かった。最初《はな》から河合の患部を見る気もなく、ひたすら、

「サボタージュ、サボタージュ」

と繰り返し、自動小銃を片手に、河合と彼を庇う正夫を追いやるだけだった。

彼らの中にも派閥があるのだろう。ガガーリンの一派と思える連中は、同じく銃を構えて後ろから

睨んでいたし、対抗派と目される連中はニヤニヤ笑いながら、反抗する抑留者をどう押さえつけるのか、お手並み拝見とでも言わんばかりに、煙草に火をつけて対岸の火事の見物を決め込んでいる。また中には良心的なソ連兵《やつら》もいる。そんな連中は蒼ざめた顔をして、後方でオロオロしていた。

「このわからずやが。何と言われても手が動かないんやから、働けるわけないやろ」

河合と共に何とか冷静にと弁明に努めてきた正夫だったが、あまりのガガーリンの無理解ぶりにとうとう業を煮やしてしまった。

「だいたい、あんなコーリャンの握り飯と黒パンだけで力がはいるわけないやないか。もっと――」

「ニエート！」

正夫の言い分を中断して、ガガーリンが黙れとばかりに小銃を手に血相を荒げて近付いてきた。彼にとっての悲劇はその時起こった。

咄嗟に正夫が身を躱《かわ》すと、小突くべき相手に逃げられ、重い小銃を持っているため、重心を失いバランスを崩したガガーリンは氷土に足を滑らせて仰向けに転倒してしまった。銃を持っているばかりに、手で庇うこともできなかった後頭部をもろに痛打、何とその場で失神してしまったのだ。

ガガーリンのとりまき連が、大慌てで彼を助け起こそうとするのを尻目に、対抗派の連中は彼の失態を見て笑いころげていた。

結局、ガガーリンは仲間に支えられて医務室に連れていかれた。どさくさに紛れて河合は休養を取り、正夫は通常の労働に出ていったのだが、線路を運びながらも、正夫はこのままでは済まないだろうなと考えていた。

深夜、自動小銃の銃口が正夫のこめかみを二度、三度と小突いた。眼を開ければ、そこにいたのはガガーリンのとりまきの一人のソ連兵だった。

(やはり、来たか)

何らかの形でガガーリンが報復を実行してくるであろうことは予測していた。

(できれば話し合いで穏便に事を運びたいんやけど……無理やろうな)

「行っちゃいけない。朱雀さん」

眼を覚ましていた河合が起き上がり、正夫を庇うように手を広げてソ連兵の前に立ちはだかる。正夫が肩を掴んで河合を制した。

「ええんや。命まで取ろうとは言わんやろうから……」

「朱雀さん……」

男に追い立てられるようにして正夫は去っていった。そして、それは河合にとって正夫との今生の別れとなった。


正夫が連れていかれたのは意外なことに厨房だった。ガガーリンが腕を組み、これも意外なことに笑みを浮かべて正夫を迎えた。その横では小鍋にかけられたカーシャが煮え滾った泡を飛ばしていた。

(なんや？　仲直りの盃でも交わすつもりか？　いや、それにしては……)

正夫がそう思った次の瞬間だった。両側の暗闇から突如数名の男達が現れて正夫に襲いかかり、床の上に仰向けに組み敷いた。さらに次の瞬間、正夫の眼は目隠しで覆われ、口に漏斗《じょうご》のような物が突っ込まれた。

(ま、まさかあの熱湯のカーシャを口から流し込むつもりじゃ……)

正夫の全身の毛が総毛だった。しかし、何人ものソ連兵によって押さえ込まれている身体はびくともしなかった。

「もっと栄養のある物が必要らしいな。それなら飲ませてやろうじゃないか!」

ガガーリンの高らかな宣言が下された。

そのロシア語《ことば》を理解できる術もない正夫の口に熱湯が注ぎ込まれた。

「ぐううっ!」

喉が、食道が、内臓が、瞬時のうちに灼《や》け爛《ただ》れた。

次の瞬間、凄まじい激痛が疾《はし》った。

そして——何もわからなくなった。

第三章　岸壁

話は少し遡る。

昭和二〇年一〇月七日、一隻の船が日本に向かっていた。

その日、船上から見渡せる秋晴れの空は抜けるように青く、紺碧の海には静かに白波がたっていた。

船上では空と海だけの世界であったが、やがて陸地らしきものが遠望され、次第にくっきりとその姿を現しつつあった。

「あの影は……」

「そうだあれだ。見えた！」

「見えたぞ。陸が」

「日本か？」

「そうだ。祖国日本だ！」

「帰ってきた」

「帰ってきたんだ！　俺達は！」

前日、朝鮮の釜山港を出発してから丸一日、この後一四年間続く大陸からの引揚船その第一号、雲仙丸の勇姿であった。

「復員者の皆さん、ご苦労様でした。当船はまもなく京都の舞鶴港に入港いたします」

アナウンスが流された。誰もが感慨に耽っていたその時、何処《いずこ》からともなく歌声が聞こえてきた。

誰もが聞いたことのあるメロディだ。童謡いや唱歌か？　あぁ、そうだ！　この曲は――聞こえてきた曲は「故郷《ふるさと》」だった。

兎追ひし彼の山
小鮒釣りし彼の川
夢は今も巡りて
忘れ難き故郷

「春の小川」「朧月夜」「紅葉」などを送り出した作詞家高野辰之、作曲家岡野貞一によるもので、大正三年尋常小学校唱歌に初めて掲載され、今なお文部科学省唱歌を代表する作品として歌われ続けている名曲だ。

歌詞は子供の頃の野山の風景を遠い地から懐かしみ、生まれ故郷から離れ学問や勤労に励む人の心情を歌っている。

如何にいます父母

恙なしや友がき
雨や風につけても
思ひ出づる故郷

眼に涙を溜めながらいつしかみんな口遊《くちずさ》んでいた。

霞んだ眼から見える風景――白い砂浜が続く。その後ろには松林が。松の枝越しには民家の屋根が見える。さらに後方には緑の山脈《やまなみ》が――なんて美しいんだ。祖国の景色は。

皆が甲板に上がってきた。陸地側にばかり来るものだから舷側が傾く。

「危険ですから、片側にばかり寄らず、反対側にもまわってください」

船内放送が流れても誰も従うものはいない。みんな心はここにないのだ。

うっとりと涙する者、大声で泣き出す者、甲板に跪《ひざまず》き肩を震わせている者、子供のようにひっくり返って足をバタバタさせている者、表現こそ違えども感情の帰趨するところは同じだった。

クライマックスは次の瞬間訪れた。

船が入り江に入り、桟橋に向かうと陸地の様子が見えてくる。そこに見えるものは――人、人、人の波だった。岸辺まで大勢の人が集まって小さな日の丸の旗を振っている。凱旋門とでも言おうか、正面に門らしきものが拵《こしら》えてあり、その上部には「歓迎」の二文字がくっきりと書かれてあった。プラカード状の物もたくさんあった。

「復員兵の皆様、ご苦労様でした」

「お父さん、お元気でお帰りになるのを、お待ちしておりました」

「よくぞ帰ってきた。島田勇作君」

「唐津から出迎えに参りました」

「歓迎、山形県職員一同」

千葉県、香川県、秋田県、各地の幟や旗がひらめいている。

双方の歓声が行き交う中、船が錨を降ろした。小型船《ランチ》が横付けされ、復員兵達が乗り込む。小型船で桟橋へ、夢にまで見た祖国への第一歩だ。歓声は拍手へと変わり、感激する暇《いとま》もなく復員兵達は人波の中を歩んでいく。

――と、中に一人また一人とコースを外れる者がいる。出迎えの人と巡り合った者達だ。その場で両者が抱き合い、肩を震わせたまま動こうとしない。年老いた母と息子が、あるいは幼子の手を引いた若い妻と夫が、積年の思いを込めて互いにしがみついていた。

派遣された軍人、移民した民間人、現地で生まれた子供達を併せて、海外に取り残された日本人は六〇〇万人とも七〇〇万人ともいわれている。対して雲仙丸の乗員は二、一〇〇人、確率にして〇・〇三％程だが、にもかかわらず、僅かな出会いは厳然として存在していた。

この後、復員兵達はＤＤＴによる消毒を受け、何年振りかという湯船につかり、帰国者としての受付を済ませ、僅かばかりの金品を受給した後、各自、身を振り分けていくことになる。

引揚船の第一号である雲仙丸が入港したことは新聞各紙で大々的に報道された。遡ること一〇日、九月二八日に政府は舞鶴・浦賀・呉・下関・博多・佐世保・鹿児島・横浜・仙崎・門司の一〇港を引揚港に指定し、向こう数年に亘る引揚者の帰還という国を挙げての壮大な業務を開始したのであった。

人々はこれらの記事を読み、希望の火を灯した。父が還ってくる。夫が、兄が、図らずも生き別れになった家族が、再び海を越えて戻ってくるのだ。南方へ出征した人の家族の眼は太平洋岸の港へ。満州国に出征、あるいは移住した家族・親戚を持つ人の眼は日本海沿岸の港に向けられた。

だがこの時点で、関東軍の軍人がシベリアに送られ、最果ての地で強制労働を余儀なくされているという事実は、一般大衆はおろか、日本国政府ですら知る由がなかった。

昭和二〇年は雲仙丸・白竜丸が各三回の入港で、およそ一万二、〇〇〇人の引揚を果たし、翌昭和二一年、事業はいよいよ本格化する。

春四月、それまでは釜山・沖縄からの引揚に限定されていた船が遂に上海からの輸送を開始した。

四月一六日、その第一号であるＶ三九号が入港してきた。一段と高まる歓声、既に馴染みとなった光景が繰り返される。翻《ひるがえ》る旗・幟・日の丸、それを振る出迎えの人達、そして、その人の群れの中にあの夏夜の姿があった。

あの年の正月の空襲で、義父を失った夏夜は茶屋としての「朱雀」の経営を義母の晴美に教えられながら励んでいた。しかし、此度の舞鶴港の引揚港指定という報を受け、いても立ってもおられず、一子正人を晴美に預けて、自らは教職の資格を得、次世代に平和への観念を伝えていくという正夫との約束を実行しつつ、正夫の帰国を待ち受けるため、志願して、この春から教師として舞鶴の地に赴任してきていた。

セーラー服に身を包み、初めて唇に紅をさす興奮にうち震えていた少女は、既に成人した大人の面持ちを眼差しに宿し、きりりとした表情からは、僅かに残るあどけなさをその内に秘めながらも、並々ならぬ決意を固めている様子が見て取れた。

「朱雀正夫さん、お帰りなさい」

自分の身の丈ほどもある垂れ幕を作り、頻繁に港に通った。夏夜の心の拠り所は正夫から両親に宛てた手紙だった。自らの配属先を満州と知らせ、さらに文末では「——暑い夏の夜にも体調を崩さぬよう——」と添えてある。明らかに検閲の目を慮りながらの夏夜への配慮が見て取れる。この手紙があればこそ、夏夜や正人の入籍の手続き等がスムーズに事を運ぶことができたのだ。その子は今や日を追う毎に父親に似てきている。そして母子を助けてくれたその手紙は今、夏夜の手許にある。正夫の夏夜への思慮を汲み取った義母が夏夜に託してくれたものだ。

(うちはこの手紙を読みながら、何度蒲団の中で涙したことやろ。そやけど、その思いもあと少しや。もうじきあの人は還ってくる。そうしたら、すべては笑い話に変わる筈や)

そう信じて、只管《ひたすら》港へ通う夏夜であった。

そしてその間、正夫と交わした約束を守って子供達に戦争の愚かさ、痛ましさを伝えていった。軍国主義ではなく民主主義の世の中を創っていくために——戦前とは一八〇度異なる教えだったが、それは取りも直さず新生日本の教育方針でもあった。

一九四六年一月一日、天皇は自らの神格を否定し、人間宣言を行った。戦争を惹起し長引かせた軍人達は極東国際軍事裁判にその身を委ねることとなった。戦時中、敵機敵艦を撃沈し、軍神に祀られた人物はＧＨＱの報復の対象となることを恐れた人達に白眼視された。新しい人達による新しい時代の教育が必要とされていた。

「まさる君、たたいて言う事をきかせようとするのは、戦争を起こした軍人さんと一緒よ」

「ほら、のぶお君、自分の机からはみださない。きまりを守ったらケンカにはなりません。子供のケンカは大人の戦争とおんなじやからね」

「みよちゃん。お父さん還ってきたん。よかったね。よう辛抱したね」

「困ったら神風が吹くとか、神様が急に現れて助けてくれるとか、そんなことはないんよ。自分でしっかりしやんとね」

「自分の命は自分のもんやからね。お国のために使っても、お父さんお母さんは喜べへんよ」

夏夜は説いた。何故戦争が起こったのか、そのためにどれほどの人が亡くなったか、残されたものがどんな気持ちでいるか、生き残った者達は今後何を為すべきか——を。正夫との約束を守るために、そうすれば必ず正夫が生きて還ってくるであろうかのように。

「おなご先生、お父ちゃんが還ってきた言うたら、一緒に泣いて喜んでくれはった」

「『必ず死んで還ってきます』て言うのんはまちごうてるて言うてはる」

「うちもそう思う。万歳言うた後、お母ちゃんもお姉ちゃんも泣いてたもん。先生の言うことが合ってるんや。うち、大きなったら先生のようになりたい」

「わしなんか大きなったら、おなご先生を嫁にするんじゃ」

「あほ。あんたが大きなった頃、先生いくつと思うてるんや」

将太・早苗・広・光子・良雄・美代・健介・弘美……教え子達は目を爛々と輝かせて、おなご先生の授業に聞き入った。

そんな夏夜であったが、引揚船の入港を告げる銅鑼の音が聞こえるともういけなかった。授業そっちのけで自習時間にすると一目散に飛び出していった。

「あれ、朱雀先生は？」

校長や教頭が廊下を通りすがりに教師不在の教室に気付き、生徒に尋ねることがあった。

「港に行きはった」

驚き呆れて目を丸くする校長達であった。

夏夜も注意を受ける度に自我を押さえる努力をしようと思うのだが、銅鑼の音を聞くと、何回に一度は辛抱しきれず、特に家庭訪問などで生徒の両親の仲睦まじい姿などを見た後には、矢も楯もたまらず、気がつけば港で幟を振っていた。

しかし、そんな夏夜の気持ちとは裏腹に正夫がその姿を現すことはなかった。

昭和二一年は満州の葫蘆島《ころとう》からの引揚船が相次いだ。六月から七月にかけ、僅か二カ月ほどの間に四〇隻、ざっと一〇万人もの人々が帰国の途に着いた。

そしてその頃、関東軍将兵がシベリアに連行され、不当に強制労働をさせられている事実を確信した日本政府は、ポツダム宣言に悖《もと》る行為であると、アメリカ政府を通じてやっとソ連との交渉を開始した。それまではこの非人道的かつ過酷な現実を日本政府ですら知らされていなかったのだ。

日米合同による交渉は紆余曲折の末、ソ連政府を動かし、同年一二月、日本人抑留者の帰国に関する米ソ協定が交わされた。

一二月八日、シベリアからの帰国船第一号、第二号として「大久丸」「恵山丸」がナホトカを出発して舞鶴に帰港、遂にシベリアからの帰国も始まった。奇しくもそれは、五年前日本軍がハワイの真珠湾を急襲し、太平洋戦争の火蓋が切っておとされた日でもあった。

昭和二二年　のべ九一隻　帰国者約二〇万人
昭和二三年　のべ九〇隻　帰国者約一八万人
昭和二四年　のべ四六隻　帰国者約　九万人

三日とあげず、陸続と船が入港してきたが、依然として正夫に関しては、手懸かりすら得られない日々が続いていた。

しかし、年も変わったある寒い日のことであった。いつものように虚しく幟を降ろして、帰宅の途につこうとした夏夜の前で足を止めた復員者達がいた。

「朱雀正夫だと……」

自分以外の者が初めて口にしたその名を聞いて夏夜の血相が変わった。

「正夫にいちゃんのこと……知ってはるの？」

言葉を口に出して男達を見つめた。

男達は三人連れだった。汚れた軍服を身に纏い無精ひげを伸ばしている。年の頃はいずれも三〇前後といったところか。口を利いたのは中肉中背の男だ。戦場で負傷したものか右目に黒い眼帯をしている。残された左目の目付きは鋭く油断のならない様子がうかがい知れる。その後ろには茫洋とした大男と目端の利きそうな小男がひかえていた。

「朱雀正夫なら……知ってる」

中背の男が答えた。

「ほんま？　どこ、どこで一緒やったんです？　今、どこにいてますの？」

矢継ぎ早に質問を連発する夏夜を男が往《い》なすように扱って答える。

「安心しな。奴は生きてるよ。あんた、奴のおかみさんかい？」

「……はい」

「詳しく話して早くあんたを安心させてやりたいんだが……生憎、俺達にも段取りというものがあってね。自由の身になるまで時間がかかるらしいんだ」

当時、引揚者に対しては入国審査から始まって、住所・身寄りの確認、風呂、身体検査、衛生のためのＤＤＴの散布、そして衣服・金品の配給と、大人数のため各種の手続きには相当の時間がかかっていた。それは言われるまでもなく夏夜も充分知っていることでもあった。

「それで、よかったら待っててくれねえか。この船着場に五時でどうだ？　それまでにゃ手続きも済むだろうし、終わり次第かけつけてくるからさ」

「おおきに。ほな、ここでお待ちしてます」

「よし、それじゃ、ちょっと待っててくんな。おい、安、政、いくぞ！」

「へい！」

男達が去っていった。後ろ姿を拝むように見つめていた夏夜に安堵感が漂った。あの人が、正夫にいちゃんが生きていた。生きていたからには、今の人達と同じように還ってこれる筈や。三年もこの岸壁で待ち続けた甲斐があった。いや、あの祇園祭の夜から数えると、もう六、七年にもなろうか。その場に座りこみ、報われた苦労に対していつしかしゃがみこみ、安堵の涙を流す夏夜であった。

その夏夜に後方からそっと忍び寄る和装の女性の姿があった。小柄で、年の頃は五〇年輩であろうか、髪には白いものが混じりはじめている。ためらいながら夏夜の背に手をかけた。

「あっ……橋野さん」

振り向いた夏夜が女性の名を口にした。

橋野せい——東京に住まいしていたが、一人息子である信二郎の帰還を出迎えるため夏夜と同じようにこの地に移り住んでいた。息子の死亡通知書を受け取ってはいたが「いや、信二郎はきっと還ってくる」と、自分の信念を貫いて日々船着場に通っていた。船が着く度に顔を会わすようになり、夏夜とはいつしか親しく口を交わすような仲になっていた。

「橋野さん……やっと主人の消息を知っている人と出会えました。手続きを終えたら主人のこと、現地でのことを教えてもらえそうです。主人は生きているって言うてはりました。同じ場所にいた人が還ってこれたんやったのなら、主人もきっともうすぐですよね」

潤んだ瞳《め》に喜びを湛《たた》えて夏夜がしがみついてきた。二人の歳の差はちょうど親子ほどにもなる。同じ境遇にあたるせいのことを夏夜は母親のように慕い信頼していたのであろう。せいの腕の中で激情にかられ泣きながらずっと震えていた。せいも子供をあやすように両の手で夏夜の背中を覆い、ときおり優しく撫でさすっていた。

しばらくしてやっと感情の昂ぶりが納まったか夏夜が身を離した。おもむろにハンカチを取り出し、瞼を拭きはじめた。その夏夜にせいが声をかけた。

「夏夜さん、おめでとう。よかったわね」

「おおきに。ありがとうございます」

夏夜が涙をこらえながらもお礼の言葉を返す。その様子を見ていたせいは何やらためらっていたようだが、おもむろに口を開いた。

「喜んでいるところに水を差すようなんやけど、ちょっと聞いてくださいね」

一緒に喜んでもらっているとばかり思っていたところにせいが妙な言葉を口にした。夏夜が訝《いぶか》しげにせいに視線を向けた。

「夏夜さん、私はあなたより少しは長くここにおります。その間には信じたくないようなことも見聞きしてきました。それは帰国者のなかにはとんでもない不心得者が混じっているということです」

せいを見続ける夏夜の視線を避けるように少し眼を伏せてせいが話を続ける。

「その者達は迎えの女を騙《だま》して乱暴狼藉をはたらくことなど何とも思っていないということです。事実そういう目にあって、それ以降この岸壁に来られなくなった人も知っています。夏夜さん、あなたがさっき会っていた男達にもそういう不穏な匂いが感じられました」

せいが顔を上げ夏夜と目が合った。夏夜のことを思う慈愛に満ちた眼差しだった。

「僅かな情報でも知りたいという肉親の情につけ込むような不逞の輩に欺かれぬためには、まず確認をしてください。ご主人の年齢や性格、あるいは出身地などの特徴を戦友――いえ、少なくとも戦場を同じくした人ならある程度のことは知っている筈です。それで彼等の言っていることが嘘か真実かわかります。何も答えられないようなら――決して追《つ》いていったりしないことです」

「あっ……」

せいにそう諭されるまで迂闊にも夏夜は彼らの言う事を鵜呑みにしていた。そうか、そのような事もあるのかと、あらためてせいには感謝した。

「橋野さん、ご忠告ありがとうございます。真摯に受け止めて、まずは確認するようにいたします」

「わかってくれましたか。本当なら一緒に行ってあげれば、いいんやろうけど……ここのところ身体が思わしくなくて、この後診療所へ行くことになっとるもので……」

せいが最近不調を託っていたのは夏夜も知っていた。

「一人で大丈夫です。橋野さんこそどうぞお大事に」

そう夏夜が取り成して二人は別れたが、せいにはまだ夏夜がのぼせているように思えて、一抹の不安を禁じ得ぬ自分が歯痒かった。

そんな二人を尻目に男達の間ではとんでもない会話が交わされていた。

「兄貴、朱雀って野郎とは、何処で知り合ったんで?」

「馬鹿野郎。後にも先にもそんな奴知るもんか。それより見ろよ。匂い立つようないい女じゃねえか」

「えっ、それじゃ……」

「そうよ。外地じゃ不自由してたしな。ちったあ俺達も、祖国でいい思いをさせてもらおうじゃねえか。おめえ達にも、後で――な、わかってるな」

「さすが兄貴だ。あれだけの女はそうそう見かけませんぜ」

「俺達にもやっとツキがまわってきたということだ。ふっはははは」


夏夜と別れて数時間後、せいが船着場の横の診療所を訪れた。帰還者達の診断は終わり一般の受付が始まっていたようで、待合室には人が二、三人座っているだけだった。

(思いのほか早めに診察を受けることができるかな)

そう思ってせいが腰をかけた途端、すぐに、

ピリピリピリピリー

耳をつんざくような警笛音が診察室から聞こえてきた。せいや待っている人達が思わず身をすくめると、

「ごめんなさ〜い」

少年が部屋から飛び出してきて、あっという間に外へ逃げていった。

「こらっ、将太！」

若い医師が怒鳴りながら出てきたが既に少年は逃げた後で、待合室の人達と眼が合うと照れくさそうに診察室へ戻っていった。

多少のざわめきはあったものの、まもなく診察室・待合室とも落ち着きを取り戻し、

「次の方どうぞ」

診察が再開された。

少ししてせいの順番がきて診察室に入っていった。——と、医師の胸許に首からひもでかけられた警笛が眼に留まった。

「あ、これが……」

指さしながらそうつぶやくと、医師にもわかったものか、

「そうなんですよ。さっきの少年——将太っていうんですが、せんだって往診して病気が治ったお礼にということで、彼の大事にしていたこの笛を持ってきてくれたのはいいのですが、『本当に使えるのか？』と聞いたら、眼の前で吹かれて……いやぁ、元気になってくれるのもよしあしですね」

「まぁ」

思わず口許がほころんでしまうせいだった。

「実は調子が思わしくなくて……」

気持ちがほぐれたところで、自然と医療の話にはいっていった。

陽が落ちてきた。西陽《にしび》が日本海に沈んでいく。その西陽が船影を赤く染め、山の端にも陰影をもた

らす。

そろそろ時間だと夏夜が住居《すまい》をあとにする。

はやる気持ちを抑えきれない。正夫はどうしているのだろう。伝え聞く話によれば、シベリアという地はとんでもない極寒の地で、食糧事情も悪い中で、伐採などの強制労働に明け暮れているとのこと——帰還してくる殆どの人達が痩せ衰えた姿と化している。まずはゆっくり休んでもうて、滋養を摂ってもうて……後はやっと二人の生活が始まるんや。うちが朱雀の家にはいってることも知らんやろうし、一子の正人がもう小学生にもなるて聞いたらどんだけ驚きはることやら……

口許がついほころびがちになる夏夜だったが、いかんいかんと自らを戒める。橋野の忠告によると帰還兵の中には平気で女を欺くような男がいるとのこと、まずは正夫のことを確認すること、それまでは緩みがちな感情を封印しなければ。

複雑な気持ちを織り交ぜて歩いていた夏夜だったが、薄闇のなかふと前から近付いてくる人影に気がついた。

随分と小さい容姿だ。子供かな？　それやったらうちの勤めている小学校の子やろうか？　こんな時間に一人歩きするなんて……注意してあげんとあかんかな……ん、あれは……将太君……？

「おーい、将太君？」

「あっ、朱雀先生」

夏夜の呼びかけに少年が小走りに駆けてきた。丸坊主の頭に利かん気の強そうな顔立ちをしている。夏夜が担任するクラスの生徒で将太だった。たしか風邪とかでここ二、三日学校を休んでいた筈だが……

「どうしたん？　将太君、こんな時間に。たしか風邪で休んでたんとちゃうのん？」

「そやねん。それで良うなったから診療所の先生にお礼を言いに行ってたんや。ほら、朱雀先生から『人に助けてもらったら、必ずお礼を言うんですよ』って教わったから」

「まあ」

この子は私の言いつけを守ってこんな時間にわざわざ診療所まで……それじゃ注意するのは今度にしてあげようか

「それでね、先生。おいらが一番大事にしていたあの笛をお礼にあげてきてん」

「あら、そういえばいつも首にぶらさげていた笛がないわね」

「そやねん。おいらの一等賞の笛やったけど、あの先生もおいらを治してくれたから一等賞をあげてきてん」

たしかあの笛は将太が運動会の徒競走で一等賞を取った時に警察官で交番勤務をしている友達の広のお父さんから不要になった警察の払い下げ品ということでご褒美にもらったはずのものだ。それ以来将太が大事に持っていた筈だが、そんな大事な物を手離したというのか。夏夜は目の前の将太が何とも言えずいじらしくなった。

「おおきに、将太君。先生の言ったことをちゃんと守ってくれてるのはよくわかりました。でももう大分暗くなってきてるから気を付けて帰るんよ」

「うん、わかった。あしたから学校に行くから。先生、またあしたね」

手を振りながら小さくなっていく将太の姿を見つめているうちに夏夜は気持ちが暖まるのを感じ、きっと今夜の正夫についての話もいい便りがきけるに違いないと思った。

夕刻五時、夏夜が船着場に現れた頃には既に陽は暮れていた。三人連れではなく、男がたった一人で煙草を吸いながら街灯の下にその姿をさらけ出しており、微かに点る灯りがその特徴である眼帯をぼうっと映し出していた。夏夜の姿を見て男の方から声をかけてきた。

「よおっ、おかみさん。時間をつぶさせて悪かったな。おかげでこちとら久し振りに風呂ですかっとできたぜ」

仲間はいないのか、夏夜がおそるおそる質いて見る。

「あのう、お連れさんは……？」

「ああ、あいつらか。やつらはあんたの旦那を知らんし、人相が悪いのが一緒にいてもあんたも気持ち悪いだろうから遠慮してもらった。今頃どこかで祝杯をあげていることだろうよ」

たしかに見知らぬ三人の男に囲まれたら危険だとは夏夜も考えていたところだ。男の言うことがどこまで本当かはわからないが、ここは素直に聞き流しておくとしよう。

男が続いて話しかける。

「随分冷えてきやがったな。積もる話になるだろうから、こんな桟橋で立ち話も何だ。事務局でいい居酒屋《みせ》を教えてもらってきたからそちらへ行こうか。幸い援助金の支給もおりたことだしな」

それだけ言うと男はすぐに踵を返して歩いていこうとした。否《いや》も応もあったものではない。これが男の作戦ならそれにのってはいけない。橋野せいが言っていたのはまさにここのところだ。

「待ってください！」

男の足を引き留めようと夏夜が声を絞り出す。

「その前に、ちょっと……うちの人が言っていたことを何か教えてもらえませんか？」

「ん？」

男が足を止めて振り向いた。

「その……人間違《ひとまちが》いいうこともありますから、せっかくご一緒してもやっぱり別人やったいうことにならんように先に主人の姿かたちや性格、出身地などを確認しておきたいんです」

夏夜がそれとなく言い繕った。

「何言ってやがる。名前の方はともかく、『朱雀』って名字はそうあるもんじゃねえ。間違いようもねえだろう」

「あ、でも念のため……主人は農作業に従事していましたので、がっしりした身体つきで指の節などもごつごつしていました。うちとは歳も離れていて、九州の出身なので訛りを気にしていました。酒癖が悪かったので、迷惑をかけませんでしたでしょうか……」

男の言葉から夏夜には男が肝心のところに触れるのを避けようとしているようにも感じられたので、思いっきり嘘を並べ立ててみた。これで男がどう出てくるかだ。ひっかかるのかそれとも……

そんな追及を続ける夏夜に男が向き直った。疑われているらしいことは男にも察しがついた。男としてもここが正念場だ。まだ灯りが点り、多少ながら人の横行もある。何とか信用させて仲間が待ち受けているところまで獲物を連れていかなければならない。わかる範囲、想像できる範囲で言葉を取り繕っていくしかない。まるで狐と狸の化かしあいだ。

「そうさなあ。奴と離れちまったのは終戦のどさくさの時だ。随分前だから俺の記憶も大分薄れているんだが……痩せてはいたな。ま、こんな食糧事情だから太っている奴などまずいないがな。歳ははっきり聞いたことはなかったかな……若く見えてたように思うんだが……あんたのことはよく話していたぜ。『若い別嬪さんを嫁にもらったからなんとしても生きて還らなくちゃって』な」

男が差し障りのない推測できる範囲で言葉を取り繕うとしているのが見て取れた。と、同時に男の嘘がはっきりとわかった。夏夜が朱雀家に籍を入れることになったのは正夫の出征の後で、夏夜の妊娠が明らかになったからだ。そのことを告げる父である正の手紙は交通事情が悪いため戻ってきていた。この男とは正夫と夫婦であることを前提に会話を交わしていたが、それは当の正夫ですら知りえない事実なのだ。

「わかりました」

そう言って、夏夜がもと来た道に引き返そうとした。今度は男の方が慌てて引き止めにかかる。

「おいおい、そっちじゃねえぜ」

「いいえ、あんさんの言うてはることが嘘やとわかりましたから、もうそちらへ行く必要はありません」

「な、なんだと……」

「主人とうちが一緒になったのは出征後のことです。まだあの人はそれを知らない筈やと言うてるんです」

「うっ……」

男の顔色が変わった。

「せやから、嫁さんが待ってるなんて言うことはある筈がないんです」

それだけ言うと夏夜が再び歩き始めた。

「お……おいおい、ちょっと待ってくれ。嫁さんと許嫁の聞き違いだったかもしれん。いや、きっとそうだ」

男の声が背中から聞こえるが、夏夜がもう足を止めることはなかった。立ち去ろうとする夏夜に男の捨て台詞が聞こえてきた。

「馬鹿野郎。人が親切に教えてやろうと言っているのに……畏れ多くも外地から帰還した天皇陛下の赤子《せきし》を何とこころえとるか！」

普通なら聞き流すところだが、欺かれていたという悔しさから振り返って夏夜が言い返した。

「天皇陛下は人間宣言をなさいました。あんさんが赤子なんていうことはありません！」

その血相に男が思わず怯んだ。

「くそっ、気の強い女だぜ……ん、天皇陛下だと……それに赤子……赤《あか》……待てよ……まさか……」

何やら男が呟きだした。この隙とばかりに夏夜が再び立ち去ろうとした時、再度男が呼びかけてきた。

「思い出したぜ。間違いない。あんた、出征の前の日に奴と祇園祭に行ってなかったか？」

その場を素早く立ち去ろうとしていた夏夜の足が止まった。そうならざるを得ない肺腑を抉るような一言だった。

出征の前日、夏夜は川端通で見かけた正夫と連れ添い、夕闇の鴨川沿いを歩き、陽が暮れてからは人込みの中、戦中最後の祇園祭を堪能した。さらには人気のない八坂神社にまで足を伸ばして遂には正夫と結ばれることになった。夏夜にとってもそしておそらく正夫にとっても人生で一番強烈な思い出となっている日だ。さらにつけ加えるならそれは二人だけで過ごした時間であって、他の者の知り得る余地などない筈のものだ。そのような二人だけの思い出をあの正夫が心を許せぬような人物に語る訳がない。以上の点から鑑みるとやはり男と正夫は知り合いであり、それも心を割って話せるような仲であると考えられた。

今まで全く行方の知れなかった正夫の消息が初めてわかったのだ。夏夜に安堵の気持ちが湧き、同時に正夫に対する恋しさが急に募ってきた。

「正夫にいちゃん……」

虚ろな眼と呆けた表情、先程迄の夏夜にはない隙だらけの瞬間だった。もちろん男がその隙を見逃すはずはなかった。一瞬にやりとした口許をすぐ一文字に閉じ、さもありなんといった様子で夏夜に近付いてきた。

「そうだろうよ。奴もその日だけは忘れられないようでよく話してくれたよ。あんたのことは常々気にしていたもんだ。俺もいろんな奴の情報が錯綜しちまって、どいつがかみさん持ちだったとかはっきりわからなくなっちまってたようだ。まあこれで、あんたの旦那だってことははっきりしたようだ。

ゆっくり戦地での状況を教えてやろうじゃねえか」

そう言うと、馴れ馴れしく夏夜の肩に手をまわし誘導し始めた。夏夜も催眠術にかかったかのように呆けた表情で男に導かれるまま歩き始めた。

「それで、その時の少尉の奴がまた傑作でよ。奴も足許に注意してはいたんだろうが、まさか廊下に蠟を塗ってあるとまでは気付くまい。直後に足を滑らせもんどりうってどってんころりだ。その時の奴の顔ったらなかったぜ。まさに鳩が豆鉄砲を食らったっていうのはあの時のことをいうんだな。はっはっは」

男は饒舌だった。夏夜に考える時間《いとま》を与えぬかのように次から次へと話を繰り出していった。夏夜のほうは全く心ここにあらずの状態で、男に背中を押されながら殆ど無意識のうちに歩いてきたが、男の方にあせりがあったものか、夏夜を押す手に力がはいりすぎた瞬間があった。

「きゃっ!」

夏夜が草むらに足をとられ、前方に躓いた。咄嗟に手のひらを地面につき、身体ごと転倒するのは避けたが、次の瞬間鋭い痛みが疾った。

「痛うう……っ」

思わず手のひらに眼をやるとへばりついた砂粒と一本の細い木の枝が突き刺さっていた。木の枝を抜き取るとそこからじわっと血が滲み出してきた。

この時になって初めて夏夜は我に返った。いつしか町の中心部を離れて細い路地に入ってきていた。この先はたしか空き地しかなかったのではないか……

「あの……こっちの道は違ってませんやろか？」

という夏夜の問いかけに、

「チッ」

と、男の舌打ちが聞こえた気がした。

「さっき、事務局で聞いた話だと、少しだけ寂しい場所《ところ》を通るが、すぐ飲み屋街に出るとか言ってたぜ」

男が歩きながら取り繕うように言うのを夏夜がぴしゃりとはねつけた。

「嘘！　この先には何にもありません。うちは舞鶴に三年住んでるからわかります」

そう立ち止まって言ってのけた。

「気付かんでもいいものを……」

呟くように言うと男も立ち止まり、振り返った。

「だが、ちっと遅かったようだな」

がらりと男の口調が変わっていた。

「騙しはってんね」

「嘘をついたつもりはないんだがな」

「今から町の方へ戻って、そこで正夫さんの話をしてもらいましょか」

「生憎、俺は正夫さんの現地でのことに関しては知らねえんだよ」

「また訳のわからんことを……さっき、出征の前日に祇園祭とか言うてはりましたね」

「そのとおりさ。だが、俺の知っているのはそこんところだけってことさ」

「何ですって……？」

どうも男との会話が噛み合わない。用心するに越したことはないと夏夜がぐっと腰を沈めたその時、男が声をかけた。

「そうそう、その構えだ。あの時もそうだった。こう腰を引いて、手に赤紙をかざしていたな。台詞《セリフ》はたしか……『うちに手エ出すことによって、この天皇陛下から賜ったご通知を破るようなことにでもなったら、あんさんも畏れ多くも天皇陛下に対して申し訳が立たんと言うてますんや』……こうだったかな」

夏夜の顔から血の気が引いた。たしかに正夫の出征の前日、二人で祇園祭を見ている時に質《たち》の悪い男に絡まれたことが合った。眼の前のこの男があの時の男ということなのか。

「まさか……」

事態を信じたくない思いの言葉が夏夜の口をついて出た。それを男が聞き逃す筈はなかった。

「やっと思い出してくれたようだな。もっとも俺の方は髪や髭が伸びている上、あの時はしてなかった眼帯をつけているんで、気付かなかったのも無理はないんだが……ま、悔しかったぜ。俺の方は少し前に思い出していたのにあんたはなかなか思い出してくれない。何をするにしても、まずはあんたに思い出してもらってからの話だと決めていたんだよ」

「何をするにしても……」

「そう、あの時は見事に町衆を味方にされたんで引き上げざるを得なかったが……今日はそうはいかんぞ。あの時の借りを数年ぶりに返してもらおうか。ふっはははは」

男の勝ち誇った笑いが周囲に響いた。しかし空き地にしか続いていない路地ではその声が誰かに届くことはなかった。

逃げるしかない。事態を認識した夏夜が勝ち誇っている男の一瞬の隙を突き、踵を返し脱兎の如く駆け去ろうとしたその瞬間、男の声が飛んだ。

「待たせたな。安・政！」

「へい！」

いつのまにか後方に詰めていた二人が夏夜に襲いかかった。

一人が夏夜の足許を掬《すく》い、もう一人が声を出せぬように口を押える。このような連携プレーに慣れた手口だった。

あっという間に横倒しにされた夏夜に眼帯の男が伸《の》し掛《か》かってきた。

「悪く思うなよ、おかみさん。お国のために命を張ってきたのはあんたの亭主ばかりじゃねえってことだ。俺達だって死ぬ思いをして、やっとのことで命からがら還ってきた同じ日本軍人だ。そのあたりを汲んでくれたっていいだろうよ」

「卑怯者、女を騙して襲うようなことをどこの日本軍人がするもんですか。離してください」

「おやおや、日本の軍人さんが犯してきた悪行の数々を知らんらしいな。よし、この際はっきり教えてやる！」

男が身体を重ねてきた。

「いや、やめて……」

抗う夏夜、だが三人もの男の力には適いようもない。踠《もが》く足許の着物の裾が乱れ、ふくらはぎが露わになった。襦袢はさらにまくれあがり、その内側には太腿までもが垣間見えた。さらに馬乗りになった男が拡げた襟許からは白い乳房がちらりと頭を覗かせた。男達を興奮させるには充分すぎる刺激であった。その時、動きが儘《まま》ならぬ身で夏夜が口許に力を込めた。

「痛《つ》っ！」

夏夜の口許を手のひらで覆っていた男が顔を顰《しか》め手を引いた。血飛沫《ちしぶき》が飛ぶ。

「どうした？」

「この女《あま》、噛みつきやがった」

それを聞いて、馬乗りになっていた男が逆上した。

「おとなしくしやがれ！　この女」

怒声とともに強烈な平手打ちが夏夜の左頬を見舞った。

夏夜の意識が飛んだ。無抵抗となった獲物の胸許に男の手が伸びた。

ちちちちち
ぴぴぴ
ちゅん、ちゅんちゅん……

鳥の囀りが聞こえてきた。暗かった窓の外が白んできて、カーテン越しに朝の光が忍び込んできた。紫外線が瞼《まぶた》を擽《くすぐ》り刺激された眼がぴくぴくと反応する。やわらかに意識が戻ってきた。同時に頬のずきずきする痛みが伝わってきた。

(う～ん……)

やおら手を伸ばす。しかし指先が直接頬に触れることはなく、そこには何か布のようなものが貼りつけてあった。

(何？　これ……)

疑問を抱いたもののそれを追求しようとするまでにはまだ身体が覚醒してはいなかった。そのうちに伸ばした手のひらからも別の痛みが感じられてきた。ずきずきではない。こちらはひりひりする痛みだ。両の手を伸ばして顔の上あたりで手のひらを合わせる。こちらも頬と同じで違和感がある。やはり布切れのようなものが巻かれていた。

(何だろう？)

まだぼうっとした状態のままうっすらと眼を開く。合わされた両手が見える。片手には白い布――包帯がまかれていた。確認しようと合わせていた手のひらを開こうとしたところ衝撃的な赤い色が眼に飛び込んできた。

(えっ、血……？)

包帯が巻かれていない部分の数カ所が赤く染まっていた。血かと思ったが、よく見ると擦り傷などの手当てに使用される赤チンであった。再度頬に手をやる。こちらも医療に使われるガーゼのようだった。

（手、包帯、赤チン……ほっぺ、ガーゼ……何やろ………あっ！）

がばっと寝床から半身を起こして夏夜が覚醒した。やっと現状を把握したようだった。

（思い出した。あの眼帯の男に誘われて町はずれに行ったところで、隠れていた連中と一緒に襲われて……その時に引っぱたかれた頬の腫れだ。手のひらの傷はその前に転倒した時のものだ。あの時おもいっきり叩かれて意識を失くしたのか？　その後どうなったのか……？）

あの時のことを考えると改めて心臓が早打ちを始める。しかし目覚めた夏夜の目に映る光景は落ち着いたものだった。こぢんまりとした室内、置物はあまりない。机と椅子があるくらいのものだ。そういえば畳が敷かれていない。洋風の部屋だ。自分がいま起き上がった蒲団もベッドだ。

（戦後まもなくの物資もあまり豊富でないこの時代に洋室にベッドだなんて、いったいここは……）

夏夜が置かれている状況に不審を感じ、脳裏で詮索を始めた時、ドアをノックする音がして男が入ってきた。

白衣を身に着けた長身、細面の青年だった。髪が少し伸びており、耳や首のあたりまでを覆っていた。眼鏡の奥の優しい目が夏夜とそう年齢が離れていないことを告げていた。

「ああ、起こしてしまいましたか。朱雀……夏夜さんでしたね。容態は如何ですか？」

（誰？　この人。何でうちの名前を知ってはるの？）

まだぼうっとした頭で、夏夜はそんな疑問を抱いていた。

舞鶴湾の入り江の奥は山脈《やまなみ》が海際まで迫っていて、残された僅かばかりの平地に二八棟ばかりある小学校の校舎規模の建物が並んでいる。これらの建物は平《たいら》海兵団（平は地名）として昭和一七年に建てられていたが、戦後の昭和二一年三月八日から引揚者の援護局として使用されることとなった。主に引揚者の寮として利用され、食堂・風呂・消毒室・医務室・医療用緊急宿泊施設・理髪所・物資交付所・留守宅通信渡し所・郷土室・尋ね人掲示場・よろず相談所などの設備が設けられていた。

その中の医療用の緊急宿泊施設の一室で早朝の仄暗さを補うべく明かりが灯り、二つのシルエットが浮かびあがっていた。

「さあ、これで大丈夫です。手の擦り傷はたいしたことはありません。ほっぺがちょっと腫れあがってきましたね。湿布薬を貼っておきましたので、二、三日安静にしておいてください。鼓膜が心配だったのですが、破れているようなことはなさそうですね」

白衣を着て話す男の前には、ベッドの上で半身に起き上がった夏夜がいた。その手には包帯、頬には湿布薬が貼られていた。

「引揚所にある診療所の先生でしたか。けど、何で……うちの名前を知ってはったんですか？」

訝しげに尋ねる夏夜に医師が笑って答えた。

「朱雀夏夜さん、この舞鶴であなたを知らなければもぐりですよ」

「えっ？」

「ははは、冗談はさておき、それほどあなたはこの舞鶴では有名な人の一人だってことですよ」

呆気にとられたような夏夜を見遣りながら医師は話を続けた。

「失礼、最初から話をすることにしましょう。私は井上真一と言います。この引揚所に詰めている専属医の一人です。復員兵達の健康診断をし、伝染病に冒されていないかなどを調べるのが主な仕事です。必然、船が着いた時は多忙になりますが、その時以外は比較的自由になる時間があります。医師達はこの時間を専門の研究に充てたり、あるいは碁・将棋などを楽しんだりと思い思いの時間を過ごしている訳ですが、私の場合で言うと、この辺りの散策に時間を費やしていました。もともと山地で育った私にとって海というのは憧れの存在でした。港に佇んでぼうっと海を眺めているのは何とも言えぬ至福の一時《ひととき》でした。毎日のように港で時間を過ごすうちに私は同じ顔の方を見かけるのに気付きました。それはあなたのように復員兵を迎えに来た家族の人達でした。橋野さん、森口さん、中村さん、そして朱雀さん……いつしか幟や旗を見て、私は皆さんの顔を覚えていきました。ある時、その中の一人、橋野さんが気分がすぐれぬ様子をしているのを見かねて、医務室で介抱してあげたことがありました。それが契機《きっかけ》で橋野さんとは懇意にしてもらうようになったのです。その橋野さんが昨日あなたが話している男達の人相風体を見て不信感を抱いたようなのです。あなたに注意はしたものの浮かれがちになっているあなたを心配して、体調の悪い自分に代わって今晩のあなたを見守るように私に頼みにみえたのですよ。私も引き受けたのはいいですが、さっき申し上げたように船が着く時ばかりは忙しい。復員兵と一般の方の診察を終えてはっと気が付き桟橋を見た時、ちょうどあなた達の後ろ姿が見えたので慌てて追いかけた次第です。それが後をつけてみて驚きました。私の前に二人の男があなた達をつけている。これがもし前の男の仲間だとしたら多勢に無勢、力に自信のない私一人ではどうしようもないと心配していた次の瞬間あなたが襲われるのが見えました。これはもう何がどうなろうと飛びかかるしかないと思ったその時にこれが眼に入ったのです」

医師はそう言って自分の胸許に目を遣った。

「あ、それは……将太君の……」

そこには昨日将太が風邪が全快したお礼に診療所の先生にあげたという笛がぶらさがっていた。

「ほう……将太をご存知ですか。ひょっとしたら先生の教え子でしたか。さすが彼が言ったとおり警察が使用していたという呼子笛です。効果は覿面《てきめん》でしたよ」

そう言って医師は笛を掴んで吹く仕種をした。

「ぴりぴりぴりと静かな場所に鳴り響かせて次の瞬間『警察だ！　そこで何をしとるか！』と怒鳴ったら、やつら這《ほ》う這《ほ》うの体で逃げていきましたよ」

にこやかに話してきた医師だったが、ここで居住まいを正して付け加えた。

「ただ……橋野さんから頼まれていながらみすみすあなたを傷つけてしまった。お詫びのしようもありません。許してください」

「とんでもない。どうか頭を上げてください。先生のおかげで助けて戴いたのはうちなんですから」

「いえ、朱雀先生を助けたのは橋野さんと将太ですよ」

「あ……」

医師が謙遜して言った言葉だが、二人にあらためて感謝の念を抱いた夏夜であった。

しばらく経って、頬の腫れがひき、湿布も取れた時点で夏夜は橋野せいの住居を訪れた。せいの依頼を受けた井上医師の機転のお陰で難を逃れた旨、丁重に礼を述べた。

用件を済ませ、出されたお茶を一服する余裕ができたところで室内の様子が眼に入ってきた。六畳一間の粗末な室内はせんだっての病院の部屋に匹敵するほどに何もおいていなかった。

「ほんの短期間のことと思っていましたので、身の回りの物しか用意していませんでしたが、長い戦いのつもりで臨まないといけないかもしれませんね」

聞けばせいの息子に対する戦死の連絡は既にはいっているとのこと。

「戦死したということで、遺品が届いたんですよ。小さな木箱が入っていました。遺髪かそれとも他の形見の品か、箱を振ってみたら何やらカタコト鳴るんですよ。何だろうと思って開けてみると、中に入っていたのは石ころがひとつだけ。どういうことかと問い合わせてみると、負傷者が多すぎてとか、砲弾でふっとばされて人物の特定がつかないので、現場の石を送っているとのこと。なんて人をバカにした話ですか。それじゃ亡くなったかどうかもわからないってことでしょ。こんな石、どこから取ってきたのかわかったもんじゃない。それならばこの舞鶴に来て、自分が納得するまで復員兵を迎え続けてやろうと決心したんですよ」

そしてせいはその息子とそう年の変わらぬ夏夜のことを何かにつけ案じてくれていたという。重ねて礼を述べた夏夜が顔を上げた時、そこに貼ってあった短歌に眼が停まった。

再会の来刻《とき》を信じて今日も佇《た》つ
岸壁の母　岸壁の妻

薄茶色のザラ半紙（当時使用されていた藁を基調とした良質ではない紙、わら半紙とも言う）に墨で書かれた文字が壁に押しピンで留めてあった。視線が停まった夏夜に気付いてせいが声をかけた。

「これですか。故郷《くに》におりました時に短歌《うた》の師匠《せんせい》に教わっていたことがありましてね……こちらでは時間だけはあるものですから拙いのですが手遊《てすさ》びに創作《つく》ったりしております」

せいは時間が取れた時には唯一といえる趣味である短歌創りに精を出していた。ここに認《したた》めてあるのはその中のひとつであろう。その短歌からは自らのそして夏夜を含めこの地に集った多くの者達の肉親を思う愛情と待つ身の女の辛さが汲んでとれた。

その思いの籠められた短歌を見て、夏夜にもふと自分の心情を吐露してみたい思いが芽生えてきた。

「橋野さん、うちにも短歌《うた》を教えてもらえませんか」

数日後、夏夜は改めて橋野せいの住居を訪れた。土曜の午後、授業が終わり、復員船の着く予定もない穏やかな日だった。玄関を開けてすぐ夏夜の眼がせいと会話を交わしている男性の姿をとらえた。見覚えのある容貌だった。

「あら……」

「ああ朱雀先生、こんにちは。いえ、以前に申し上げたとおり船が着く時以外は手が空いていますので、この際私も一緒に勉強させてもらおうかなと思いまして……」

男は井上医師だった。言葉の続きをせいが引き取る。

「せんだって、診療所で診てもらっている時にあなたの話が出まして、それで井上先生も短歌に興味があるとおっしゃったものですから……こういうことになりました」

今までは一人でしか創作の機会はなかったであろうが、にわかに話し相手が二人も増えてせいも心なしか嬉しそうだ。

「さてと……」

せいも腰を落ち着けて話し始めた。

「この前夏夜さんに短歌の師匠に習っていたと申し上げましたが、私自身あくまで教授を受けている段階で、人に教えるとか人の短歌を批評するいうほどの水準ではございません。でも下手の横好きで短歌を創るのは好きなものですから、趣味の仲間が増えるというのは大歓迎です。それで私が師匠に教わった方法をそのまま紹介したいと思います。創った後は批評などではなくお互いに感想を述べあえればそれでよろしいのではないのでしょうか」

初心者である夏夜や井上医師の緊張を解くかのように言葉を綴りはじめた。それを聞いて二人とも心成しか気持ちが解《ほぐ》れたようにも見えた。

「『きんきしょが』という言葉をご存知ですか？」

橋野が尋く。夏夜は頷き、井上は首を振った。

「きんは琴と書きます。音楽のことです。きは将棋の棋、そのまま囲碁将棋のことです。しょは書道、がは図画の画で、中国の士大夫《したいふ》（官僚）にとって嗜むべき教養のことです。私の師匠は比較的裕福な家に生まれたので、これらを身に着ける環境に恵まれていました。宗教なども従来の仏教だけでなく耶蘇《やそ》教――今のキリスト教ですね。その洗礼を受けるために教会にも通ったことがあると申していました。それらの経験を踏まえて私に教えてくださったのは自由にということです。個性的と言い換えてもいいでしょうか、囲碁なら最初の一手は盤面に石を置く場所は三六一通り考えられます。絵画に至っては真っ白なカンバスにいかようにも思う通りのものが描けるわけです。さて、古《いにしえ》からある短歌では殆どの歌で掛言葉が多用されています。ただそれは修練を積み、技術を会得して初めてできるものであって、最初からそれに拘っていては何もすすまないということです。まずは創ることから始めてみましょう。すべてはそこからです」

せいが茶を啜って話を続ける。

「さて、師匠に教わった方法というのは一から短歌を創るのではなく、既成の作品を利用してそれに自分なりの創意工夫を加えていくという手法でした。ご存知のように短歌は五七五の上の句と七七の下の句で成り立っています。その上の句を活用して自分独自の下の句を創作するやり方です。良い悪いは別にしてこの師匠から教わったものをそのままお二人に踏襲してみたいと思います」

「いわゆる連歌ですか」

夏夜が確認する。

「そう、私の師匠はこれが一番人の気持ちが理解できるようになり、且つ古典の手法を学べると考えていたようです。ともかくここから初めてみましょう」

そう言ってせいが予め用意していた手許の冊子に眼を留めた。手を伸ばしながら二人に声をかける。

「ところでお二人は短歌の素養は如何ほどかありますか？」

「高等学校の古典で学んだくらいですかね」

と、井上が答え、夏夜が追従する。

「うちも同じようなもんです。それに加えて小さい頃から百人一首に親しんでいたくらいで、短歌を創るような経験はありませんね」

「悪く言えばど素人、良く言えば何物にも染まっていない真っ白な状態ということですね。よろしい。では先程申し上げたようにまずは創ってみましょう」

そう言うとせいは冊子を開いて練習の対象となるべき短歌を選別しはじめたが、予め決めていたかのようにすぐに該当の短歌を見つけて言った。

「最初はこの短歌にします『久方の光のどけき春の日にしづ心なく花の散るらむ』百人一首に選別されている紀友則の短歌です。のどかな春の日にはらはらと桜が散っていく様を素直に詠んだ短歌で、百人一首の中でもことに親しまれている一首です。この短歌はのんびりとした春の風情を歌った上の句と桜が急ぐように散っていく下の句とでは実に対照的な表現がなされています。この上の句を利用してお二人には下の句を創って戴きます。創作時間は墨をする時間ぐらいでよろしいでしょうか？それでは始めてください」

夏夜も井上も自前の硯と墨、さらには藁半紙まで持ち込みで用意していた。徐《おもむろ》に風呂敷包みから道具を取り出して墨をすり始める。墨をすり終えるまでというと一〇分か一五分ほどだ。初心者にとってはあまり時間がないという焦りさえ生みだしそうなひと時なのだが、夏夜は落ち着いていた。あの幼き頃の百人一首を競った時が思い出されて妙に嬉しかった。

「ひゃあ〜、すりあがるまでの時間か、まいったな〜」

井上が悲鳴をあげてその後もなにやらブツブツ言ってはいたが、やがて静かになり創作の時間が過ぎていった。三人の墨をするキュッキュッという音ばかりが部屋に響いた。


それぞれが下の句を書き終えた頃合いを見計らってせいが声をかけた。

「皆さんできあがったようですね。最初なので今回は私から披露しますね」

そう言って上の句から節をとって詠み始めた。

「ひさかたの〜光のどけき春の日に〜……母看取るとはついぞ思ひし」

少し間をおいてせいが語りだした。

「私の母はこの桜の季節に身罷りました。のどかな春を迎える度にその時を思い起こします。紀友則と同じように対比の短歌になってしまいましたね」

(そうか、この人は春に母の死という悲しみに遭遇したのか。春うららといっても必ずしも浮かれている人ばかりではないのだな)

夏夜はそう自戒の念を新たにした。

「次は……そしたら井上先生、お願いできますか」

「いやあ僕ですか。何分《なにぶん》始めてなもので、とても披露するほどのものではないのですが……ま、何事も経験ですか……じゃ、読み上げます。ええっと、ひさかたの光のどけき春の日に〜……小町の心じっと噛み締む〜」

（あらっ、この人、短歌はあまり知らないと言ってたけど、よう知ってはる）

夏夜がそう思ったのも当然だろう。井上が詠んだ下の句の小町とは小野小町のことで、引き合いに出したのは百人一首にも採り上げられている次の短歌だ。

花の色は　うつりにけりないたづらに
わが身世にふる　ながめせしまに

長雨が降っている間に桜の花が色褪せてしまったように、物思いに耽っているうちに自分も年老いてしまったと時間《とき》の経つ早さを実感し嘆いている短歌だ。

「先生よくご存じじゃないですか。たしかにのどかな春の日には必ず思い出しそうな短歌ではありますわね。特に殿方には」

せいがからかうように言ったのは小野小町は後に日本ではクレオパトラや楊貴妃と並んで世界三大美女と称されるほどの美貌の持ち主と言われていたからだ。慌てて井上が弁解する。

「いやぁ、たまたま知っていただけで特に小町を意識したものではないんですがね。じゃ次、朱雀先生、お願いします」

こう言うとすぐ照れ隠しのように夏夜に順番をふってきた。

「えっ、あ、はい……それでは詠み上げます」

急に指名を受けて一瞬慌てた夏夜だったが、どのみち自分の番ではあるし、井上の慌てようが却って夏夜に落ち着きを持たらした。

「ひさかたの光のどけき春の日に〜……夫《つま》に寄り添い花を愛で行く」

まだ実現し得ていない現実——夏夜の願望が籠められた下の句だった。

「ほぉ〜」

そう感心したような声を出して頷きながら井上が感想を述べる。

「思い出ですか。それとも希望《のぞみ》、いずれにしても夫婦の仲睦まじさが感じられる微笑ましい下の句ですね」

さらにせいが言葉を添えた。

「本当に……早くその日が来ればと思いますね。でも『夫《おっと》』と書いて『つま』と読むなんてよくご存じですね。井上先生といい、あなたといい、随分侮れない知識をお持ちじゃないですか」

「いえ、私も井上先生が言われたように古典か何かでたまたま見かけたのを覚えていただけなんですけど……」

と、弁解したところで井上と眼が合ったのでお互いくすりと笑った。人から褒められる経験なんて久し振りだ。何とも面映ゆいものだ。きっと井上も同じ心持ちだろう。そう思った。

「では、次の短歌を申し上げます」

せいが再び口火を切った。

「のどかな春から一転して寂しい秋の短歌です。同じく百人一首より大江千里《おほえのちさと》の短歌で……月みればちぢにものこそ悲しけれ　わが身一つの秋にはあらねど……この短歌を課題曲とします。月を見ていると限りなく物悲しく感じられます。私一人のための秋ではないというのに――という秋の夜長の寂しさを託《かこ》った短歌で白楽天の漢詩を踏まえてのものです。それでは寸考してください」

課題曲が出された。せいに言われるまでもなく、ちょっと聞いただけでも寂しさが漂ってくる感じだ。

（さて、どうしようか）

と思った夏夜だったが、上の句に月という文字があるのに気付いた。月といえばすぐ思い出すのはあの短歌だ。

（ようし、それなら……）

夏夜の手が筆を執った。

考えること暫く、それぞれが筆を置いたところでせいが声をかけた。

「では、今度は夏夜さんからお願いできますか」

「あ、はい……」

夏夜が居住まいを正す。

「それでは……月見ればちぢにものこそ悲しけれ……雲のいずこに宿れんことを……」

「あら……これもどこかで聞いたような言の葉ですね」

声をかけたせいに夏夜が照れ隠しをしながら答える。

「ふふっ、ばれましたか。さきほどの井上先生と同じく百人一首の清原深養父《きよはらのふかやぶ》の短歌をもじったものです。『夏の夜はまだ宵ながら明けぬるを雲のいづこに月やどるらむ』というのが元短歌《もとうた》で、まだ宵と思っていたのに短い夏の夜はもう明けてきてしまった。あの月は雲のどのあたりに隠れることだろうというような意味合いの短歌です。それを叩き台にして、この仲秋の名月も時の経過と共にやはり我が身を隠すことになるのかな――、そういった思いを込めて創りました」

「なるほど……僕はそんな元短歌など知りませんが、それを聞くと自然の……月の美しさが一段としっくりくる――そんな気がしますね」

井上の感想にせいも頷いていた。

「では、次、私の短歌を申し上げますね。月見ればちぢにものこそ悲しけれ、欠け身のゆくえいずこにあらん……ちょっと寂しすぎますかね……」

せいが今しがた語った母を失ったこと、さらには息子まで去就が不明であること、即ち家族が欠けていくことを月の満ち欠けと掛け合わせたものだろう。先程の短歌といいこの短歌といい寂しさばかりが募る一方で、場の雰囲気が重く沈みそうになったので
「それでは井上先生、このへんでひとつ楽しい短歌でもできていませんかね」

と、気分転換の意味合いもあろうか、せいが井上に順番を促した。

「ようし、それでは私の番ですね。ちょうど楽しい懐かしい頃を偲んだ短歌です。月みればちぢにものこそ悲しけれ……幼い頃の芒《すすき》に団子――子供の頃は何かにつけ季節の行事が楽しみでした。仲秋の名月のこの頃は縁側に芒と団子を飾って月を眺め見た懐かしい記憶があります。その気持ちが甦ってきてそのままを書いてみました。単純すぎてちょっと拙《まず》かったかな」

「そんなことありませんよ。先生の子供心がそのまま伝わってきてとても微笑ましく感じられました

よ。でも先生がそう思われているなら、例えば『幼い頃』を『幼き頃』と文語体風にされたらより大人っぽく感じられたかもしれませんね」

「あ、なるほど『幼き頃』ね。これなら大人っぽく上品だ。う～む文語体ね。その手があったか」

井上が一人で感心しているのを横目に見ながらせいが夏夜の方を振り向いて言った。

「ところで夏夜さん、あなた先程『夏の夜は』とかいう清原深養父の短歌を口にされましたが、ひょっとしてそれはあなたの名前の由来とか……そういう関係のある短歌ではありませんか？」

鋭い指摘だった。なるほどそう考えても不自然ではない短歌だ。井上もほおっとばかりに身を乗りだしてきた。夏夜がやんわりと否定する。

「いいえ、この短歌とうちの名前とは何の関係もありません」

「あ、そう……いえ、夏夜さんは祇園の方やと聞いたことがあるものですから、そういうやんごとなき方の末裔かなとふと思ったものですから……」

「やんごとなき方とのご縁はございませんが、名前の由来に関しては当たらぬとも遠からず——枕草子からつけてもらったものです」

「枕草子って、あの清少納言の……」

「そうです。そうです」

「あの『春は曙』とかいう……」

「そうそう、それの夏の段です」

「夏の段というと……」

「夏は夜、月の頃はさらなり――っていう」

「あっ、聞いたことが……そうですか。夏の夜のカヨさんですか、なんとまあ風流な……『やんごとなき』まではいかなくても『さすがにえならざりける』ぐらいはいきそうですね」

「あのお……」

井上が口をはさむ。

「すいません。ちょっと解釈をつけてもらえませんか」

「『やんごとなき』は高貴な、『さすがにえならざりける』はそこまではいかなくても格式のあるといったような意味合いですかね」

橋野が微笑んで答える。

「ははぁ枕草子で言う『いとをかし』ですか。すいません。なんせ理科系出身なもので古典には疎くて……それにしても橋野さんといい朱雀先生といい随分古典に造詣が深いものですね。恐れ入りました」

と、井上が二人の話に割り込んできた。

「僕も朱雀先生が祇園の方だというのは聞いたことがあります。それで古典なども詳しいのですね。ただあまり京言葉をお使いにはならないのはどうしてかな。やはり職業柄といったところが関係しているのかな、とかねがね疑問に思っていたのですが……」

「ああ、それはおっしゃるとおりです。教鞭を執る身で『どすえ』もないでしょうから」

「やっぱりそうですか。この際橋野さんに短歌を教えてもらうついでに朱雀先生から京都弁を教えてもらえませんか。実は故郷に帰った時見様見真似で使ったら『京都弁うまいな』と言われましてね」

「あら、では私も教えてもらおうかしら」

せいも話に身をのりだしてきた。

「何言うてはりますどすねん。私の方が先どっしゃろが」

「この際一緒でよろしゅおますがな」

「そやけどそないいわれても、どす」

「その方が身につくえ、どす」

「ほんまかいし」

「ほんまやし」

なにやら漫才の掛け合いのようになってきた。たまらず夏夜が口をはさむ。

「やめとくれやす。そんな京都弁おへんえ」

窘《たしな》められた井上が首を竦《すく》めた。おそるおそる夏夜の目を上目使いで覗き見る。その眼は笑っていた。せいとも眼が合うと一斉に吹き出してしまった。井上が腹を抱えて笑い出した。せいも足許を崩して笑いに興じている。夏夜もまた口許を押さえて笑った。久し振りに心の底からの笑いだった。

しかし、楽あれば苦あり。復員兵の帰国事業はこの後思わぬ展開を辿り、夏夜はさらなる辛抱を余儀なくされることとなる。

昭和二五年春、ソビエト連邦は国営のタス通信を通じて日本に対する帰国事業の中止を突然言い渡してきた。「ソ連地域の送還は完了した」もう残留日本人はいないという理由だ。

「そんなバカな！」

帰国者から情報を得ている未帰還軍人の家族達が激昂した。

不可侵条約を一方的に破棄した参戦、二次大戦被害の報復ともいえる軍人達のシベリア抑留、米国を通じて交渉するまで「抑留などありえない」とうそぶいていた現実、その地で為された人を人とも思わぬ処遇、挙句に再び一方的な帰国事業中止の通達——

「ソビエト連邦《おまえたち》の言うことなど信用できるものか！」

未帰還兵の家族を中心として世論が盛り上がった。帰国事業中止の事態打開に向けて、再度日本政府によるソビエト連邦との交渉が始まった。

時すでに昭和二五年夏、あの終戦の夏の日からもう五年経っているにもかかわらず、真の終戦にはまだ至っていないというのが現状であった。

シベリアとは本来はロシアのウラル山脈以東のアジア部で、東は太平洋岸まで、北は北極海から南はモンゴル国境までの東西七、〇〇〇キロメートル、南北三、五〇〇キロメートル、面積約一、〇〇〇万平方キロメートルの広大な地域をさす。ロシア語で言うところのシビリで、語源は一六世紀にあったシビル・ハン国ともチュルク語のシブイル（眠っている土地）ともいわれている。実際に捕虜達が抑留されていたのはそれにとどまらない広範囲であったが、日本ではソビエト連邦全体の総称・異称としてそのように呼んでいた。

帰還兵の話によると、シベリアという土地《ところ》は夏は吸血虫に苛まれ、冬は一面真っ白に凍てつくこの世の生き地獄だという。こうしている瞬間にもあの人は倒れているのではないか、今帰れば助かる命がむざむざ原野に朽ち果てているのではないか、じりじりしながら待つ家族を尻目に交渉は遅々として進まなかった。

昭和二八年、ソビエト連邦の最高指導者であったスターリンが寝室で倒れ、同年三月五日病没した。この絶対的独裁者が日本人帰国事業を阻止していたのであろうか、日本政府の粘り強い交渉にソビエト政府が残留兵の存在を認め、同年一二月やっと重い腰をあげたのであった。一日千秋の思いで隠忍自重してきた家族の愁眉が開かれる時が来たわけだが、帰国事業中断の年からさらに三年の歳月が経過していた。

一二月一日、再開第一号である興安丸が着岸、新たに八一一名の復員兵が上陸した。以前と較べれば随分と少人数となった感は否めないが、残留兵が存在する限り帰国事業は継続するという日本政府の方針の下、続いて翌年三月には第二号が入港してきた。

復員兵がいれば迎えの家族もいる。微かな期待を胸に家族の人達も再び舞鶴に集まってきた。しかし、その中に夏夜の姿はなかった。

夏夜は疲れきっていた。来る日も来る日も岸壁に立ち続け、確かに還ってくるという保証《あて》もない人を待ち続けることに。疲労感が肉体を苛み、焦燥感が精神を蝕んでいくようであった。いつぞやの夏夜を欺いた男達に端を発し、帰還してくる男達すべての目がぎらぎらと獲物を見るような眼つきで夏夜を見ているようにさえ思えた。橋野せいとの短歌の会に顔を出すこともなくなり、孤独に圧《お》し潰されそうになる日が続いた。いつのまにか三十路となる日も近付き、まわりから再婚を勧められることも一再ではなかった。こともあろうに義母の晴美でさえ夏夜に気遣いながらそのようなことを口にすることがあった。そのような出来事が張り詰めている夏夜の気持ちを萎えさせるのに拍車をかけた。

（もうやめよう。祇園に還ろう）

若い夏夜がそう思うのも無理からぬことではあった。

そんなある日、一組の兄妹《きょうだい》が夏夜を訪ねてきた。将太と文江、将太は夏夜の最初の教え子である。頭を丸刈りにしたやんちゃ坊主で、洟をたらしながら校庭を駆けずりまわっていた印象が残っている。男達に襲われた時に井上医師が将太からもらった笛を吹いて、夏夜の窮地を救ってくれたことも忘れられない。その将太が当時の面影を残したまま背広を身に纏って夏夜の前に鎮座している。着こなしこそ板についてはいないが、体格はとうに夏夜を追い越し立派な青年になっていた。また文江は夏夜が現在担任をしているクラスの生徒であった。

「先生、俺、就職した。公務員になれたんや」

「ええっ、あのわんぱく坊主の将太君が公務員？　――そう、おめでとう」

夏夜は嬉しかった。自分の初めての教え子がもう一人前の人間として、社会にはばたく年齢《とし》になったのかと思うと、たとえようのないほど感慨深かった。同時にその歳月を費やしても進展のない自らの境遇を重ねると、一抹の寂しさが胸裏を過《よ》ぎるのもまた否定できなかった。そんな夏夜を前に将太は意外なことを言い出した。

「先生、それで俺、勤務先に引揚所を希望したんや」

「えっ？」

「――っていうか、もう実際に勤務してんねん。そこにいれば先生に会えるやろうと思うて」

「まあ」

以前ならば毎日のように訪れていた舞鶴港の桟橋だが、もう行かなくなって久しい。そこには復員兵達の受け入れのための施設がある。夏夜も一度男達に襲われて傷を負い、その治療のため井上医師に担ぎ込まれて医務室には入ったことがある。あの建物に勤めだしたということか。

「先生を吃驚《びっくり》させてやろうと思ってたんやけど、先生船着場の方へ来ないんやもん。以前は授業そっちのけで通ってはったのに。文江に尋《き》いてみたら、今は全然そんなことはないって言うし……先生、疲れたんか？」

将太の言うとおりだった。夏夜に咄嗟に返す言葉はなかった。

「もし、そうやったら……俺には不満やった。俺らに人の道を説いてくれた先生が何て様《ざま》や。ものごとは諦めんと成し遂げやなあかんて教えてくれた先生はどこへ行ったんや。先生を慕って引揚所に勤めた俺の立場はどないなるんや。先生に会《お》うたらどやしあげたる――こないだ偶然会うた早苗や八重子らにそない言うたら……俺の方がどやしあげられた」

夏夜は視線を合わせ続けることもできず俯いていた。将太が話を続ける。

「『あんたに先生の気持ちがわかるんか。何年も還ってくるかどうかわからん人を待つということがどういうことかわかってるんか。あんたが一番先生に教わったことが理解できてへん。人間の気持ちというものがわかってへん』――そう言われた」

（自分の教え子がいつしかそのようなことを言えるようになっていたのか）

俯いた夏夜の眼から畳に滴り落ちるものがあった。

「早苗らに指摘されてやっとわかった。俺……自分の鈍さに呆れた。そうや。あいつらの言うとおり、俺が先生から教わったんは先生の近くで働き、先生のその場での笑顔を見ることやのうて、真に人を思いやり、本当にその人のためになる言動を為すことやと思い知らされたんや」

将太が居住まいを正し、正座に座り直した。

「先生、今日俺がここに来たんは、そんな俺の愚かな考えをお詫びするとともに俺なりに大好きな先生を思っての考えを言うためや。先生、先生はようやりはった。もう自分のことを考えてええんちゃうんか。京都に子供さんを残してきてはるんやろ。京都に帰って親子が一緒に生活をして、今度は先生のために、残されたもんの将来のために生きていかはるのが幸せなんとちゃうやろか……」

将太の言葉が夏夜の胸のうちを貫いた。たしかに一子正人はすっかりおばあちゃん子になってしまい、特に小学校にあがってからというもの、夏夜が戻っても甘えることもなくどこか夏夜を疎んじるような仕種まで感じられるような気がする。やはり今が潮時だということだろうか。それにしても、あの将太がこれほどまでに成長していたとは……

教え子に切々と諭された。負うた子に道を教えられた。顔を上げることができなかった。帰っていく兄妹を見送ることすらできなかった。

「先生、帰らはるのん？　そんなん嫌やぁ」

「あのなあ文代、先生はな……」

文代の声が、それを諭す将太の声が遠ざかっていく。

畳が濡れていた。

いつのまにか陽が傾き、西陽が射し込んでいた。夏夜はふらりと立ち上がり、あてもないままに外に出た。

あの人は還ってくる
自分の幸せ
ものごとを諦めてはいけない
京都に帰って子供と一緒に

言葉と気持ちが錯綜する中、気が付けば夏夜は桟橋に来ていた。

夕焼けの中、一人の女性が立っていた。

夕映えに浮かびあがった人物は橋野せいであった。国から既に死亡通知が届いているにも拘わらず、出征した息子を待って、その子の必ずや生還することを信じて、せいは帰還船が着きだした当初から来る日も来る日も体力の許す限り岸壁に立ち続けていた。その眼には何が映っているのであろうか、視線を真っ直ぐ沖合に見据え、唇を真一文字に結んでいつまでも立ちつくしていた。

夏夜の霞んだ眼に仁王立ちのように映ったその姿は凛々しいというよりも寧ろ神々しく感じられた。

夏夜が何かに縋るようにせいに近付いた。

人の気配にせいが振り返り視線が合った。夏夜の潤んだ眼を見て何かを感じとったであろうが、せいは何も言わず微笑んだだけであった。

夏夜がせいに並びかけ二人して沖合を見た。並ぶことしばし、やがて夏夜の足が一歩二歩と前に進み、岸壁に立った。海に映る自分の姿を見て、夏夜が言葉を口にした。

「岸壁《きしべ》より　海面《うなも》を見れば　いつもひとり……」

何気なく発せられた言葉はせいの耳にも届いた。還る保証《あて》のない夫《もの》を待って無為な時間を過ごしているのではないか、自分の行為が報われる時は来るのか、待つ身の苛立ちと不安がその言葉に凝縮されていた。

そのまま下の句がどう言い継がれるのか待っていたせいであったが、夏夜の口は閉じたままであった。

（ん、どうしたのか？　自分が下の句を聞き逃したのか？　いや、そんなことはない。では何故下の句が発せられないのか。夏夜さんが自分と学んだのは短歌であって俳句ではない筈だ。にも拘らず上の句だけで終わるということは……あっ！）

ここまで考えてせいは愕然とした。たしかに夏夜がせいに教えを乞うたのは俳句ではなく短歌だ。そして僭越に思いながらもせいが夏夜に指導した手段は連歌だった。既にある上の句に対して、自らがそれをどう解釈し、如何なる思いを下の句に籠めるか――この自分が教わった方法で夏夜を短歌の創作に導いてきた。――ということは、現在苦悩の淵にいるように見える夏夜が同じ立場のせいに対して、連歌で教えを乞うてきたのではないか――せいにはそのように受け取れた。

最近の夏夜の態度や表情から夏夜が何らかの困難に直面し苦悩しているのであろうことはせいも感じとっており、そしてそれが恐らくはこの地での只管《ひたすら》待ち受けるだけの受け身の行為であろうことは察しをつけていた。

人にとって何がつらいかといって、終わりのないものほどつらいことはない。例えば何かの試合があるのならば、その試合が実施される日まで努力すればいいことだ。選挙に立候補したとするならば、期日まで運動すれば投票日には是か非か一応の決着はつけられる。眼に見える区切りというものが存在するのだ。

しかし、せいや夏夜の帰国者を待つという行為には区切りなるものは存在しない。これだけの努力をしたから相応の成果を得ることができるという保証《あて》もない。言うなれば自己満足ともとらえかねない行為なのだ。年配のせいでさえ辛抱の日々を余儀なくされているのに若い夏夜の精神《きもち》が苦悩に堪えかねて悲鳴をあげるのも無理からぬことではあった。

だが、連歌で結論を問うてくるとはせいにとってまったく思いもよらぬ行為であった。意識的にかそれとも無意識のものか、現在《いま》の夏夜の様子からしておそらくは後者のものと思われる。それは夏夜がせいを慕って信頼していることの証左《あらわれ》であろうが、せいにとってはとんでもない難題であった。

（なんとかして夏夜さんを思い留まらさなくては……）

初めのうちはそう考え、そのために句を思い巡らしていたせいであった。しかし夏夜の心情を鑑みるにそれは自分の気持ちにかなり近いものではないかと思えてきた。ならば自分の気持ちをそのまま下の句に著わせばいいのではないか。

（そうだ。自分の言葉で人の気持ちを翻意させようなどとは烏滸《おこ》がましい。私はひとりで待つのが淋しいから仲間が欲しいと思っているだけではないのか。だとしたら間違っている。この人にはこの人の人生がある。ここに残るも郷里に帰るもそれはこの人の人生であり、自分がどうこう口に出すものではない。いずれが正しいか結論を下せるものではないのだ。では、自分にできることは……）

そう考えた時ふっと力が抜けた。そして、ほぼ同時に下の句が浮かんだ。一歩二歩せいが夏夜に近付き口を開いた。

「し、たたざれば　かならずやふたり」

夏夜の身体がぴくりと反応した。せいの言葉が届いたのだ。

（あとは夏夜さん、あなたが決めることです）

せいが後ずさり、やがて桟橋から姿を消した。その場には夏夜ひとりが取り残された。西陽は海に没しようとし、夜の帳が立ち籠め始めていた。

虚ろな眼で遠くを見遣りながらも、夏夜はせいの言った言葉を解釈しようとしていた。

（し、たたざれば……「し」というのは「死」のことだろうか？「たたざれば」は「たつ」を否定したものか、「たつ」は「立つ」のことか、ならば「し、たたざれば」は死の淵に立つことがなければということなのか？　どういうことだろう？　自分が行く末を悲嘆して自殺することがなければという意味か、それとも待っている帰国者が死んでいなければ必ず二人が揃うということか……いや、違う。この「し」は……この「たつ」は……あっ……！）

夏夜の潤んだ瞳が大きく見開かれた。ようやくせいの言い残した下の句の意味に思い至ったのだ。

陽はすっかり西の海に没していた。

数日後、引揚船を迎える舞鶴港の桟橋には以前のように幟を立て、手を振る夏夜の姿があった。胸を張り、顎を引き、笑みを絶やさない顔にあって、きりりと引き締められた目許の瞳には、数日前まであった翳りは微塵《みじん》も感じられなかった。

過日、夏夜の問いかけにせいが歌い継いだ下の句は、夏夜の迷いに答えるというよりはせい自らの決意を如実に表すものであった。

岸壁の母と妻、その子とその夫、相手こそ違《たが》えども愛しい者へ寄せる思いの丈は同じ筈、気持ちが揺るぎだした夏夜に対して、せいのそれは微動だにせぬものだった。

待つこと、それ自体が戦いであり、それは勝敗などという帰趨が見えるものではなく、永劫続くやもしれぬ、まさに際限のないものであった。

せいの言った「し、たたざれば」は「志、断たざれば」ではないか、夏夜はこう理解した。詰まるところ、それは心の持ちようであり、自らの迷いとの戦いであるのだ。自分の信念を貫き、あるがままをそのまま受け止め、そして受け流す。そこにはせいがかつて語った短歌の師匠が信仰していたというキリスト教の影響も少なからずあったのであろう。信じてただ待つこと、そのことをせいはこの短い下の句の中で語り、夏夜もまたその言わんとするところを感じとったのであった。

新たな意思を全身から発散し、すっかり明るくなった夏夜の表情にはこれも新たなる決意が漲っていた。

そんな夏夜の姿を医務室からは井上医師が、職員室からは改めて決意を聞かされた将太が、そしてすぐ傍の岸壁からは橋野せいの、それぞれのあたたかい視線が見守っていた。

さらに二年、昭和も三〇年代にはいり、時代はもはや戦後ではなくなっていた。巷では後に三種の神器といわれた電気洗濯機・電気冷蔵庫・テレビジョンが登場し、一般家庭にも徐々に家電製品が普及し始めようとしていた。

当初一二港あった引揚指定港も既に残されているのはこの舞鶴港だけになっており、それも年々帰還船・復員兵の数が減少していた。

しかし雌伏一〇年、正夫の帰国はおろか、まったく手懸かりさえ掴み得なかった夏夜の前に、遂に消息を知る人物が現れた。

曇天の寒空の中、艀《はしけ》が着いた。復員兵達がとぼとぼと桟橋を歩いてくる。戦後の最盛期には一隻につき三、〇〇〇名以上の帰国者達が上陸してきたが、今やその人数は数十名単位にまで減っていた。かつて桟橋を埋め尽くした人々も随分疎《まば》らな人数となっており、幟や旗を持っている者など、それこそ数えるほどだった。

以前のように桟橋での出会いなどもなく、ただただ静かな帰国だった。歩いてくる復員兵達も皆もの静かだった。最初こそ船上から十何年振りかに見る祖国の景色にうち震えたであろうが、いざその地に着いてみると疲ればかりが募ってきたようだった。十数年に亘る過酷な労働が彼等から感情というものを喪失させていた。希望の光を失くした眼は虚ろで、三々五々歩いている様は鉄仮面の行進のようであった。

その鉄仮面の一人が夏夜の前でぴたりと立ち止まった。その視線は夏夜の持つ幟に注がれていた。そこには小さな文字で「お帰りなさい」そして太文字で「朱雀正夫さん」と書かれてあった。

小柄な男であった。誰のものともわからないぶかぶかの軍服を身に纏い、足許は随所が剥がれているゲートルにぼろぼろの靴、頭にかぶった似合わないロシア帽がその出で立ちをさらに異様なものにしていた。復員兵の誰もがそうであったように痩せ衰えており、足が悪いのか、引き摺るように歩いていた。髪はばさばさで無精髭が伸びており、額に深く刻みこまれた皺、こけた頬、ごつごつとして干からびた指先、背を丸めて歩くさまは老人のように思われたが、その肌だけが僅かに若者の名残りを留めていた。

夏夜の幟を見つめていた男の眼がみるみるうちに滲んできた。次の瞬間、男はその場に突っ伏して叫んだ。

「朱雀正夫……！　僕はこの人のおかげで生き長らえることができたんだ！」

幟を見て、その場に泣き崩れたその男こそ誰あろう、かつてラーゲリで正夫と労苦を共にした河合久義二等兵その人であった。

河合は涙ながらに語った。戦時中から終戦、そして戦後に至るまでの彼らの巻き込まれた運命を。

膠着状態にあったソ満国境地帯は日ソ相互不可侵条約を一方的に破ったソ連の突然の参戦によって一変した。開戦時こそ七〇万名の兵を擁していた関東軍であったが、多くの部隊が南方作戦に投入され、兵員は当初の四分の一にまで削減されていた。そこに一七四万名ものソ連兵が派遣されてきたのだ。圧倒的物量に物を言わせて、満州帝国の東部から第一極東方面軍、北部からは第二極東方面軍が押し寄せ、忽ちのうちに関東軍を蹂躙した。

国境の警備にあたっていた河合や正夫も突然の宿舎への砲撃により、あっという間に二八連隊の生存者は三名になってしまった。この生存者の僅少さ故に夏夜の許に正夫に関する情報が全く途絶えてしまったのだ。

生き残ったのは河合と正夫、そして傷を負った北口少尉の三人だった。三人の逃避行が始まった。日本を目指して只管《ひたすら》南へ向かう旅だ。昼は森の中で睡眠を取り、夜になると農作物を食い荒らしながら進む。しかし農民に欺かれて遂にソ連兵に拿捕されシベリア内地の収容所《ラーゲリ》に送り込まれた。

そこで繰り広げられたのが生きんがための戦いであった。日本では到底考えられない厳寒の中での作業、それにより悪化する一方の皸《あかぎれ》・霜焼け・凍傷、ほんの僅かしか与えられないコーリャンや黒パンとスープ、栄養不足による脚気や眩暈《めまい》、真夜中に突然行われる点呼、脱走兵に対する容赦ない銃撃、夏場の山林に大量発生する虻《あぶ》や蚋《ぶよ》などの吸血虫、建物に帰っても潜伏しているのは蚤《のみ》・虱《しらみ》・南京虫の類だ。毎日のように発生する凍死・餓死・病死による死亡者。怪我を負った北口少尉も収容後、多分に漏れずすぐ逝ってしまった。

襲ってくるのは外敵ばかりではなかった。隙あらば他人の食料を狙うのは本来なら仲間である筈の日本兵だ。なかにはあることないこと内部告発の機会を窺い、報奨のおこぼれに与《あずか》ろうとする輩が手ぐすねを引いて待っている。毎日が疲弊と人間不信の日々だった。

夏夜も噂には聞いていた。しかし今、河合から聞く凄まじい現実を目の当たりにして、人間がそんな環境で、よくも生きていけるものかと総毛立った。そのような自分ひとりが生きていくのがやっという状況下にも拘わらず、河合を庇いだてした正夫は、為にソ連兵から目をつけられ、連行された後、消息不明となった。河合がソ連兵に聞いても知らぬ存ぜぬの一点張りで、正夫の進退を窺えるような情報は何も得ることはできなかった。

やがて異動によりソ連兵のメンバーが変わり、河合もまた何カ所かのラーゲリを転々と渡り歩かされているうちに突然帰国の許可がおり、今日に至ったというものだった。

「夏夜さんという婚約者がいるのは聞いていました。朱雀さんはそれだけを心の頼《よすが》としておられました。『何としても生きて還る』とおっしゃっていました。どんな僻地《ところ》へ行かされていたとしても、私もまた朱雀さんの生存を信じております。もし無事還ってこられたら私にも一報願います。一言、お礼を申し上げたいのです」

後ろ髪を引かれながら河合は去っていった。

正夫は生きていた！　少なくとも数年前までは。河合が還ってこれたのならば、きっと正夫だって戻ってくる。今度こそ本当に待っていた甲斐があったというものだ。正夫がソ連兵に連行された事実には眼を背けて、無理にでもそう思い込む夏夜であった。

「正夫にいちゃん、うちは信じて待っています。必ず、必ず還ってきてください」

しかし、正夫未だ帰国せぬまま三年後の昭和三三年八月、遂に輸送船による帰国事業の中止が決定した。

今にも降りだしそうな鉛色の曇り空の中、最後の船が着岸した。帰国者の数は日々減少してはいたが、それでも四七二名の復員兵や移住民、その家族達が下船してくる。迎えの人達も随分減った。ぱらぱらと歯の欠けた櫛のような出迎えの人の間を縫ってのろのろと帰国者達が通過していく。

最後の一人が通り過ぎていき、夏夜達数名がその場に取り残された。最後まで見届けたという達成感などは無論なく、ただ虚無感だけが彼らを包んでいた。ある者はその場にへたりこみ、またある者は海を見つめて呆然と立ちつくしていた。これまでしてきたことは何であったのか、これからどうしていけばいいのか、何も考えられない。ただ虚ろな時間ばかりが過ぎていった。

やがてその者達も岸壁に残っている人達に挨拶をしてひとりふたりとその場から立ち去っていった。

いつのまにかその場に残っているのはせいと夏夜、ただ二人だけになっていた。せいが夏夜に声をかけようとしたが、思い直したように黙って去っていった。話は後でもできる。今は一人にしておいてあげよう――せいの夏夜に対する思いやりの行動であった。

呆然自失の態《てい》で我を失っていた夏夜が気付いた時には、もう誰もいなくなっていた。足取り重く桟橋まで歩いていき、その場にしゃがみこんだ。

(終わってしもうたんか……)

視線の定まらぬままぼうっと海を見ていた。背後に人の気配がした。気配が夏夜の横にまわり並ぶようにしゃがんだ。井上医師であった。医師が話しかけた。

「最後に――なってしまいましたね」

「…………」

「一四年ですよ。本当に長い間ご苦労様でした」

「……先生も……」

「私は後始末が終われば郷里に帰ります。あなたはどうされるおつもりですか？」

「わたしは……」

返答しようとして思わず口籠ってしまった。とうに以降の事は考えており、義母の晴美からも気が済んだら戻ってきなさいと暖かい言葉をかけてもらっている。祇園に戻るのは決まっていることだし、嫌なことはないのだが……ただ、今は何も考えたくはなかった。身体が思考を拒否し、虚無感のなせるがまま、ただただぼうっとしていたかった。

沈黙してしまった夏夜に井上が声をかける。

「もしよければ、私と一緒に来ていただけませんか」

「えっ？」

夏夜が横を向いた。初めて井上と視線が合った。

「不謹慎ながら言わせてもらいます。今日、ご主人が還らなくて、私は半ばほっとしています。毎日のように桟橋に通うあなたを見ていて、私はいつしかあなたに惹かれていったのです」

それは井上の控えめな求婚の言葉であった。

「あなたのような方にこれほどまでに思われるあなたのご主人が羨ましかった。同時に、本人の思惑ではないにせよ、あなたをこんなに苦しませる人として憎らしかった。私なら……私ならあなたをこんな目にあわせることはしない——と。　朱雀先生、いや夏夜さん、どうか私と一緒になってはいただけませんか」

「先生……」

思いもかけぬ井上の情熱的な告白だった。思わず夏夜の眼から涙が一筋滴って落ちた。

少しばかり沈黙の時が流れた後に夏夜が口を開いた。

「先生ありがとうございます。このまま先生に従っていけばうちを幸せにしてくれはるのは間違いないと思います。従いていくべきや。人に尋《き》けば一〇人が一〇人そう言いますやろ。………けどうちにはそれができひんのです。意地や感傷的になって言うてるんやありません。むろん先生を嫌うてるわけでもありません。こんなに親身になって接してくれはったんは男の人では先生が初めてやし、むしろ先生に好意を抱く自分をどこかで怖れているくらいです。………言葉でうまく言えませんけど、うちと正夫にいちゃんとは幼い時から兄妹のようにして育ってきました。同じ時間《とき》、同じ空間《ばしょ》を共有しながら成長してきました。うちの故郷《ふるさと》はあの人の故郷、あの人の思い出はうちの思い出なんです。共通《いっしょ》の過去を持ち、共通の未来を約束した一対の存在なんです。………先生、あの人は死んでません。うちと交わした約束を守るため、必ず還ってきます。うちは只管《ひたすら》その時を待ちたいと思います。先生——長い間、ありがとうございました」

一礼をして夏夜は去っていった。後ろ姿が次第に遠ざかり、路地を曲がったところで井上の視線から消えた。

「夏夜さん………あなたは強い女《ひと》だ」

井上が呟いた。

路地を曲がった夏夜が膝から頽《くずお》れた。両の手で身体を支えながら自問自答する。

（これでええんか？　夏夜！　先生に従いていくんや。今なら間に合う）

（ええんや、これでええんや。うちには正夫にいちゃんがいてはる）

ぽつり、水滴が夏夜の髪に落ちてきた。曇り空が崩れ、雨になった。それは正夫を思う夏夜の涙雨であろうか。

舞鶴港における記録
帰還者総員　六六万二、九八二名
遺骨となって還ってきた者　一万六、二六九柱
帰還船のべ　三四六隻
帰国事業所要年数　一四年
以上の数字を残し昭和三三年九月七日を以《もっ》て輸送船による日本人帰国事業は永遠に終結した。
それから一年が過ぎ二年が経った。だが杳《よう》として正夫の消息が知れることはなかった。
三年、五年そして——長い長い年月が過ぎていった。

第四章　亡霊の残り香

それは一九八六年（昭和六一年）四月二六日のことであった。

モスクワの南西部に位置する旧ソビエト連邦、ウクライナ共和国のチェルノブイリにおいて原子力発電開発史上最悪の事故が発生した。

その前日の二五日、建設中のものも含めて、六号炉まである原子炉のうち第四号炉は点検修理のため、一九八四年の運転開始以来、初めての原子炉停止作業を余儀なくされていた。

午前一時、定格熱出力三二〇万キロワットから出力降下を開始し始め、翌二六日の同時刻には二〇万キロワットまで下がり、熱出力が安定する状態に至っていた。

ところが、電源テストが始まった直後の午前一時二三分過ぎ、運転班長が制御棒一斉挿入ボタンを押したことにより事態は一変した。即ち、制御棒の挿入による急激な出力上昇のため、圧力管が破壊され、大量に発生した蒸気が原子炉上部構造物を持ち上げ、次の瞬間爆発に至ったのだ。それは宛《さなが》ら夜空に舞い上がった花火のようでもあった。

ボタンを押した運転班長は即死し、何故押したかという理由は永遠に謎として残されたが（当初運転員に対する教育が行き届いていなかったという説が濃厚だったが、後年ソ連原子力安全監視委員会は、原因を制御棒の欠陥と当局の怠慢であると指摘している）、爆発により破壊された原子炉からは大量の放射能が放出された。

翌二七日、バルト海を越えたスカンジナビア半島のスウェーデンにおいて放射能が観測されたのを皮切りに世界各地で観測が報告され、日本では五月三日に降った雨から、京都大学原子炉実験所で初めて放射能が確認された。

事故後およそ一カ月で確認された被害者は死亡・重傷者併せて約五〇名、放射線障害の診断を受けた者約二〇〇名、入院患者総数は五、〇〇〇名を越えた。

ベラルーシやロシア領内にまで広域に亘る汚染から逃れるための移住者は三年間で二五万人、また事故処理作業には八〇万人もの作業員が動員され事にあたったという。


春の大型連休も終わり、世間が落ち着きを取り戻した頃、時は着実に季節の移ろいを進めていた。木々は日ごとに緑を深めていき、抜けるような青空は晩春というより既に初夏のものだった。

古都京都は学生の街である。若い息吹は樹木ばかりでなく、平日、授業の終わる頃ともなると、私服・学生服・セーラー服が街のそこかしこに満ち溢れる。古い佇《たたず》まいと華やかな現代が同居する街、それが京都である。

ここ京都御所界隈でも授業を終え、家路に向かう女子高校生達が三々五々歩いていた。白いブラウスにリボン、チェックのスカートとブレザーの組み合わせの制服が彼女達の若々しさを演出していた。

帰宅途上にあったグループの中に連れ立って歩いていた二人の女子学生のうち、髪を肩のあたりまで垂らした方がおっとりした口調でつれの女の子に話しかけた。

「ねえ冬朝《きぬ》、今日うちの両親は二人とも出かけてるから、ちょっと寄ってけへん？」

「そうやねえ……」

誘われた方の子が少し天を仰ぎ、寸考する。こちらは対照的なショートカットで頬がはちきれそうな丸顔をしている。決心がついたのか、利発そうな丸い眼をさらに丸くして友達に返事をした。

「よし、久し振りに由紀ん家《ち》に〝べべ〟の顔でも拝みに行くか」

髪の長い方の子——由紀の家は老舗の呉服屋である。使用人に留守を任せて両親が家を空けるのも珍しいことではないらしい。

家に着いてみると暑さを反映してか、板の間で横になってのびていた黒猫にまず由紀が声をかけた。

「ただいま、べべ。おとなしくしてた？」

由紀が黒猫を抱き上げて冬朝に渡す。

「久し振り。べべくん、元気にしてた？」

本来猫は人見知りをする動物なのだが、冬朝には慣れているのか眠そうに前足で顔を覆い身体をくねらせてむずかる様子を見せた。

「きゃっ、かわいい。それにしても呉服屋の猫やから〝おべべ〟か、簡潔にして明瞭なネーミングやね」

〝べべ〟とは着物の別名で出典は室町時代の御伽草子とも江戸時代の幼児語とも言われている。

「父がつけたのよ。最初はどうかと思ったけど、慣れてくればかわいい名前かな。ネーミングと言えば、冬朝《きぬ》の名前こそ読み方の割にはその由来は単純やなかったっけ？」

「そうそう、うちはおばあちゃんにつけてもうたんやけど、うちが冬に産まれたもんやから、平安時代を代表する随筆、あの清少納言の枕草子、その冬の段の冒頭〝冬はつとめて〞から取って、〝冬朝《きぬ》〞、もう単純この上なし」

「冬の季節は早朝が趣があるっていうことでしょう。その冬の朝まではわかるけど、それが何で〝きぬ〞って読み方になるのん？　前に訊いた時も教えてくれへんかったけど……」

「あ、これね、何とも言いにくいんやけど……しゃあないな。どうせいつかは言わなあかんやろうから……え～っと、古典の用語で〝きぬぎぬ〞って知ってる？」

「〝きぬぎぬ〞……ううん、知らへん」

「由紀、辞書貸して」

「辞書？　古典やのうて普通の辞書しかないよ」

「それでええよ。たぶん載ってるやろうから」

辞書を調べていた冬朝がすぐ該当する単語を見つけて見開きのページのまま由紀に差し出した。

「ここ、ここんとこ」

「どれどれ、え～っと……衣衣もしくは後ろの朝と書くのか、意味はえ～っと……共寝をした男女が翌朝別れること、またはその朝のこと……え～っ！　何これ？」

由紀が頬を朱に染めて冬朝に問いただした。一方、答える方の冬朝は慣れているのか落ち着いたものだ。

「そういうこと。説明しにくかった気持ちがわかるでしょう？　ほかに使用例があれば、その単語で説明するんやけど、あいにくこの単語以外に出典例が見つかれへんもんやから……」

由紀が吹き出して茶化した。

「やだ。冬朝ちゃんったら……色っぽ～い」

「もう、そうなるんやから。せやから言いたなかってん。あんまり他の人にも言わんといてね」

「はいはい」

冬朝の頼みを由紀がにやにやしながら受け流す。どうやらすぐ周りに広がってしまうなと冬朝は覚悟を決めた。

「あれ……？」

再び何かに思い至ったのか由紀が疑問を口にする。

「せやけど、それは〝朝〟だけのことでしょ。〝冬〟はどこいっちゃったの？　何て読むの？　っていうか読まへんの？」

「うん、それはうちも訊いたことあるんやけど、訓読みの〝ふゆ〟とか音読みの〝とう〟の頭文字をとって〝ふきぬ〟とか〝ときぬ〟とかを読み方の候補として考えたことはあるらしいんやけど、結局はただの〝きぬ〟の方が語呂がいいやろうと落ち着いたって言うてはったわ。もう……明治時代やないんやからね。ほんま〝うめ〟さんや〝まつ〟さんとそう変わらへんわ」

「えっ、でも〝きぬ〟やったら京都らしゅうてきれいやよ。現代でもとおるって。うちみたいに呉服屋やったらなお良かったかもしれへんね。それより〝冬〟って漢字は結局はずさへんかってんね」

「〝冬の朝〟やからこそ古典から引用した意味があるねんて。〝冬〟は接頭語か枕詞《まくらことば》やと思っときなさいって」

「何それ、もう冬朝のおばあちゃん、むちゃくちゃ」

「もっと言うたって。ほんまに頑固で道理がとおる人やないんやから。せやけどおばあちゃんに言わせると、将来はもっと本来の意味を拡大解釈したキラキラした名前が流行るって」

「ふ〜ん、じゃ冬朝の名前は時代の先駆者《パイオニア》ってわけね。そやのにおばあちゃんに対してそんなこと言うててええのん？　それに名前の由来に関しては、満更でもない口振りのように思えるけど、違う？」

「えへへ、そうやね。うちは両親を早く事故で亡くしてるから女手ひとつで育ててもろたおばあちゃんにそんなこと言うたら罰《バチ》が当たるわ。それにこの名前にしても千年以上も前の書物から採ってもうたんなら、京都の伝統を身に着けてるようで、そんな悪い気はせえへんて最近思うようになったんよ。あと由紀が以前言い間違いされたって言ってたみたいに男の人と間違えて呼ばれることもないし……」

「あっ、そうそう。あれは病院やったかな。〝由紀様《よしのり》〟って呼ばれて……うちのこととわからんと、ずっと知らんふりしてたわ。あったなぁ、そんなこと……あっ、電話や。ちょっと待ってて」

由紀が電話を取りに行ったので、冬朝が寝そべっているベベにちょっかいを出して遊んでいたが、まもなく戻ってきた由紀は何やら封筒のようなものを手にしていた。

「いややわ。うちのおかあちゃんいうたら、ほんまそそっかしゅうて」

「どうしたん？　由紀、何それ？」

「これ、とっても大切な物《もん》。こんな物《もん》忘れていくなんて……見てみる？　冬朝」

由紀が持っていた封筒はエアメールだった。開けると中には便箋と小さな袋が入っていた。便箋を手にした冬朝が由紀に訊いた。

「何これ、読んでもいいの？」

「うん、都宮《とみや》さんていうお医者さんから届いた手紙。中にとんでもないことが書いてあるわ」

由紀の一言に興味をそそられた冬朝が畳んであった分厚い便箋を開いた。そこには次のように認《したた》めてあった。


「拝啓、新緑の候、益々ご清栄のこととお喜び申し上げます。さて、突然ですが、私は今ウクライナの首都キーウに在《い》ます。ウクライナだのキーウだのといっても、日本には馴染みの薄い地名だと思いますので、わかりやすく言うとソビエト連邦の南西部、黒海北岸にあたる東欧圏です。もっとわかりやすく言えば、いま日本でも話題になっているであろうチェルノブイリの近郊です。さぞ驚きになったことと思います。私も放射能の治療に携わることになろうとは、全く思いも及ばないことでした。ドイツのハンブルグで医学研修生として留学の日々を送っていた私の許にチェルノブイリのニュースが飛び込んできたのは事故の二、三日後のことでした。この時は大変な事態だなと思っただけで、言わば他人事《ひとごと》でしたが、翌日医学的見地からのボランティアということで病院内の医師・看護婦を対象に応募が募られると、にわかに事態は現実味を帯びてきました。学術的・人道的見地に鑑み、さらには過去唯一原子爆弾の被害を被った国の医師であるとの自負を持って、私は志願しました。何事も隠そうとするのが共産圏諸国のお国柄ですが、この時ばかりはそうも言っていられなかったのでしょう。まさに恥も外聞もないといったところでしょうか。数日のうちにドイツを発ち、現地に入った我々が眼にした光景は宛《さなが》ら地獄絵図そのものでした。死亡者数だけをとってみると、これ程の規模の事故にしては少ない方といっていいくらいなのですが、それは現状しか見ていないという甘い考えだったということはすぐ思い知らされました。重症の患者がベッドにずらっと連なり、我々が着いた後も次から次へと運ばれてきます。病院だけではベッド数が足りないため、普通の建物をいくつか明け渡してもらい、急遽病院としてあてがうなど、医師不足・看護婦不足に加え、施設不足・薬品不足のどうしようもない状態の中、とにかくできる限りのことをしようと人事を尽くす日々が続きました。このことに関しては書き連ねるときりがなく、また別に語る機会もあると思いますので、この辺りで留めて本題にはいりたいと思います。実は、日本人として今回の医療支援に加わっていたのは私一人だけではなかったのです。同じくドイツのフランクフルトに留学していた谷内という私より少し年長の医師とここで知り合いました。彼もまた私と同様の思いで志願したと聞きました。現地で患者が使う言葉はすべてウクライナ語かロシア語であり、一方で私達医師が関係者と交わす言葉はドイツ語か英語ということで、医学に国境はないというものの、この言葉の壁のため、痒いところに手が届かないもどかしさを共感していた私達の間で話し合う機会が多くなっていったのは自然の流れでした。日本語を理解できるものなど当然いるべくもない筈ですし、いちいち医師控室に戻るのも億劫なものですから、彼とは相談などはその場で、たいていは大部屋の隅で行うのが常でした。そんなある日のことでした。いつものように私達が病室の片隅で治療について相談していた時のことです。背後に何やら視線を感じたのでそちらの方を見遣ると、患者の一人が凝《じ》っと私達を見つめているのです。その時は私達の話声が耳障りになっているのかと思い、会話の場所を移したのですが、次にその近所で話す機会があった時にも、やはり同じようにこちらを見つめ、話に聞き入っている様子が見て取れました。二度目でもあり、何となく気になってこちらから彼を注視してみると、今まで気付かなかったのですが、どうも東洋人らしい風貌をしています。近寄って確認しようとしたのですが、名前はロシア文字で書かれているのでわからず、その上喉許を押さえて、口がきけないという表現をするので会話も成り立ちませんでした。しかし、我々が立ち去ろうとすると、何とも名残惜しそうな表情をするので、後日英語ができる現地医師を伴って彼を再訪しました。通訳してもらうといっても、相手は口が利けないものですから必然的に筆談になってしまいます。それでも時間をかけて確認したところいろいろなことがわかってきました。彼は名前をイワン・サションコと言い、四〇年ほど国営農場の仕事に従事してきたということです。ただ如何なる理由でかはわかりませんが、若い時の記憶を失っていて、生い立ちに関しては全く覚えていないそうです。それが我々の会話を耳にして何かひっかかるものを感じ、聞き入っていたということでした。そして彼は驚くべきものを出してきました。彼が持っていた貴重品の入れ物らしい箱、その一番下の封筒の中に大切にしまい込まれていた物、そうです。それが今その封筒に同封されている物です」

ここまで読み、さきほどの小さな袋に眼を遣った後、眼を丸くした冬朝が指さしながら由紀に問いかける。

「これ？」

冬朝の問いかけにどのあたりまで読み進んだのかわかっていたかのように、口に出す代わりに眼を合わせた由紀が頷く。

「ふうっ」

ため息をついて冬朝が続きを読み始めた。


「その小さな袋――日本で言えばお守り袋ぐらいのサイズでしょうか。だとすれば、元は金糸で鮮やかに飾られていた物でしょうが、今はその片鱗すら窺い知ることはできません。一体、何年前の物だったのでしょうか。おそるおそる開けてみると、中には写真らしき物と、何やら木屑かあるいは木の実のような物がはいっていました。写真らしき物は完全に色褪せてしまっていて、何が写っていたのか見て取るのは全く不可能の状態でした。ただ裏面に微かに『――きいてください』という文字が読み取れました。そう、それは紛れもなくひらがな――日本の文字だったのです。私と谷内医師は眼を合わせました。『谷内さん、この文字は――この人は――日本人……？』私は声が震えて言いたいこともはっきり言えませんでした。谷内医師も私以上に興奮している様子で私に話しかけてきました。『都宮さん、ロシア名をつけてはいるが、日本人だよ。この人は！　ひょっとしたらシベリアに抑留された旧日本兵じゃないかな。チェルノブイリが四〇年前の墓を暴《あば》きかえしたおかげで、我々は亡霊に遭遇する羽目になったぞ！』
——以上が事のあらましです。この人が戦後の四〇年、ロシア人としてどのような人生を送ったか、窺い知ることはできません。が、もし日本人と証明されれば、できるものならば、人生の終焉を日本人として送らせてあげたいのです。彼は既に放射能に冒されています。その眼が物を識別できるのも恐らくはあと数日でしょう。生き長らえる日もそう長くはないと思われます。日本に帰国することも体力的に叶わないでしょう。それならば、せめて最後の瞬間《とき》までには彼の身許を明らかにしてあげ、本来そうであるべき日本人として葬ってあげたいのです。本人の了解を得て、小袋ごと預かりました。ただ本人の今の写真はソビエト政府の許可がおりないので、お送りすることはできません。これだけで彼の身許が識別される可能性は薄いとは思いますが、何とかこの僅かな手掛かりをもとに彼が何者かを明らかにしていただきたいのです。日ソの親善協会とか、あるいはマスコミで取り上げてもらえれば話が早いかもしれません。いずれにせよ、彼と私達に残された日々は僅かしかありません。この手紙を読んだ人、即ちこの事実を知り得た人には限られた時間内で最善を尽くしていただくようにお願いしたいと思います。それが歴史に葬り去られたであろう人に我々日本国民ができる精一杯の誠であろうと思います。たったあれだけの手懸かりから簡単に何かが得られるとは正直思ってはいませんが、それでも吉報が届くことを願って止《や》みません。何よりも幸運を祈って、はるか異国の地でお待ちしております。

敬具　都宮　慎吾」

最後まで読み終えて冬朝が便箋を置いた。

「すごいね」

「すごいでしょう」

冬朝の問いかけにべべを撫でながら由紀が答える。べべは由紀の膝の上にちょこんと鎮座していた。冬朝が小さな袋の方に手を伸ばしながら尋いた。

「こっちも開けていいの？」

「どうぞ」

表面は殆ど擦り切れてどす黒くなっている。都宮医師はお守り袋のようと表現していたが、だとしてもどこの神社のものかは全く窺い知ることはできない。開けてみると手紙に書いてあったとおり写真と小指の先ほどの木の実のような物が出てきた。この写真らしき物も完全に変質し、色が抜け落ちている。元は何が写っていたのか皆目見当がつかない。裏返してみると、手紙に書いてあったとおり「——きいてください」という文字が辛うじて読み取れた。

「やっぱり、——『きいてください』よね」

冬朝が尋くともなく呟く。

「うん『きいてください』よ」

「でも……何やおかしない？　家族かあるいは恋人が、戦地に行く人に渡す写真への言伝《ことづて》が『きいてください』やなんて……レコードかテープでも聴けっていうのん？　第一この時代にそんな物《もん》あった？」

「そう言うたらそうやね。ほんなら、出征の時に渡された物《もん》とちがうんやろか？」

「わかれへんわ」

「うん、わかれへん」

重苦しい空気が二人を覆った。沈黙の時間が続く。少しして静寂に堪えきれないように冬朝が口を開いた。

「やっぱり今生の別れかもしれん時に告げる言葉とは思われへんわ。別の機会に何かのメモとして使われたんやろか……あぁ、じれったい。なんで肝心な上の文字が消えてんのよ」

冬朝の言葉を聞いて由紀が澄まして言う。

「それが四〇年の重みというものです。昨日や今日産まれたばかりの小娘に解読されたら歴史が泣きます」

「ま……憎たらしい」

――とは言うものの、何もわからないというのがどうしようもない現実、あきらめて冬朝が話題を転換した。

「ところで、由紀のおかあさんはこれを何処へ持っていこうとしてたん？　それに何でこの手紙がここにあるの？　このお医者さんとは知り合いなわけ？」

「ううん、このお医者さんは実家に郵送したらしいんやけど、そちらで捜す手段《てだて》が思いあたらなくて、京都の知り合いに転送してきはったらしいんよ。それがうちの町内の人で……ほら、うちのおとうさんは町内会の会長をしてるもんやから、どないしようって持ってきはったんよ。それでうちの両親も考えたらしいんやけど、新聞社に直接持っていくのは敷居が高そうやから、マスコミにツテとかコネのある人を捜してたみたいよ。そういえばそろそろおかあさんが戻ってくる頃やから、これ、しまっとかなきゃ。せやないと『この子はまた大事な物を取りだして……』とか、お説教がはじまりそうやから。冬朝、その袋と中身、取って」

ぺろりと舌を出して、自分は猫を抱いていて身動きが取れないものだから、冬朝に頼んできた。仕方がないので、まとめて由紀に渡す。

「ありがとう」

と言って、由紀が手のひらで資料をまとめていると猫が頭をもたげた。

「うん？　どうしたのべべ、何か匂う？」

冬朝から受け取った便箋と木屑のような物を由紀が仕舞おうとしたところ、べべがなにやら匂いを嗅ぎ始めた。

「よしよし、黒猫ホームズ君、何かわかりますか？」

そう言って、由紀がべべの鼻先に資料を近づけた。黒猫ホームズというのは、近頃流行っているベストセラー小説「三毛猫ホームズ」をもじってのものだ。

「ちょっと由紀、そんなん鼻許に近付けて、がぶりとでもされたら、それこそごめんなさいでは済めへんよ」

冬朝が心配そうに忠告するが、由紀は平気だ。

「大丈夫よ。ちゃんと指の隙間から嗅がせてるだけやから……あれ？　ちょっと、べべ！　大丈夫？」

なんと匂いを嗅いでいたベベが、バランスを崩したのか、ずるずると由紀の膝から畳へと滑り落ちたのだ。

すぐ立ち上がったが、どうも足許が覚束ない。人間でいう千鳥足のようになっているのだ。由紀が心配そうに声をかける。

「やだぁ。ベベ大丈夫？　酔っ払いみたいよ」

しかし、ベベはとうとう腰を落として、その場にへたりこんでしまった。

その様子を凝《じ》っと観察していた冬朝が確認するかのように由紀に声をかけた。

「ねぇ由紀、猫が酔っぱらう物ってあったんとちゃう？」

「えっ、猫が酔っぱらう物？　あぁ、あれやん、またたび。そうそう猫にまたたび――えっ？」

答えた途端、冬朝の言いたいことに由紀も気付いたようだった。

「じゃ、これ……この木の屑みたいな物はまたたび？」

由紀の質問に冬朝が考えながら答える。

「またたびそのものかどうかはわからへんけど、そういう種類に属する植物か何かというのは間違いないと思うわ。ということはあの『きいてください』っていうのは……」

「えっ、『きいてください』の意味がわかったん？」

「うん、これはひょっとすると……」

冬朝が答えようとした時、表の戸を開ける音がして、由紀の母が帰ってきた。

「ただいまどすえ。あぁ暑い暑い。五月も深まってきたら暑うてしょうおへんな。この暑い中、また出直さなあかんねんからたまりませんえ。あら冬朝ちゃん、おこしやす。あっ、この子はまたこんな大事な物《もん》取り出して……粗末に扱こうたらあかんて言うときましたやろ……」

まさにさっき由紀が言ったとおりの台詞《せりふ》――（ほら、言ったでしょ）と言わんばかりに吹き出すのをこらえながら由紀が冬朝に目配せする。しかし、今はそれどころではない。思い直して、すぐに由紀が母に声をかけた。

「ストップ。おかあさん、お叱りは後で聞くから。それより今は、あの木屑と『きいてください』の謎が解けそうなんよ」

「ええっ？」

思いもかけない娘の言葉に驚いた由紀の母がすぐ問い返した。

「何どすて、あのゴミみたいなもんと、わけのわかれへん文字、その二つが両方とも解ったと言いおすの？」

「あれの匂いを嗅いで、べべが酔っぱらっちゃったのよ。あれはきっとまたたびか、そういう種類の植物やわ」

「またたび？　あれが……えっ、べべは？」

捜すまでもなくべべはすぐ傍《そば》で四肢を投げ出して寝入っていた。成程、確かにそれは人間の酔っ払いが無様に酩酊した姿に類似していた。由紀の母が、べべから娘に視線を移して質問しようとしたところで

「はい、ここから先は冬朝ちゃんが説明しま～す」

くるりと体勢を入れ替えて由紀が冬朝の後方にまわった。

「もう、由紀ったら……」

要領のいい友人に前に押し出され、由紀の母と正面から対峙する形になったので、それならと冬朝の方から話しかけてみた。

「おばさん、ごらんのとおり、べべはその木屑みたいな物の匂いを嗅いで、酔っぱらったようなんですけど、匂いを嗅ぐ――別の言い方をすれば、薫りを嗅ぐときには他の表現をしませんか？」

「えっ、どういう意味……？」

「つまりお香を薫《た》いた時などには〝匂いを嗅ぐ〟ではなく〝薫りを聞く〟という表現を用いませんか」

「あぁっ！」

由紀と母が同時に驚きの声を発した。冬朝が自分に言い聞かすように言葉を継いだ。

「そう、この木屑みたいな物は、またたびと言うより、香木の一種ではないでしょうか」

乾いた風が樹間を通り過ぎていく。黄緑から深緑へ、樹々の葉は日毎に樹葉の濃度を増し、吹き抜ける風に誘われたように樹上の鳥達も様々なメロディを奏でている。季節は今一年で一番爽やかな時を迎えていた。

ここ京都東山の蹴上広場もまた新しい緑に包まれていた。少し前の桜の季節、そのすぐ後に巡ってくる躑躅《つつじ》の季節には何十万という人が訪れる京都を代表する景勝地のひとつである。

広場の少し高い位置《ところ》から一人の青年の像が市内を見下ろしていた。田辺朔郎《さくろう》――明治時代に時の京都府知事北垣国道に依頼されて琵琶湖の水を京都に引くという琵琶湖疏水を実現した人物である。設計図を片手にコート姿も凛々しく立っていた。

この工事の成功により、北垣はこの工部大学出身の優秀な青年を娘婿として迎え入れることとし、さらには後年、北垣が北海道知事として蝦夷地に赴任した折、再び田辺を呼び寄せて、北海道の大地に鉄道網を敷く大事業を成し遂げ、今日の北海道繁栄の礎を築くことになるのだが……明治中期の逸話だ。

田辺朔郎——その視線の先には市街地が広がっているが、手前にひときわ大きな建物が建っていた。京都を代表する近代ホテルである。ただでさえ華やかな外観であるのに加えてこの日は建物内にもまたあでやかな雰囲気が立ち込めていた。館内のそこここが和装に着飾った女性達で占められていたのだ。ホテル二階での催しが終わったところらしくその会場から退出してきたようだ。会場の表示板には「古都聞香《もんこう》の会」とある。その表示板のある会場の出入り口の前で黒一点とでも言おうか、主催者らしきこれも和装の男性が立って女性達と挨拶を交わしていた。女性達はそれぞれこの男性に声をかけ満足した表情で退出していった。

「先生、すばらしい香を聞かせて戴きました」

「このようなかぐわしい香は初めてです」

「いつもながら鮮やかなものですわ」

さまざまな賛辞に笑顔で応対し、やっと全員退出し終えたところで、男はハンカチで汗を拭き、満足した様子を見せた。男の名は篁《たかむら》薫和《くんわ》、京都に古くからある香道の家元だ。

幼い時から香道の英才教育を受け、学生時代はパリに留学、現地ではブランド物の会社に就職してその香水部門で修業を積んで帰国、現在聞き分けできる種類は香水・香木併せて数千種類にものぼるという。また一度聞いた香は忘れることはなく、匂いの嗅ぎ分けで警察から捜査依頼もあったという伝説の持ち主だ。今日は年に一度の聞香の催しで、華道や茶道の家元、あるいは府知事夫人・市長夫人などを招いての失敗は許されない言わば香道のデモンストレーションだ。それも各位の賛辞を得て好評のうちに終えることができた。緊張感が解けたと同時にどっと吹き出した汗を満足そうに拭いていたところだ。

「先生、お疲れさまでした」

そこへまた新たな声がかかった。

(うん、まだ残っている人がいてたか)

と、すぐ振り返った篁が眼にしたのは招待客とはまた別の人物であった。四〇年輩のショートカットの女性で、春らしく白を主体とした花柄のワンピースに紺のカーディガンを羽織っている。つくられたものではなく自然に頬に浮かんだ笑顔が顔馴染みである好意を漂わせていた。

「ああ、京都新報さん、いらしてましたか」

「まあ、『いらしてましたか』とはご挨拶ですね。私の方は今日の催しと先生にお会いできるのを随分楽しみにしておりましたのに」

「これは失礼しました。熊原さんにはまたいい記事を書いてもらわねばなりませんからね。時間がおありならお茶でもいかがですか」

「ありがとうございます。でも、その前にちょっと……」

「ん？」

長年の親密な関係が偲ばれる会話だったが、京都新報の熊原という女性はいつもとはちょっと違うという感じで後ろを振り返った。

「初めまして、京都新報社会部の源《みなもと》です。いつもお世話になっております」

熊原の後ろからスーツ姿の若い男が現れて名刺を差し出してきた。

「源さん……ん、社会部ですと……これは……？」

普通香道などの趣味あるいは娯楽的な要素が高いものは熊原が所属している文化部の扱いである。社会部といえば政治経済などの時事ネタを担当する部署ではないか。不審に思った篁が熊原そして源という男を見つめ直した。篁の眼から彼の気持ちを察した源がすかさず言った。

「そこなんですよ先生。なぜ香道の先生に政治経済を担当する社会部の男が用事があるのか……少しおつきあいをいただけませんか」

篁を促して三人の男女が最寄りの喫茶室に入っていった。


それから数日後、京都某所にある屋敷のさほど広くはない日本間に数名の男女がコの字型に鎮座していた。和室からは庭が見える。そう広くはない空間に築山があり、足許には砂利と歩行用の平たい飛石《とびいし》が敷き詰められ、庭には石灯籠や鹿威《ししおど》しが置かれてある。植えられている楓・八手《やつで》・山茶花《さざんか》・躑躅《つつじ》の根元の土は苔むしており何とも言えぬ風情を醸し出している。

土曜の昼下がり、外の喧騒とは無縁の静寂が室内を包んでいる。そしてその場にいる者達の視線は一人の男性に注がれていた。

下座に座っている男性――この家の主《あるじ》であろうか、年の頃は不惑を少し越えたくらい、オールバックにした髪と和装が見事なまでの調和と落ち着きをもたらしている。昨日や今日身に着けたものでは到底得ることのできない着こなしが和室と渾然一体《こんぜんいったい》となって、得も言われぬ重々しさを漂わせていた。

男はひととおり座の雰囲気が落ち着いたのを確認すると、誰に言うともなく語り始めた。

「香が日本に伝来されたのは六世紀の飛鳥時代で『沈水香木、淡路島に漂着』という記述が日本書紀に残されています。聖徳太子が小野妹子を遣隋使として派遣するおよそ一〇年程前のことです。しかし、それよりさらに五〇年程前、百済から日本に仏教が伝えられています。仏像や経典とともに香木もまたこの時代にもたらされたのではないかと考える方が自然かもしれません。――そして八世紀の半ば、奈良に都があった平城京の時代に鑑真和上が唐より渡来され『香の配合』の知識を我が国に伝えました。貴族達はその配合を学び、仏への供香だけでなく、自らの住居でも嗜むようになってきました。奈良の東大寺正倉院には日本最大の香木といわれる『蘭奢待《らんじゃたい》』が今なお保存されております。誰が名付けたのかその名を蘭奢待、この香木を有名にしたのは全長一・五メートルというその大きさもさることながら、蘭奢待の三文字の中に『東大寺』という文字が隠されているという玄妙さにあり、過去に足利義政・織田信長・明治天皇の三名が切り取った跡には印がつけられています。――さて、時代は移り平安時代、ちょうど千年ほど昔の紀元一、〇〇〇年頃、皆さんご存知の源氏物語や枕草子の中に香に纏《まつ》わるいくつかの表記が登場してきます。源氏物語では若紫の巻、梅枝の巻、真木柱の巻などで香を取り上げており、また枕草子においては『こころときめきするもの』の中で『よきたきものたきてひとりふしたる』と挙げています。——間もなく時代は平安から室町へ、建武元年（一三三四年）には有名な二条河原落書に『このころ都にはやるもの』の一つとして『茶香十炷《さこうじっちゅう》の寄合』が載っていました。これはそれぞれ一〇種類ずつの茶と香を判別する闘茶と聞香の競技で、それが流行したということはこの時期に寄合芸能としての香席が確立されたと思われます。——さらに一五〇年、千鳥の香炉という青磁の名器が輩出されます。石川五右衛門が捕まったのは、この名器を盗むつもりで秀吉の寝所に忍び込んだ時に香炉の飾りである千鳥が危機を察して啼いたためであるとも言われています。——江戸時代に入ると町人の間にも香文化が拡がり、複雑な継香《つぎこう》（参加者が次々に持参した香を焚いていく遊び）を生み、香道具も様々に工夫され、ここに香道としてひとつの完成をみることになります」

ここまで話して男はやっと一息つき、膝元に置いてある湯呑みから一口、茶を啜った。

男の名は篁薫和《たかむらくんわ》、京都に伝わる香道の家元であり、この家の主だ。威風堂々——その表現がぴりとあてはまるほどに客をもてなす様が板についており、その側には弟子と思われる女性が侍《はべ》っていた。

男の正面には床の間を背にして二人の女性が座っていた。由紀の母と、同じ町内で料亭「をぎ乃」を経営する荻野美弥だ。この荻野が以前に取材を受けたということで京都新報にツテをもっており、連絡を取って今日の運びとなったわけだ。そして篁の右側にはその京都新報の熊原と源が座し、また左側には由紀と冬朝《きぬ》が緊張を隠せない様子で正座していた。

チェルノブイリで被爆し、ウクライナのキーウに入院している男、その男の持ち物に日本語の書面が見つかり、男が日本人ではないかという疑念が発生した。さらにその書面の文言により、同封されていた木屑のようなものは香木の切片ではないかという新たな疑問が発生、加えてその切片に猫が反応したことから切片が木天蓼《またたび》である可能性が浮上した。話を聞いた京都新報では早速香道の専門家にあたる篁薫和と接触、木天蓼と香木の関連について詳細を尋ねるべく今回の機会を持った。由紀と冬朝の二人は木屑が香木であるらしいことを突き止めた言わば功労者（？）として特別にこの場への同席を許されていた。

篁が話を続ける。

「以上、皆さんにわかりやすいように香の歴史をそのエピソードを主体にしてお話ししました。皆さん随分緊張しておられるようなので、それを解《ほぐ》す時間に充てたつもりです。それでは本題にはいっていきましょう」

ごくり、唾《つば》を飲み込む音が参加者の中から聞こえた。誰もが緊張していた。

「香木は大きく分けて三種類になります。伽羅《きゃら》・沈香《じんこう》・白檀《びゃくだん》の三つです。原産地はベトナム・カンボジア・ラオス・インドなど、ほぼアジアに限定されます。何が燃えるのかといえば白檀は木そのものですが、伽羅と沈香はそれだけではなく、木に含まれている油――いわば木のエキスとでも申しましょうか、これが火にピチピチと爆《は》ぜて何とも言えぬ薫りを出すのです。品質は主にこのエキスの含有量によって分けられ、その最高の物を伽羅と呼んでいます。また解《わか》りにくいかもしれませんが、別の表現をすると薫りの甘いものを伽羅、辛い物を沈香と呼んでいます。――さて、今回問題になっているのは、猫が酔っぱらってしまうという木天蓼、あるいはそれに属するもので、香木に該当するものがあるか？　ということですが……」

篁が思わせぶりに間を取った。

「固唾を飲む」という言葉がある。物事の展開に口を挟む暇《いとま》もなく成り行きを見守る様《さま》をいう。参加者の誰かが言葉もなく再び唾を嚥下した。次の言葉を待つ。全員の視線が一点に集まっていた。篁が口を開いた。

「京都新報さんからこの話を聞いてから二、三日間があったので、私なりにいろいろと当たってはみましたが……結論から申し上げますと、木天蓼が香木になり得るということはあり得ません」

「うっ！」

——期待がはずれたのであろう。その場に居合わせた人達の間にそれとなく失望感が広がっていった。

由紀の母は肩を落として俯き、京都新報の源は瞑目した。解けたと思われた謎は元の木阿弥となってしまったのか。しかし冬朝の反応だけは違っていた。失望感というよりその眼には明らかに不満の色が宿っていた。

（そんな訳あれへん。べべが酔っぱらった事実と「きいてください」の謎を繋ぐ線は、あの木屑が香木やという以外には考えられへんねんから……ようし、眼が合ったら反論してやる。そうせんと気が済めへんわ）

——そのような面持ちで篁を睨みつけていた。だが、二人の視線が交わる前に篁が再び口を開いた。

「但し、薫りの素材は香木だけとは限りません。麝香《じゃこう》はジャコウジカの分泌物ですし、貝香はバイ貝の一種です。竜涎香《りゅうぜんこう》は抹香鯨《まっこうくじら》の胃や腸にできる結石ですし、山奈《さんな》や鬱金《うこん》はショウガ科の植物の根茎部分が香材料として成り立っています。これだけ多岐に亘る素材があるというのに、過去に事例がないというだけで切り捨ててよいものでしょうか？」

（おやっ？）

参加者の篁を見る眼が変わった。

（何だ。先程と反対のことを言い出したぞ）

――と。

「つまり、香材は調べ尽くされた物ではなく、まだまだ未開の分野が残されていると考えるべきではないでしょうか。過去に例がないと確かに申し上げましたが、それだけで他《ほか》の可能性を否定するのは驕りではないかと考えます。ましてや、戦地に征《おもむ》く人に渡すほどの物であるならば、それこそ先祖より伝わってきた秘伝の物でも惜しみなく渡せると推測するのは自然のことでしょう。そのような秘されたものなら尚更、私どものような余人が知り得る機会は少ないと思われます。――持って廻った言い方をしましたが、知らぬものは知らぬと謙虚に受けとめた上で、文面から察するに、木天蓼かどうかはともかくこの木片が香木だという可能性は充分あり得ると考えられます」

「おおっ！」

周りから感嘆の声が挙がった。その場を覆っていた失望への虚無感は再び希望へと転じた。篁を睨みつけていた冬朝《きぬ》も自分の意見が通ったことに満足した様子だったが、一方で嬉しさを押し隠すように独《ひと》り言《ご》ちていた。

(何でもっとわかりやすく、素直に言うてくれへんのかなぁ。これだから大人って奴は……)

篁の言葉を受け、これまで沈黙を守っていた京都日報の源が荻野や由紀の母と目配せを交わして、意を決したように篁に話しかけた。

「先生――眼目はこれからです」

「……?」

何のことだと言わんばかりの表情で視線を返す篁に追い討ちをかけるように源が続ける。

「もしこの木片が香木と鑑定されたら、先生に聞香して戴こうと依頼者の方達と話し合っていたんです。香のソムリエと異名を取り、何千種類もの香を聞き分けるという先生に」

「しかし、聞香をして、もし私に心当たりがなければ、手懸かりは永久に失われてしまうのですよ」

「そこは賭けです。どっちみち手懸かりは何もないんです。先生に聞いて戴いてそれでわからなければ却って諦めがつくというものです。――それと万一を考えて木片は僅かばかりですが残すつもりです」

(――どうしたものか)

篁が顔を上げると、そこには自分を見つめるいくつもの視線があった。依頼者達の並々ならぬ決意が感じられた。

「わかりました」

頼れる者は自分しかいない。彼らの視線を受けて、意気に感じた篁が傍に侍っていた弟子に聞香の準備をするように告げた。もはや後には引けなかった。

弟子の女性によって聞香炉が運ばれてきた。通常の湯飲み茶碗のようだが、中には殆ど満杯近くまで灰が埋まっていて中心部に炭が熾《おこ》されている。ピンセットのような道具で灰の中央に銀葉という雲母の板が置かれた。

いよいよ例の木片が載せられる。既に原片の半分ほどに切断されている。やわらかな熱で温められた木片からすっと微かな芳香が立ち昇り始めた。

まず篁から香を聞き始めた。左の掌《てのひら》に香炉を載せ、右の手で上部を覆うようにして薫りを閉じ込め鼻を近付ける。三度、四度聞香を繰り返した後、他の者にも香炉が廻された。新聞社の熊原・源、荻野、由紀の母、由紀と巡《まわ》って最後に冬朝に香炉が渡された。見様見真似で聞いてみる。いい薫りと思うだけで甘いとか辛いとかいう表現などとても理解できない。まもなく一筋の煙も断たれ、香木は完全に燃え尽きた。全員の視線が再び篁に集まる。腕組みをし、沈思黙考していた篁だが、やがて腕組みを解き、重い口を開いた。

「心当たりは――ありません」

あれ、ここはどこ……？　何や薄暗うて気色の悪いとこやな。あっちの方が少《すこ》うし明かるうなってる。ほな、そっちに行ってみましょか。ああ人影が見えてきた。よかった。やっと人心地がついてきおした。おや、浴衣を着てはる。季節的にはまだちょっと早《は》よおすんと違いますか。うん？　どこかで見た後ろ姿やな。この髪形、この背格好、この歩き方……ええっ、まさか——？　正夫にいちゃん？　正夫にいちゃんやおへんか！　生きてはったん……！　還ってきたん？

いやあ、一緒に鴨川の土手を歩くなんて何年振りどすやろ。四条通を西へ行くとすぐ河原町通どす。今は歩くのも難儀するほど人通りの多い京都一の繁華街え。この川端通の京阪電車は、地下にもぐってしまいはりました。駅沿いにあった疎水も埋め立てられてもうおへん。

それでも東大路からすぐの八坂神社や知恩院さん、円山公園は正夫にいちゃんのいてはった頃とそう変わりはおへんさかい、今日は久し振りにうちが丸一日かけてゆっくり案内したげます。正夫にいちゃんが好きやった公園の蛍はもういてへんけど清水さんへ続く小路は昔のまんまや。春の桜、秋の紅葉の季節には世界中から観光客が京都に来はるんえ。今や京都は日本一国際的な都市や言うても過言《いいすぎ》やおへんねんで。

そうや。正夫にいちゃんは還ってきはってんから、もう何にも慌てることはおへん。これから何日も何カ月もかけて今の京都を全部案内したげるさかい。

お夕食は何がよろしゅおす？　蹴上は順正の湯豆腐なんかどうどすやろ。平野屋のいもぼうも久し振りどすな。そうそう寺町新京極商店街の三島のすき焼きもおすえ。

あぁ、もうお連れしたいとこでいっぱいや。

あ……正夫にいちゃん、何処行くんえ？

もう何処にも行ったらあかんえ。

正夫にいちゃん……！

（あっ、夢か……）

夏夜の眼が開いた。周りを見回す。そこはいつもと何ら変わらぬ寝室の風景だ。掛け蒲団をおろし、半身を起こす。手鏡に手を伸ばし、ほつれ毛を押さえて自らの顔を映す。また目尻の皺が増えたようだ。あぁいつのまにかこんなところにも染みができている。何気なしに目線を手許にずらす。腕や手の甲にも血管が浮き出てきている。もう若い人の手ではない。夢で見た正夫とはえらい違いだ。思い出の中では時は止まる。思い出の人が年をとることはない。

（そうどすわな。今さらそんな話おへんわな）

嘆息をつく夏夜の姿がそこにあった。

正夫が出征する前日であったあの夏の夜、八坂神社の境内で誓いを交わし、爾来四〇余年というもの、夏夜は激動の昭和の時代を只管《ひたすら》駆け抜けてきた。

空襲で義父を失くし、残った義母には無理を言って子供を預かってもらい、戦後の一〇数年を結果として実りなく舞鶴で過ごした。帰国事業の中止と共に祇園に戻りやっと息子と一緒に暮らせるようになったのだが、幼少期という多感な時期を一緒に過ごすことのなかった正人は中学生となり反抗期を迎えていた。祇園の茶屋という職業柄、昼夜逆転の生活が続く。正人とは殆どすれ違いの毎日だった。まさに断絶状態の母子《おやこ》だったが、正人が学生時代に出会った一人の女性が緩衝材の役目を果たしてくれた。何かにつけ母に反抗する正人に時には同情し、時には窘《たしな》め、子を思う母の気持ちと夫を思う妻の気持ちを諄々と諭してくれた。彼女のおかげで正人の気持ちも次第に解《ほぐ》れ、母子のわだかまりも消えていった。やがて大学を卒業してまもなく二人は結婚、すぐ一子にも恵まれ、洋々たる前途が待ち受けているばかりだったのだが……

思いがけない輪禍に見舞われ一人娘を残して二人とも逝ってしまった。気落ちした義母の晴美も間もなく他界してしまった。夏夜の実の両親ももういない。

愛しい人達に相次いで先立たれ、ともすれば挫けようとする気持ちと闘いながら今は遺児となった孫娘を育て上げてきた。

その孫娘も高校生となった。義母から引き継いできた茶屋の仕事も軌道に乗り、遂に還暦の日を迎えた夏夜にもやっと心落ち着ける日々がやって来た。

しかし無理を重ねてきた身体は日に日にその疲労の度合いを増し、孫娘が大学を卒業するまではという気持ちとは裏腹に近頃は床に臥す日が多くなってきていた。

(そのような時に、何故今頃正夫の夢など見たのだろう？　いよいよお迎えの日が近づいてきたかな)

と弱気の虫が顔をのぞかせた時、ふと部屋の空気が何やらいつもとは違うことに気付いた。

(ん？　この薫りは……)

部屋の中に香の薫りが残っていた。誰かが障子を開けてこの部屋に入ってきたのだろうか？

ということは外出していた娘がもう帰ってきているのか？

「冬朝《きぬ》、これ冬朝ちゃん、おいやすか？」

小首を傾《かし》げながら要領を得ぬ様子で夏夜が娘の名を呼んだ。

「は～い、ちょっと待って」

返事があってとんとん階段を上がってくる足音が聞こえ、学生服姿のままの冬朝が駆けつけてきた。夏夜のいる部屋の障子を開けて、申し訳なさそうに声をかける。

「ごめんなさい、おばあちゃん。起こしてしもた？　ちょっと覗いただけやったのに……」

「やっぱり、あんたどしたか……」

案の定といった面持ちで夏夜が頷き、冬朝に話しかけた。

「覗いたことをどうこう言いたいんやおへん。ちょっとそこへ座んなはれ」

「はい、すんません」

何かやらかしたっけ？　いや、帰ってきてすぐに祖母の所在を確認するために障子を開けて覗いただけや。祖母が寝ているのを確認したらすぐに睡眠の邪魔をせぬよう音を出さぬことに気遣いながらゆっくりと障子を閉めた。その間およそ十数秒ほど、何も咎められるようなことはしていないはずだ。それでは別の要件か？　前回のテストで成績が下がっていたことやろか。それは先日窘められてもう終わったことやし……訝《いぶか》し気な表情で腰をおろした冬朝を夏夜が糺しはじめた。

「覗いたことやのうて、あてが言いたいのはその香の薫りのことどす。それは日頃から軽々しく使《つこ》たらあかんて言うてまへんどしたか……」

「香……？　ちょ、ちょっと待って、おばあちゃん。うちは何も香なんて炷《た》いてへんえ」

冬朝が夏夜の言葉を端折《はしょ》った。何をわけのわからないことを言われているのだろう。身に覚えのない疑いについ口を挟んでしまった。しかし夏夜は冬朝の言い分など耳も貸さず話を続ける。

「何言うといやす。まだあての鼻はしっかりしてます。あんたが炷《た》いたかどうか、ひと目……いや、ひと嗅ぎでわかります」

「そんなこと言うたかて、おばあ――あっ！」

弁解しかけた冬朝が何かに思い当たったように口ごもり考え込んだ。

（そういえば、今日由紀や新聞社の人達と一緒に香道家である篁薫和の住居に集って、謎の香木らしきものを炷《た》いた。その薫りが着衣に残っていたということか？　おばあちゃんが言うてるのはその薫りのことやろうか？　いや、そこまではわかるけど「日頃から軽々しく使たらあかん」っていうのは……ええっ！　どういうこと？）

「おばあちゃん！」

冬朝が座り直した。先程までとは顔付きが変わっている。

「な、なんどす……」

立場が逆転したかのように気圧《けお》されながらも夏夜が言葉を返す。それに冬朝が追い打ちをかけるように追及する。

染み付いた薫りを再度確認するかのような仕種をした後胸を張り、和服を扱う時のように服の袖を両の手で褄取《つまど》りながら尋《き》いた。

「おばあちゃん、この薫りが何かわかってはるの？」

暗闇から一筋の光明が射すかの如く、自信に満ちた夏夜の返事が返ってきた。

「当たり前どす。どこの世界に先祖代々引き継がれる薫りを忘れる人がおいやすか。あんたも幼い頃聞いてるはずえ」

「何やて？　おばあちゃん！」

冬朝の眼が引き攣った。

その瞬間、ぴいんと運命の糸の弾ける音が聞こえたように夏夜には思えた。

「ああ、先生お待たせしました」

応接室のドアを開けて源が入室してきた。木片の件で何も進展がなかったので、愛想笑いも心なし元気がないように見える。先程篁の家を辞去してデスクに戻ったところだったが、間髪を入れず篁来社の報を受け慌てて来客室に入ってきた。

「どうされました？　何か心当たりでも思い出されましたか？」

向かいの席に腰を掛けながら矢継ぎ早に聞く。スズメの涙程の情報でも欲しいところだ。源を見つめながら篁がおもむろに口を開いた。「源さん、まずはお詫びから申し上げます。今しがたの私の回答は事実と異なるものでした」

「えっ、何ですって？　……と言うことはあの香らしきものに心当たりがあったということですか？」

「ええ、お香だったのは間違いありません。それは聞き覚えのあるものだったからです」

「ほう、すぐわかったのですか。それで、みんなを欺いた理由《わけ》は？」

源が好奇心剝き出しの眼で篁の顔を覗き込む。篁が意を決したように口を開く。

「それは……以前聞いた場所が旧公爵家。昔風の言い方をすれば、口に出すのも憚られるほどのやんごとなきお方のお住まいやったからです」

やんごとなき方――こいつは面白くなってきた。特ダネのにおいがぷんぷんしてきたぞ……そう思ったが口に出す訳にはいかない。黙って見つめていると篁が口を開いた。

「とまれ、訊いてみんことには話が先に進まないので当たって砕けろで電話をいれてみました。当主は不在でしたが奥様がおられたので、仔細を申し上げたところ何やら心当たりがあるような様子でした」

篁が湯呑みを口に運ぶ。源は固唾を飲んで聞き入るだけだ。

「公爵家の何代か前に随分と美食家の当主がおられたそうです。今風に言えばグルメとでも申しますか。その当主に面白い癖がありまして……なんでも自分の気に入った料理を提供してくれた板前には自らの身に着けているものを差し上げてしまったらしいんです。万年筆とか懐中時計とかチョッキなどですね。そのうちに料亭の女将や馴染みの芸妓などにもあげるようになって、公爵家秘伝の香木を削り取ったりしたらしいのですよ。もちろん、誰に何を渡したなど記帳してませんので、今となってはその行方がわかるはずもないということでした」

篁が話を終えた。ちょっとして源が聞き返す。

「――ということは、その板前だか、料亭だかの子孫が入手していたものということですか……」

「ええ、それがどこかわからない以上は進展なし、は変わらないのですが……」

「そうですか……」

解決の糸口が見えたと思いきや、再び奈落の底に突き落とされた感の二人だったが、その時、扉をノックする音が聞こえて熊原が入ってきた。

「源さん、例の木片の持ち主らしき人が現れましたよ！」

「何だって？」

声を上げて、二人が立ち上がった。


「おばちゃん、こんにちは。今日も暑おすえ」

「あぁ、夏夜ちゃんか、ようおいやしたな。ほんま暑おすな。さすが祇園祭だけおすえ。正夫やったらさっきまでいたんやけど『ちょっと出てくる』言うて、出かけたわ。あの子もじっとしてられんのどすやろ。ほんまにお国も難儀なことしてくれるわ。学生に召集令状やなんて……うちの人も赤紙が来て以来というもの、床に臥しがちになってしもうたし、正夫に万一の事でもおしたら……」

「大丈夫よ、おばちゃん。正夫にいちゃんに限ってそんなことあるはずおへんえ。うちらは信じて待ちましょ。ねっ」

「おおきに、夏夜ちゃん。あんたはいつでも優しいし、ほんま強おすな。ところで、今からどうしおす。待ってる？　それとも……」

「ええっと、どうしようかな……やっぱり捜しに行ってみようかな……うん？　おばちゃん、何やらいい薫りがするけど……この薫りは……？」

「あぁ、これどすか。これは昔やんごとなき方から賜って朱雀家に代々伝わる香木を炷《た》いたもんどす。家内で大きな行事があった時にだけ使うもんどすけど、正夫がこの薫りを好きなもんどすから……せめて出征の時くらいこの薫りに包まれて送ってあげよ思て……そうや、これを餞《はなむけ》に持たせてやったら喜ぶかわかれへんな。夏夜ちゃん、ちょっと待って。今切り取るから、捜しに出かけるんやったら、持っていっとくれやす」

まるで昨日のことのように思い出す。正夫の出征前日に朱雀家を訪ねた時の義母の晴美との会話だ。この後、晴美から預かった香木の切片を自分の写真とともに八坂神社のお守り袋に入れ、深夜その八坂神社の境内で正夫に手渡し、二人はその場で結ばれることになるのだが……あの時に渡した香木が残っていて、今その薫りを聞くなんて……そんな事が現実として起こり得るものなのか？

香木の話から冬朝の関わっている事情を確認し、二人は矢も楯もたまらず料亭「をぎ乃」に連絡を取り、女将の荻野美弥と共に新聞社の源を訪ねた。

そして夏夜は見た。

色褪せて何の物とも解らぬ写真片を。

その裏に書かれた「――きいてください」の文字を。

見紛うことなく自らが書き記したその文字を。

「あっ……」

一声《ひとこえ》発したきり、右手に写真を握りしめ、左手で口許を覆ったまま夏夜はその場に突っ伏してしまった。応接室のソファに腰かけたまま前のテーブルに倒れこんだ夏夜の後ろ姿が小刻みに震えていた。

「正夫にいちゃんの無事を祈って。それからおばちゃんに言われたから恥ずかしいけどうちの写真も入れて……あと、おばちゃんから預かったにいちゃんの好きなもんも入れといたえ」

「僕の好きなもん、お守り袋に入るくらいの……ええっ、何やろ?」

「後の楽しみにしといて」


(覚えている。忘れようはずなどあるものか)

あの夜、八坂神社の境内で、どうしても自らの思いを伝えたかったのであろう。晴美から預かった香木の切片とともに自分の写真も晴美の依頼を受けたことにして、ともに八坂神社のお守り袋に入れて渡した。

その時、写真の裏に書き残した言葉が「京都が恋しくなったら、この香をきいてください」というメッセージだった。

今から考えると赤面する思いだが、当時の自分の切羽詰まった心境がいじらしく偲ばれる。

その己《おの》が文字を殆ど半世紀ぶりに見て夏夜の気持ちは千々に乱れた。

その眼からこみあげてくるものは、尽きることを知らぬかのように後から後から際限なく流れてきた。

感慨に震える夏夜を見て、居堪れない思いでいた冬朝も荻野も新聞社の源や熊原、香道家の篁も、いつのまにか部屋から姿を消していた。

今、夏夜はたった一人で正夫と対峙していた。何十年か振りで甦ってきた自らの思いと対峙していた。

「う、う、うっ……」

離れていた時間《とき》を取り返すかのように、あるいは失われた時間《とき》を惜しむかのように、その掌《て》で顔を覆ったまま、夏夜の咽び泣きがいつまでも続いた。


――どれくらいの時間が過ったただろう。

小刻みに震えていた身体を制止させ、夏夜がやっと我にかえり顔を上げた。

垣間見えた半世紀前の世界が夏夜を呼んでいた。それは確信というよりも殆ど使命感のように思えた。彼の地で待ち受けるものと正面から向き合い、閉ざされていた真実を明らかにすることこそが夏夜に委ねられた使命――宿命であった。

溢れる涙をすべて流し尽くした夏夜は決心していた。

行こう。チェルノブイリへ、キーウへ。

その人物が正夫か、縦《よ》しや別人であっても、とまれ行かなくてはならぬ。

半世紀前に止まったままである心の刻《とき》を動かすために。

己《おの》が運命《さだめ》に生きてきた証《あかし》の黒白《こくびゃく》をつけんがために。

その秋《とき》は来た。

第五章　最果ての祇園囃子

雨が降っている。

市街地は乳白色の霧に包まれ、壮麗な宮殿や厳然たる大聖堂もその威容を烟《けぶ》らせていた。長い冬を終えたモスクワもこの雨があがる頃には一気に季節の移ろいを進めていくことになるだろう。

モスクワではサドーヴァヤ環状道路に護《まも》られるようにして市街地がその内側に犇《ひし》めきあっている。中でもその中心部を為しているのが赤の広場――七万三、〇〇〇平方メートルにも及ぶ敷地が尖塔立ち並ぶ宮殿群に隣接して確保されている。メーデーには手に手に赤い旗を持った人達が集い、赤一色で埋め尽くされる。広場にはレーニン廟が建造されており、その背後には歴代の指導者がここからソビエト連邦全土に睨みを利かせていたというクレムリンが聳えていた。

レーニン、スターリンからブレジネフ、アンドロポフなどを経て、一九八六年現在はゴルバチョフが政治を統べている。

とりわけスターリンはかつてこの地でワシレフスキー極東ソ連軍総司令官に、日本兵のシベリア抑留の命令を下したり、昭和二五年には独断で日本兵の帰国事業を中止させたりと間接的に多くの日本人の人生に影響を及ぼしてきた。しかし、それは夏夜の知る由もないことであった。

夜の帳に覆《つつ》まれた中、赤の広場に降る雨を夏夜はホテルの窓から眺めていた。

モスクワ——夏夜は今確かにその地を踏んでいた。

エカテリーナ二世が辣腕《らつわん》を振るい、怪僧ラスプーチンが暗躍し、レーニンが、スターリンが君臨した都市、トルストイやツルゲーネフ、伝説の作家達が去来した都市モスクワ。荘厳な建物の群れはその伝統を無言のうちに語り、雨に穿《う》たれる石畳は数世紀にも亘る歴史を眼前に彷彿させようとしている。

そんな感慨を打ち払おうとして夏夜が呟く。

「歴史も伝統もどうでもええ。うちが知りたいのは真実だけや」

かつて戦後四半世紀を経た昭和四七年（一九七二年）、アメリカ領グアム島において旧日本兵横井庄一（当時五七歳）が発見された。軍事教育を受け育った横井は山中でゲリラ戦を展開している時に終戦に至ったが、日本軍の無条件降伏を知らされなかったがため戦闘を継続、「生きて虜囚の辱めを受けず」という指導を貫徹した。さらにその二年後の昭和四九年（一九七四年）、フィリピンのルバング島で小野田寛郎《おのだひろお》陸軍少尉（当時五二歳）が見つかっている。小野田もまた戦争が終わっても任務解除の命令が届かなかったため、密林に籠り諜報活動を続けていた。発見後も現実を認識できず、わざわざフィリピンを訪れたかつての上官である谷口義美元陸軍少佐から書面と口達で任務解除され、帰国命令によってやっと本土の土を踏んだという。

その時からさらに十余年、未だに発見に至らず歴史に埋もれている人物が存在するのか？　しかもそれが自分のかつての婚約者であるというのか？　全ては明らかにされるのか？

　エアメールの発信者である都宮医師の話では、患者は放射能の影響で失明寸前だという。加えて何らかの外的要因により声帯が破損されており、食道から胃や腸にかけても凄まじい炎症痕がみられるため会話を交わすこともままならない。しかも長年に亘る現地での暮らしのため日本語を全く解さぬとのこと。

（まるでヘレン・ケラーではないか）

　ヘレン・アダムス・ケラー——一八八〇年、アメリカのアラバマ州に産まれた女性で、一歳の時に高熱に冒され一命はとりとめたものの視力と聴力を失い、話すこともできなくなってしまったが、そのような重複障碍者であるにも拘わらず世界各地を歴訪し、八七歳で亡くなるまで生涯を障碍者の教育・福祉の発展に尽くした人物だ。

　しかし、そのヘレン・ケラーにしても彼女を不憫に思う両親からわがまま放題に育てられ、家庭教師アン・サリヴァンによって人と意識を交わせるようになるまでは数カ月を要したという。

　今回発見された男の場合、視力や会話はあてにならないがまだ聴力は有しているという。当然、通訳を介しての話になるのだろうが、そのような状態で果たして会話が成立するのか？　何より老齢に加えられた放射能による影響は？　生命の安否は……？

　——残された時間は幾何《いくばく》もない。逸《はや》る気持ちを押さえながらも矍鑠《かくしやく》とした眼差しで窓外の雨を見遣る夏夜であった。

一方、ドア一つ隔てた続き部屋では冬朝《きぬ》と京都新報の源がうちあわせを行っていた。

感慨深げに冬朝が呟《つぶや》く。

「うちら……とうとうモスクワまで来たんですね」

「ああ、キーウへの乗り継ぎ便がないので、ここに一泊することになってしまったけど……僕も感無量や。灯台下暗し。まさかあの香の席に居合わせたお嬢さんが関係者である夏夜さんのお孫さんやったなんて……」

「あの後、とにかく大変やったらしいですね」

「そうそう、すぐお宅にお邪魔して、夏夜さんから秘伝の香木を削りとってもらい、再度篁先生に聞香して戴き『間違いない』という言質を得たよ。まあ、先生は専門家やからともかく、君のおばあさんもたいしたもんやね。そういえば君、全然気付かなかったらしいね」

「この前は何時炷《た》いたのか祖母に尋《き》いてみたら『たぶんあんたが小学校に入った頃』とか言うてたから、薫りを覚えていろっていうのはちょっと酷やと思いませんか」

「それもそうやね。写真の方もすぐにわかったみたいやし……」

「そうそう、おばあちゃんいうたら昨日のことのように覚えてはるの。お守り袋に入れたんは香木の他には自分の写真と八坂さんのお札やったって」

「もうわからなくなっていたけど、あの汚れた袋は八坂神社のお守り袋だったんやね」

「それから後はご存知のとおり、一刻を争うっていうことで京都新報さんにお骨折り戴き、日本政府、さらには政府を通じてソビエト大使館にもかけあってもらって、通常一週間以上かかるといわれている旅券《パスポート》も査証《ビザ》も僅か数日で取得できました。そうなったら一気呵成、すぐに国鉄八条口から空港バスで伊丹空港へ。さらにその日のうちに伊丹から成田を経由してあっという間にもうモスクワ。後はいよいよ半世紀ぶりに再会の瞬間を待つばかりやわ」

「しかし、都宮医師と電話で話したんやけど、患者は日本語を理解できない状況に加えて、当時見えていた眼も、もう殆ど失明同然らしい。残念やけど本人と確認できる可能性は極めて薄いみたいや。ソ連邦まで来ながら本人確認ができひんかったとしたら、夏夜さんには悪いけど、いっそ香の薫りに気付かんかった方が良かったんやないやろうか……」

「そんなことおへん！」

窘めるようにぴしゃりと冬朝が言い放った。

「女手ひとつで苦労してうちを育ててくれた祖母です。聞けば、その前はたった一人で舞鶴に住み、一〇年もの間、当てのない祖父を待ち続けたそうです。今回のことは神様が投じた最後のチャンスを祖母は自らの手でしっかり掴んだと思えてならんのです。おそらく祖母も人生の集大成のつもりで全てを賭けて来てるもんやと思います。せやから……今はそんなこと言わんといて……それこそ、あまりに祖母がかわいそうや……おへんか……」

泣き崩れる冬朝に源はかける言葉もなかった。

（軽率だった。すまない……そうだ。全ては明日、明日こそ積年の闇に光明が灯るんだ）

そう信じることにしようと源は思った。

モスクワの雨はまだ篠突《しのつ》いていた。

ウクライナは東ヨーロッパに位置する共和制国家で人口四、五〇〇〇万人を擁し、ヨーロッパの穀倉地帯として知られている。天然資源に恵まれ鉄鉱石や石炭などを産出し、鉄鋼業を中心とした重化学工業も発達している。

ウクライナの語源は「国」あるいは「辺境」を示しているという説があり、一三世紀から使用されている。

一九九一年、ペレストロイカによる革命でソビエト連邦が崩壊、独立を果たすが、このチェルノブイリ事故当時（一九八六年）は、まだソ連邦の一部の存在にすぎなかった。

一方で首都キーウの方は歴史が古く、言い伝えによれば五世紀後半、ポリヤーニン族のキイ、シチェク、ホレフの三兄弟によって創られた町で「キーウ」というのは「キイの町」という意味であると言われている。

九世紀末にはスカンジナビアとビザンチンを結ぶ水路の支配権を握り発展する。一三世紀には蒙古軍の襲来を受け崩壊したが、紆余曲折を経て現在はウクライナ屈指の工業都市として栄え、三〇〇万人ほどの人達が生活している。

モスクワからキーウまではおよそ七五〇キロメートル、飛行機なら一時間半ほどの所要時間だ。キーウの空港に降り立った夏夜を見て、空港に居合わせた人達は思わず息を呑んだ。人目を引く黒地に花柄の留袖の和装――現地の人にとっては映像でしか見る機会のない日本人の服装だ。なまじの知識のある人ならば、これが有名な日本のゲイシャガールかと見紛う艶姿だ。それは夏夜の勝負着であった。

現地で逢う男に見せるためか。いや、すでに男の視力は失われている可能性は高い。それは夏夜の気持ちの問題であった。正夫と生き別れになることおよそ半世紀、海の物とも山の物ともつかぬ延々と続いた中途半端な状態がやっと決着をみるかもしれぬのだ。人には誰しも一生に一度、己の人生を賭ける時があるという。夏夜にとって今日こそがその日なのだ。あのキーウ行きを決意した時から僅か数日。遂にその日がやって来たのだ。いかなる結果が待ち受けていようと自らにできる全てのことを成し遂げるまでだ。正夫と自分の両親、早逝した息子とその若妻、舞鶴で見守ってくれた人達、応援してくれた生徒達、さらには既にメディアで報じられたため成り行きを見守っている日本の人達、遍《あまね》く一切の思いを背負って夏夜はこの異国の地に来ていた。その服装、そして表情にも決意が漲ってい た。はやる気持ちを抑えるために丸帯をぐっと握りしめて夏夜は一歩を踏み出した。

チェルノブイリはキーウから北へおよそ一〇〇キロメートル、ベラルーシとの国境近くにある都市だ。まだ放射能の影響が色濃く残っており立ち入ることはできない。この日夏夜達一行が向かったのはキーウ近郊の病院としてあてがわれている施設だ。

キーウの空港近辺はウクライナの玄関口だというのに人影は疎《まば》らであった。昨日モスクワを湿らせた雨こそ止んだものの曇天の空は何時降りだすかわからぬ様相を呈しており、一行のもやもやした不安な気持ちを煽っているかのように思われた。見かける人達もスラブ民族独特の彫りの深い顔立ちを寡黙な雰囲気の中に宿し、全てが陰鬱としているかのように感じられた。

共産圏内では行動がままならない。ソビエト連邦が組んだスケジュールのとおり行程が進められていく。空港からはインツーリストの手配した車で病院施設へ向かった。空港から遠ざかるとまもなく舗装道路がなくなり、随所に雨水の溜まった地面が剥き出しになった。車はデコボコ道の水たまりを躱そうともせずに跳ね飛ばしながら走った。

小一時間も走ったろうか。キーウの中心部からは離れていくようだ。やがてこじんまりした街並みが見えてきた。

高濃度汚染地域からの避難は三年以上の歳月を要しておよそ二五〜三〇万人もの人々が移動を行うことになる。伝染病という訳ではないが、現在夏夜達が向かっている病院施設は全て今回の原発事故の患者に充てられ、それ以前より入院していた他の病気による患者は別の病院に移されていた。

車がとある建物の前に横付けされた。病院と説明されなければわからない何の変哲もない古びたそう高くもないビルだった。それを待ちかねたように白衣を着た人物が飛び出してきて車から降り立った人達に声をかけた。

「皆さん、ようこそ遠路キーウまでおいで戴きました。医師の都宮です。ここから先は私が案内します」

都宮慎吾――軽くウエーブのかかった髪、切れ長の眼、長身痩躯の青年、あの手紙の送り主であった。丁寧な口の利き方、物腰やわらかな態度とは別に「きりっ」と引き締まった口許からは責任感の強さが見てとれた。

旧日本兵らしい人物を自分がたまたま見出しただけというにも拘わらず、その人物の行く末を案じ、書面にもあったとおりできれば身分を明らかにしてやり、それが叶わぬ時には死に水を取ってやる――そういうことにまで考えを及ぼしているのかもしれない。青年の顔つきから冬朝はそんな印象を受けた。

（おおきに。とにかくあんさんがここの患者さんに気付いてくれたおかげで、おばあちゃんもここまで来ることができました）

自分と一〇歳と年齢は変わらないであろうに皆を案内する頼もし気な青年の後ろ姿にぺこりと頭を下げた。

生憎エレベーターが故障中らしく古いビルの階段を上がる。複数の靴音が静寂を破ってビル内に響く。四、五階も上がったろうか、都宮が案内したその部屋は唯一の日本人（？）犠牲者、――その肉親が遥か日本からやって来るという情報が政府の上層部に浸透していたようで個室に変更されていた。

日本で言えば八畳間ほどの空間の部屋だった。壁は何カ所かが朽ちかけて剥がれていた。窓際にスチール製のベッドとその傍らに着替えでも入っているのか収納用の簡易なキャビネットが置かれてあるだけだった。少し離れた場所に今日の訪問に備えてのものか、パイプ椅子が折りたたんで五、六脚、壁にもたれるようにして立てかけてあった。さほど明るくない照明装置と曇天の窓外からの明かりがベッドの男の顔をぼんやりと映しだしていた。

その男は上を向いて眠っていた。いや、眠っていたかどうかはわからない。正確に言えば、その眼が閉じられていたということだ。さらにつけ加えれば、仮にその眼が開いていたとしても、もう廻りを識別できる能力《ちから》を所有《やど》していないかもしれないということだ。

最初から部屋にいた現地の人物らしい男が一行に近付いてきて挨拶をした。

「陸軍より派遣されたボリス・イワノフ少尉です。本日の通訳を務めます。宜しくお願いします」

流暢な日本語だった。中肉中背、短髪で軍服をまとっている。笑みを浮かべるようなことはなかったが、かえってそれが真摯な性格を忍ばせているように思えた。

（この人の通訳にうちらとこの横になっている人の運命がかかっている訳ね。今の話し方を聞くかぎりでは、大丈夫やと思うけど……）

——疑心暗鬼、あらゆるものに対して信じたい気持ちと疑いの心が交錯している状態の冬朝だった。

ベッドの右側に夏夜と冬朝、向かい側に都宮医師と京都新報の源がパイプ椅子を持ってきて腰を下ろし、通訳のイワノフ少尉が患者の枕許に立った。

一同静かに行動したつもりであったが、空室に数人もの人間が入ると気配というものを感じるのであろう。ベッドに仰臥していた男の眼がゆっくりと開かれた。

その様子を覗き込む一〇の眼差し。夏夜と冬朝はお互いの手を握り合い、不安な気持ちとともすれば震えがちな身体を支えあっていた。

（この人が……正夫にいちゃん？）

ベッドの上の男は首から下を布団で覆われているため顔しか見えないが、夏夜が眼にしたその顔は、とても正夫とは似ても似つかぬものであった。冬朝や源も夏夜が持っていた若き日の正夫の写真からおぼろげながらその顔を認識していたが、同様の印象を受けていた。

（おじいちゃんやて？　おばあちゃんとそんなに年齢《とし》がかわれへんてきいてたけど、それにしては……）

（むう、写真のイメージとは全然違うな。面影がまるで残ってへん。正夫さんとは別人やったんやろか……）

小ぶりな頭に少なくなってへばりついている髪の毛は見える範囲では真っ白であり、頬はこけ、長年の労働を物語るようなしわが、額・目尻・口許等顔一面に深く浅く縦横無尽に刻みこまれていた。正夫であるとすれば、まだ還暦を少し過ぎたばかりのはずであったが、とてもそうは見えぬほど老いが進行しており、その無気力な風貌からは既に死の臭いすら漂っていると感じられるほどだった。

焦点の定まらぬ眼と表情を失くした顔――「朱に交われば赤くなる」と言うが、現地の者と同じ水を飲み、同じ食事をし、同じ労働を繰り返しているうちに骨格まで似通ってきたのであろうか。辛うじてアジア民族の名残りを留めているその顔は、もはやスラブ民族といっても遜色のないほど変貌しており、半世紀近い年月を考慮に入れたとしても夏夜にはとてもあの若く凛々しかった正夫と同一人物とは思えなかった。

男の目線が動き始めた。ゆっくりと見開かれた眼から眼球が右へ左へ振られていたが、やがて顔ごと右へ向けられた。

視線の先には夏夜と冬朝がいたが、男の虚ろな目からは彼女達に対する焦点は合っていないように思われた。

「やはり、眼にきている……」

都宮が呟いた。

それを受けて、イワノフがロシア語で何やら話しかけたが、男が力なく首を振った。

「眼は見えていないようですね」

イワノフが言った。視力の有無を確認したようだ。

「さて、これからどうするかだ……」

今度は源が呟く。視力の悪化は取りも直さず、男が記憶を回復するための条件をも悪化させてしまったということだ。やりばのない状況に対して何とか打開策を模索したい思いが言葉となって口から洩れた。

その時だった。

「うちに話させてもらえますか」

夏夜が口を開いた。握っていた冬朝の手を離し、背筋を伸ばして凛とした姿勢で瞬きすることなく男を見つめた。

(今こそ決着をつける秋《とき》だ)

着物を纏った時から滲んでいた気迫が今まさに迸り出る——そのようなオーラさえ感じられた。

「あっ、おばあちゃん、ちょっと待って」

今にも口を開きそうに逸《はや》る夏夜を抑えるようにそう言うと、冬朝がバッグから何やら取り出してきた。小さな箱にスイッチがいくつか取り付けてある器械——携帯用のテープレコーダーだ。

「眼が見えへんようになってはるかもしれん——って聞いてたから、これを持ってきたんえ。思い出してもらうのには、耳に愬《うった》えるのが効果的やと思うて……」

「成程、映画や演劇でいう効果音――バックミュージックという訳か。いい思いつきだ。何を録音してきたのですか？」

そう問いかける都宮に、

「それは……これです」

答えるかわりに冬朝がスイッチを入れる。静かに音が聞こえてきた。

「あっ……」

夏夜が思わず声を洩らした。それは琴の音だった。琴の調べが病室内に流れ出した。

時代とともに日々変わりつつある日本の原風景。しかし眼に見える風景が時を駆逐しようとも、眼を瞑れば多くの人の心にのどかな里山の景色が故郷の象徴として浮かび上がってくることだろう。

同様に日本人の心の故郷ともいわれるのが平安《いにしえ》より歴史を紡いできた古都京都である。その京都を音で表現するとすれば――まさにこの琴の調べこそがその最たるものではないだろうか。

男が琴の音に聴き入るのがみてとれた。

(ようし、今だ)

――阿吽の呼吸で冬朝と視線を交わした夏夜が、一呼吸置いた後、やおら語り出した。

「正夫にいちゃん、あんさんが正夫にいちゃんかどうか、今となってはうちにもわかりません。そやけど、にいちゃんと一緒に過ごした思い出だけは何十年経《た》とうとうちの心の中にはっきりと残ってますえ。今からその思い出を話していきますから、あんさんがもしにいちゃんやったら思い出しておくれやす」

ひと呼吸置いて夏夜が最初に語り出したのは、思い出ではなく次の文言だった。

「夏は夜、月の頃はさらなり。闇もなほ、蛍の多く飛びちがひたる。また、ただ一つ二つなどほのかにうち光りて行くもをかし。雨など降るもをかし……」

枕草子、冒頭の「春はあけぼの……」に続く夏の段の一節であった。イワノフが枕草子という古典の文献を知っているのか、同時に通訳を始めた。夏夜が続ける。

「——夏の夜はまだ宵ながら明けぬるを　雲のいづこに月やどるらむ……これはうちが好きやった百人一首の中の清原深養父の短歌どす。正夫にいちゃん、思い出しておくれやす。あの鴨川の堤を歩いた日を。嵐山での紅葉狩りを。比叡おろしに凍てついた日を。円山公園の祇園枝垂桜を」

——と、男の眼に溜まったものがみるみる溢れ出し、つうっと頬を伝い落ちた。

いきなりの反応に一同が色めき立った。

夏夜の思いが伝わったのか。男の記憶が戻ったのか。そして男は正夫であったのか。

イワノフが話しかけた。予《かね》て用意してあった用紙に細いマジックペンで男が何やら書き込む。ロシア文字だ。これではイワノフ以外解るべくもない。周囲の者が見守るなか、紙面が文字で埋められていく。マジックが紙面を擦《こす》るきゅっきゅっという音だけがはっきり聞こえる以外室内は沈黙に覆われていた。

「ど……どうなんです？　記憶が戻ったのですか？」

静寂に堪え切れず源が口を開いた。文字を解読していたイワノフがそれを中断した。周囲《まわり》を見遣った後、眼を伏せ首を振りながら静かに言った。

「いいえ」

それを聞いて、一斉に落胆の嘆息が洩れた。

イワノフが話を続ける。

「その音楽、何とも言えぬ懐かしい気持ちがします。そしてあなたのその語り口、その話し方を聞いていると、以前都宮先生の言葉を耳にした時よりも一段と親しみというか郷愁の念を感じました。そのあまり思わず涙してしまいましたが、何かを思い出した訳ではありません――と」

「おばあちゃん」

冬朝が夏夜に話しかけた。

「京都弁え。都宮先生の話す標準語とは違うニュアンスを感じてはるんえ。それに郷愁を感じるいうことは――間違いのう京都出身の人や。もうちょっとお話を続けはったらよろしゅおす。もう一息え」

夏夜が頷く。

「ほう……」

源が感嘆の声を洩らした。

（成程、京都弁か）

都宮が呟いた。

（それにしても咄嗟によくそんなことを思いつくもんだな。――そういえば、例の木屑が香木だということに思い至ったのも彼女だというし……随分と頭の回転が速い娘《こ》らしいな）

都宮が感心している頃、夏夜は冬朝に対して別の感慨を抱いていた。

（賢い娘や。けど、それ以上に優しい娘や。ほんまはこの人が別人かもしれんのに。ましてや記憶を取り戻すなんて簡単にできることではないとわかってるやろうに。そんなこと曖《おくび》にも出さずにうちをはげましてくれて。まして、こんなテープレコーダーまでこっそり用意してくれて……、――ようし！）

夏夜が再び語り始めた。

「正夫にいちゃん、にいちゃんとこがお茶屋さん、うちの父が学校の先生。利害関係が生じるような点など何にもないのが良かったんか、うちらと同じように親同士も仲が良かったさかい、よういろんな観光の名所に連れていってもらいましたな。ほら、大原の三千院へ行った後、血天井で有名な宝泉院さんで坊さんの話を聞いた時には、恐ろしさのあまり二人共泣き出してしまいましたな。それから比叡山を越えて山の東側へ出たら、もうそこは琵琶湖や。あの大っきな湖にはすっかり魅せられてしもうて、日が暮れるまで海さながらに水辺で遊んでましたな。またその後寄った茶店で初めて目の当たりにしたあの鮒ずしの臭いの強烈やったこと……鼻を摘《つま》んで逃げ回りましたっけ……夏になったら、よくにいちゃんとこのお庭の築山で蝉を採って……誰どしたかいな？　蝉の抜け殻が身体にええなんて教えはって、にいちゃんがそれを食べた後は、すぐお医者さんを呼んで大わらわどしたわ。円山公園は近いからしょっちゅう行ってましたな。これも誰に教えてもうたんか『お寺の鐘が鳴ったら早よ帰らんと鬼が攫《さら》いに来るぞ』って、知恩院さんの鐘が聞こえたら遊んでても血相を変えて家へ逃げ帰ったもんや。今思たらあれは夕食時には帰ってくるように親に躾けられてたんどすな。石塀小路《みち》を抜けて三年坂を上がると、もうそこは清水さんや。今でこそ街灯が照らしているけど、当時は小路も随分暗かったから、ずうっとにいちゃんの手を握ったまんまで……親がいてるのにずっとにいちゃんの方を頼りにしてて……あの頃やろか『にいちゃんのお嫁さんになる』って言い出したんは。ええっと、あれは……ああ、思い出した。大文字さんで子犬を追いかけて迷子になった時ににいちゃんに助けてもうてからえ。あれ以来、にいちゃん家《とこ》へ遊びに行く度、おばちゃんが『源氏の君、紫の上がお見えどす』――そんな風に言われて、何とのうお姫様になったようで機嫌ようしてたけど、女学校の古典で習うた時、そんな綺麗で高貴な姫《ひと》に譬《たと》えられてたんかと思たら思わず赤面してしまいましたえ。大文字さんは毎年のように行きましたな。うちが小《ちい》そうて大人の人の陰《かげ》になって、文字がよう見えへんもんやから、にいちゃんの背中におぶってもうた時にはバランスを崩して一緒に転《こ》けてしもうて……痛いやら悔しいやら恥ずかしいやらで泣き出したうちを宥《なだ》めるのも大変どしたやろな。そんな夏が終わると秋はお月見の季節。嵐山は大覚寺の大沢池《おおさわのいけ》まで足を伸ばして、一〇人乗りぐらいやろうか、小っちゃなお舟に乗ってお団子を頬張りながら愛でるお月さんは格別どしたな。空に浮かぶ月と池に映る月とが相俟って幻想的な雰囲気を醸し出して、やがて静かに流れてくる琵琶の音に聴き入っているうち、うちはいっつも眠りについてたもんどした。あぁ、嵐山いうたら十三まいりもおしたおした。法輪寺さんへ奉納するいうんで半紙に文字を書くんやけど、にいちゃんはたしか「一」と書いてはった。うちのおかあちゃんが『簡単に見える文字が一番難しおすな』って言うてたんで、うちも何年か後やっぱり「一」って書かしてもうた。そう言えば小っちゃい頃からにいちゃんの後ばかりついてまわって、にいちゃんの真似ばかりしてた気がしぃおす。桂川の土手を散策して、河原でお弁当を開いて、風が吹くと満開の桜がその度にちらりほろりと花びらを舞わしてほんまにきれいどしたな。夏・秋・春と話してきたから次は冬、お正月の話え。今と違うて京都の花街もお正月ばかりは静かどした。火鉢にあたりながら恒例の百人一首で遊ぶんどすけど、うちの十八番の清原深養父の札だけはすぐ近くに置いてこれだけは誰にも取らしませんどしたな。最も誰かが取ると泣き出してましたから、誰も取る訳にはいかんかったんどすな、きっと。ほんでもそんな時以外は毎晩のように舞妓さんが来てはって、うちもしょっちゅうきれいなおねえさん達を見に行ってて……そらもう、別世界やった。こんな華やかな世界があるもんやねんなぁと。毎晩のように『大きくなったら舞妓さんになる』そう言うてたんはあの頃どしたっけ……」

夏夜の述懐が続く。

(ようまあ、幼い時の事をそんなに覚えているもんや。でも考えてみたらおじいちゃんが召集された後はずうっと一人で舞鶴に赴任して、それも結局は待ち惚けや。祇園に戻ってきて苦労して仕事を覚えて息子を育てて、やっとうちが産まれたと思うたら、うちの両親は揃って事故で亡くなってしまうし……ここまでおばあちゃんの人生でええ事なんかちっともおへんかったやん。おじいちゃんと一緒になるまでがおばあちゃんの人生で一番幸せな時やったかもしれへん……ううん、というよりその頃しか楽しい時期なんてなかったんちゃうやろか)

なかば呆れ、なかば感心しながら冬朝はそう思った。ふと冬朝が時計に眼を遣ると、外が明るいので気付かなかったが、もう夜の七時を通り越して八時近くになっていた。陽が沈むのが遅いのは緯度が高い地域での特徴だが、そういえば夏場にパリのエッフェル塔に明かりが点灯されるのは夜の一〇時頃だという話を誰かから聞いたことが思い出された。花の都パリか……(思いもよらずモスクワやキーウなどというとんでもない異国《ところ》まで来てしもた。この日の気候にもよるけど、この地はあまりにも陰鬱とした情景や。それに較べてパリっていうのは明るい華やかな街って聞いてるけど、そんな花の都に譬えられるような華やかな街に行く機会なんかこの先あるんやろか）そんな思いがぼうっと脳裏を過《よ》ぎったりした。

冬朝が感傷に耽っている間も夏夜は話し続けていた。男を見つめる視線が時には宙を彷徨《さまよ》ったり、また何かを思い出すようにその瞳を閉じて考え込むようにしながらもすぐに口を開き言葉を紡ぎ出し、遥かな過去への旅を続けていた。それは何時《いつ》目的地へたどり着けるのか？ いや、そもそも目的地なるものが存在するのかどうかもわからない果てしのない旅であった。

それはかつて舞鶴の岸壁で過ごした日々と酷似した状況であった。違いといえばここが遥かな異国の地であるということ、あの時から既に三〇年の歳月が流れていること、そして何より眼前に正夫と覚しき人物が存在しているということだった。

しかし、それだけでも夏夜には充分であった。何が充分であったかというと――当時、一〇数年を過ごした舞鶴の岸壁で、やはり際限のない戦いに挫けそうになった時、夏夜を支えてくれたのは橋野せいの言葉であった。

「岸壁《きしべ》より海面《うなも》を見れば、いつもひとり」

孤独に苛まれていた夏夜が思わず漏らした上の句に対して

「志《し》断たざれば、必ずやふたり」

せいはこのように下の句を返してくれた。あの時、せいはこの短い返歌を通じて、際限のない時間を過ごすのも、あるいは形のない物と戦うのも、すべてはその者の心の持ち方次第であると夏夜に説いてくれたのだ。

　目から鱗の落ちる思いでその思いに共鳴し、爾来三〇年、それを心の支えとして生涯を送ってきた夏夜は、いつしかその教えを単に自分を支えるというだけのものではなく、自らの根幹を為すものとして、殆ど同化するほどに至っていた。それは運命をも含めた自然の摂理を受け入れるということであった。

「正夫と覚しき男がいる」——それだけで、以前の何ら手懸かりを得られなかった舞鶴時代よりははるかに恵まれている情勢なのだ。

　そして、為すべきことは男の記憶を取り戻すということ、その為には出来得る限りの努力を惜しまず実行するということだ。

　それは結果を期待してのものではない。こう言うと語弊があるし、無論良い結果は必要なのだが、それは言わば「ついてくる」ものなのだ。

　別の言い方をすれば「人事を尽くして天命を待つ」という言葉が的を射た表現と言えようか。あるいは宗教から引用するとすればキリスト教で言う「天は自ら助くるものを助く」であり、禅宗でいう「無」の境地に限りなく近づいたものであろうか。

「正夫を待つ」あるいはかつて夏夜が舞鶴で教鞭を執っていた際の「後進の者に道を説く」といった結果を目視できぬやもしれぬ際限なき戦いを仮に修行とでも位置付けるのなら、橋野せいが到達していた「悟り」ともいえる境地に夏夜も限りなく近付いていたのかもしれなかった。またそれはせいの短歌《うた》の師匠が信奉していたというキリスト教の教えがせいを通して無意識の内に夏夜にも影響を及ぼしていた可能性もあった。

しかし、もしこの男が正夫でなければ、また正夫だとしても記憶を甦らすことができなければ、夏夜の話していることはすべて徒労――無為そのものなのだ。夏夜の努力は北欧の白夜の如く、白い闇の中を彷徨っているにすぎないかのようにも思われた。

ところが、夏夜の思いが伝わったのか、まさにその時、男が動き出したのだ。

「グウウウウウッ！」

声にもならぬ声を上げ、寝返りをうち、顔を枕に埋めた。その姿は小刻みにうち震えていた。

（とうとう、思い出しはったんやろか？）

顔を見合わせる夏夜と冬朝。

イワノフが男に声をかけた。彼の質問に対し、男は頻りと首を振る仕種を繰り返すだけだった。暫くして男が落ちついた素振りを取り返した後、先程と同じように書面によるやりとりが交わされ、イワノフが口を開いた。

「彼が何かを思い出したという訳ではありません」

それを聞き再度落胆する周囲を見て、男と同じように首を振りながら話しを続けた。

「あなたの語り口から伝わってくる熱意に対して何の反応もできない自分がもどかしくて……それで顔を背けてしまった――そういうことらしいです」

再び沈黙が周囲を包んだ。男の啜り泣く声と鳴り続いている琴の音ばかりが虚しく病室に響いていた。

たちこめた重苦しい雰囲気を取り除くためにも祖母に何か声をかけてあげねばと思う冬朝だったが、気持ちが空回りしてしまって、何と言えばいいのかわからなかった。そんな中、沈黙を破ったのは都宮だった。

「朱雀さん、今日のところはこれぐらいにしておきましょうか。患者をあまり興奮させてもいけませんし、あなたもまた連日に亘る長時間の旅で、さぞお疲れのことでしょう。なに、今思い出してもらわなくてはいけないということはありません。残された時間はまだあります。何度でもやりましょう。あなたのお話を聞いて、その熱意は必ずや伝わるものと確信しました」

都宮が話し終わると、待っていたかのようにカチッとカセットテープの切れる音がした。

「あらあら、ちょうどテープも止めるように言うてはるみたい。ほなおばあちゃん、今日のところはこれぐらいにしときまひょか」

冬朝が場の雰囲気を和らげるべく、お道化た調子で夏夜に話しかけた。

都宮も冬朝もそれぞれに疲れていることであろう。このウクライナで男を見出した後は患者達の日々の治療に追われ、日一日と衰えていく男の様子に焦りながらも日本からの便りを待ち続けた都宮。一方、夏夜と共に強行日程を熟《こな》してきた冬朝も若さに物を言わせての行動だが、言い換えれば大人になり切っていない——言わば未熟な身体に負担をかけているということだ。二人とも老齢の夏夜を気遣うことを優先し、自らの疲れに関して口にこそだしていないが、傍目にも疲労とそして諦めの色を見てとることができた。無理もない。自分達が目の当たりに見た夏夜の熱意が全く伝わらないのだから。いや、熱意が伝わっていたとしても何ら記憶を呼び戻すことができなければ結局はおなじことなのだ。それは通訳を介さねばならない言葉の壁か、何十年という時を隔てた時間の壁か、とてつもない壁がそこには存在した。

しかし、ただ一人夏夜だけは諦めてはいなかった。あれだけのことを口にしてなお、還暦を過ぎた身にも拘わらず、その集中力は維持されていた。自分でも不思議なほど気力が湧いてきていた。男の少しの動きも見逃さぬように男を見つめ続けているその眼は、恰《あたか》も静まりかえった山中の湖のような澄みきった面持ちを呈していた。

——とはいえ、自分一人が力んでもどうしようもない。やはりここは二人の言うように出直しを計るしかあるまい。その思いを口にしようとした時だった。

突然、カセットデッキのスイッチがはいって、音楽が聞こえてきた。今しがたまでの清澄な事の調べとは打って変わったリズムが室内に流れた。

「わっ、ごめんなさい」

冬朝がすぐに手を伸ばしてスイッチを切った。

「裏面にはいっちゃったみたい。すいません。お騒がせしました」

侘びを言い、顔を上げた冬朝の眼に硬直したような夏夜の横顔が映った。

「ん、おばあちゃん、どうかしはった？」

不審げに夏夜の顔を覗き込む冬朝、その時夏夜は今の一瞬の出来事について、思いを巡らしていた。

夏夜だけは見逃さなかった。今の音楽で男がびくりと電流に触れたような様子を見せ、聴き入ろうとしたことを。それは明らかに驚きだけの反応ではないように思われた。

（何の音どしたっけ……？　あっ、そうや、今の調べはたしか……）

何かに思い当たったような仕種をして、夏夜が声を発した。

「冬朝ちゃん……」

前を向いたまま冬朝に呼びかけた夏夜の声が震えを帯びていた。

「今のテープ……も一回かけといやすか？」

「えっ？　……あ、はい」

夏夜が何かを感じとったことを冬朝も察したようだった。返事をしてテープのスイッチを入れた。

すぐに小気味のいい拍子《リズム》が流れてきた。先程《さつき》は一瞬のことで冬朝にはわからなかったが、この笛・太鼓・鉦《かね》、そして何よりもそのリズム——それは紛れもなく祇園囃子であった。

こんこんちきちん
こんちきちん

毎年のように耳にしているお囃子がこの最果ての地に響き亘った。

男が顔を上げた。静かに聴き入っている。男が正夫であるならば、琴の調べよりさらに馴染みの深い曲であるはずだ。偶然の産物だったが望郷・追憶への効果は覿面《てきめん》の筈だ。

（ならば……頃やよし！）

夏夜がバッグの中に手をやり、封筒を取り出してきた。傍らの冬朝に話しかける。

「冬朝ちゃん。先程《さつき》あんたは眼も見えない、口もきけない相手にも音は解る筈や言うて、そのテープをかけはった。おんなじようにうちも何かできることはないか考えてみました。その結果うちが思い至ったのはこれどす」

そう言って封筒の中の物を出してきた。封筒の中のさらにティッシュに包まれた小さな木屑のような物——それは例の香木の残片であった。

男が身のまわりの物から取り出して都宮医師に見せ、同封の写真のような物の裏書きに日本語の文字を見出した都宮が日本に送付、文字の内容から木屑が香木ではないかと当たりをつけ、香道家の篁薫和の住まいで聞香をしたあの香木だ。

あの時、源は念の為と香木を反片ばかり残した。それが写真と共に本来の持ち主である夏夜の許に戻されていたのだ。

その写真も封筒の中に入っていた。夏夜が握りしめながら、さも相手が正夫であるかのように男に語りかけた。

「もうこれが何かもわかれへんけど、これはうちを写した写真どした。四〇年ほど前の出征の前日、いま音楽がかかっている祇園祭の日ににいちゃんに渡したもんどす。——そしてこれがにいちゃんに会う直前ににいちゃんのお母さんから預かった朱雀家に伝わるという香木、にいちゃんがその薫りが好きやったというもんどす。うちのことも京都のことも忘れてもらわんようにうちの写真の裏面に『京都が恋しくなったらこの香をきいてください』そう認《したた》めました。にいちゃんは四〇年にも亘る長いソ連での生活で日本語も日本の文字も忘れてしまいはりました。けど、おそらくは本能的にこの写真と香木だけは持ち続けてくれはった。ずっとソ連の人達から隠しとおしていたもんを都宮先生に初めて見せたのもその本能の為せる業やと思います。それはきっとこの日のためにとっておいたもんや——うちにはそう思えてなりません。今からその香を炷きます。これで文字どおり恋しい京都を思い起こしておくれやす」

篁から譲り受けた聞香炉に置かれている雲母板の中央に香木の最後の一片《ひとひら》が載せられた。夏夜がマッチで火をつける。マッチの硫黄の匂いの後、得も言われぬ薫りが漂ってきた。言わば四〇年の時を経た薫りだ。男の鼻腔が微かに動く。夏夜の思いは男に伝わるのか。一同声を呑んだ静寂の中でテープから流れ出る祇園囃子の音だけが静かに響いていた。

こんこんちきちん
こんちきちん

男を凝視していた夏夜の眼がいつしか閉じられていた。清澄な琴の調べから一変した祇園囃子のリズムは夏夜の思い出さえも昇華させていた。無意識のうちにか、少女時代の思い出しか語っていなかった夏夜であったが、その深層の琴線に触れたリズムは、内包された心理を内側から揺るがした。一〇年の時を一気に超え、幼かった少女は恥じらいを覚えた処女《おとめ》へと変貌していき、その脳裏には出征前日の、正夫との在りし日の思い出がまざまざと甦ってきた。

暮れなずむ京の都
夕焼けの中を飛んでいく渡り鳥の群れ
黄昏にしのび寄る叢雲
鴨川を渡る風
その風にたなびく川端の柳
川床にかかる風鈴の音
ずらり並んだ駒形提灯
提灯によって闇に浮かびあがる山鉾
浴衣姿の乙女
その乙女と歩いた小路《こみち》

いつしか夏夜は口吟んでいた。

それはかつて正夫が、生涯この日この時を忘れないであろうと口にした言葉であり、二人の思い出として正夫が帰ってくるまで心の中に秘めおき、万一正夫が忘れるようなことでもあれば必ず思い出させると、夏夜が誓ったあの忘れ得ぬ祇園祭の日の京都の光景であった。男が正夫であるならば、さらに失われた記憶が甦るようなことでもあれば、奇しくも夏夜はこの状況下で正夫と交わした誓いを果たすことになるのだ。

だが、夏夜の回想《おもい》はそれだけには留まらなかった。

——闇の中にぼんやり照らしだされた浴衣姿の青年と乙女
忘れないでと口にした自らの名
差し出したお守り
初めてしがみついた時の怺えきれぬ思い
重ねられた唇
そして——
たった一度交わされた契り

すべては過ぎ去りし遠い過去《むかし》……

思いを馳せる夏夜であった。

しかし、郷愁への静寂は突如破れた。

男が三度動き出したのだ。

「ムオオオオッ……！」

男の呻くような声を耳にして夏夜は眼を開いた。

話せないので呻き声こそ変わらなかったが、男の顔つきや意思表示の様子が変わっていた。先程は何も思い出せないという申し訳なさから視線を避けベッドに突っ伏していたが、今回は顔を上げ何かを訴えかける表情をして、話しかけてくるイワノフに対してそれももどかしげに頻りに右手を動かしている。

（何かを書いて示したいんや）

夏夜が思いあたったのと殆ど同時に向かいの都宮から声がかかった。

「イワノフさん、紙とペンだ！」

慌ててしまいかけていた筆記用具をイワノフが取り出そうとする。その間に都宮と冬朝とで起き上がろうとする男を支え、何とかベッドの上で半身を起こした状態に固定した。

イワノフが取り出したサインペンと用紙を男に持たせた。男は左手で用紙を抱えるように持ち、ペンを持った右手で撫でながらその所在を確認していたが、やおら震える手で文字を書き始めた。

固唾を飲んで見守る面々、そこにはイワノフ以外の者には見慣れない文字が書き連ねてあった。

ЛеТО
НОЧЪ
Кё

用紙の上の方から〝ЛеТО《リエタ》〟〝НОЧЪ《ノーチ》〟、少し離れて下の方に〝Кё〟とあった。

書き終えた男は息を荒がせ身体を戦慄《わなな》かせながらも興奮を鎮めようと努めているように見えた。それはまるで判決を待つ被告人のようでもあった。

「な……何て書いてあるんです？」

沈黙を破るべく都宮が声を発した。落ち着きを失くしたその声は口ごもり上ずっていた。イワノフが答える。

「ЛеТО《リエタ》とНОЧЪ《ノーチ》、ЛеТО《リエタ》は夏、НОЧЪ《ノーチ》は夜、夏と夜……」

室内が凍りついた。イワノフを除く全員がその文字の意味するところを理解したことを物語っていた。

「――まさか！」

一瞬遅れて冬朝が口走った。人は信じたい物事ほど信じられないというのか。

夏夜の眼がみるみる潤み始めていた。

「そ、その下の文字は？」

間髪を入れず都宮が尋《き》いた。ただ一人現状を理解できていないイワノフが怪訝そうに答える。

「これは単語ではなく、ロシア語の……言わば英語で言うアルファベットを二つ書いてあるだけですね。К《カー》とё《ヨー》……カ、ヨ……えっ？」

やっとイワノフも文字の意味に思い当たったようだった。しかし、彼が通訳できたのはここまでだった。次の瞬間――

「まさおにいちゃんや――っ！」

声にもならぬ声を振り絞って、夏夜が男にしがみついていった。

ここまで敢えて夏夜は自らの名を口にすることを控えていた。正夫に違いない、正夫であってほしい――そう願いながらも一抹の不信感に苛まれていたのも事実であった。しかし今、男が書いた文字こそがまさに正夫でしか知り得ぬはずの夏夜の名前ではないか。男への不信の念は消え、かわって男が正夫であるという確信への安堵感が、およそ半世紀の時を経た邂逅への感動と相俟って、激しく夏夜の心を突き動かしていた。

うちの名は夏夜。夏の夜と書いて夏夜。

この人はうちのことを思い出してくれた。うちのことを覚えていてくれはった。

義父母を失くし、一人息子とその新妻を亡くし、舞鶴の岸壁ではたった一人で一〇何年も待ち惚けを食ろうた。けど、苦労しとったんはうちだけやなかった。

この人こそ声を失くし、記憶を奪われ、あげくに今、かつては日本人しか経験していない原子力という放射能でその視力まで……

うちにはまだ実の両親がいた。今では孫の冬朝が絶えず傍にいてくれてる。あの舞鶴でも何かとうちのことを気にかけてくれてた橋野さんや井上先生がいてた。将太君をはじめ何百人という教え子達がいてた。戦争の意義を糺し、その愚かさ悲惨さを伝え、同じ過ちを繰り返さぬよう後世に説いていくっていうあの祇園祭の夜の正夫にいちゃんとの誓いはうちの教え子達に脈々と受け継がれていってるんえ。

……正夫にいちゃん。それに較べてにいちゃんには過去もなく、たった一人で肉親もなく、頼《よすが》とする故郷もない世界で、ただただ生き延びんがためだけの生活を続けてきはってんね。

どんな思いで暮らしてきはったことか。いや、記憶を失くしたいうことは、そんな思いすら存在せえへんということやったんやろか……

いずれにせよ、ご苦労はんどした。もう安心してよろしおすえ。うちがにいちゃんの過去にも故郷にもなったげるさかい……

せめて――せめて残された日々だけは、夫婦として全うした生活を送りましょ。

自分ばっかりが虐げられた思いでおったけど……あぁ、うちよりこの人こそ本当《ほんま》の戦争の犠牲者や。

正夫にいちゃん、堪忍。本当《ほんま》にうちのこと、堪忍したってや。

万感の思いは男――正夫も同じことであった。何十年か振りで耳にした日本語、あくまで物腰柔らかな京都弁、日本の正月を彷彿させる琴の音、そして忘れようのないはずであった祇園囃子とその夏の夜の出来事。

夏の夜……

夏の夜と書いて……夏夜《かよ》。

日本語――漢字こそ思い出すことはできなかったが、その名こそ紛れもなく己《おの》が心のうちに一体となって秘めていたものではないか。

思えば強制労働の合間に行われる共産主義への教唆、寝返った者へのあからさまな優遇措置、そうでない者への冷遇、それならばいっそ忘れてしまおうと思った故国日本、そして無理にでもロシア人になりきろうとした日々、そのために失くした思い失念した過去。しかし――

自分は忘れてもこの人は覚えていてくれた。たったあれだけの手懸かりから自分のことを見出し、遠国日本からまだ放射能漂うこの国へ……

夏夜。夏夜。この人こそ絶対忘れてはならない唯一無二の人ではないか。

正夫もまた縋りついた夏夜を両の手で抱え込み、離そうとはしなかった。その盲《めし》いだ眼には、見えぬが故に在りし日の夏夜が投《とう》影ぜられていた。

柳の木の下で佇み正夫に微笑みかける夏夜。二の腕もあらわに正夫をこずく仕種をする夏夜。軍服姿の男の傍若無人な振る舞いに恐れ慄《おのの》く夏夜。正夫のために赤紙を翳《かざ》し敢然と男の前に立ち塞がった夏夜。腫れた頬を冷やすために濡れ手拭いを優しく当ててくれた夏夜。正夫の弱気を叱咤してくれた夏夜。恥じらいもかなぐり捨てて正夫の胸に飛び込んできた夏夜。

夏夜が笑った。泣いた。拗《す》ねた。膨《ふく》れた。微笑んだ——幾星霜の歳月《とき》を経て夏夜は再び正夫の腕の中に戻ってきた。一つになった二人の姿が小刻みに震えていた。

冬朝はその場にへたりこんで、両の手で覆った顔をくしゃくしゃにしていた。

冷たい床の上にすわりこんだ冬朝に白衣をかけてやろうとする都宮の眼もまた潤んでいた。

源もイワノフも溢れ出るものを拭うこともできずにただただ立ちつくしていた。

余人の立ち入ることができぬものがそこにはあった。

およそ半世紀の時を超えて巡り合った二人の思いが、再び半世紀前に戻り繋がった。

二人の耳には祇園囃子がいつまでもいつまでも鳴り響いていた。

終章　大文字

まるたけえべすにおしおいけ
あねさんろっかくたこにしき
しあやぶったかまつまんごじょう
せったちゃらちゃらうおのたな
ろじょうさんてつとおりすぎ
ひっちょうこえればはっくじょう
じゅうじょうとうじでっとどめさす

地元ではよく知られた京の手まり歌、京都の東西に走る主な通りの名前を北から南へ順番に並べていったものである。そしてその中心に位置するのが四条河原町、今では百貨店が並び立ち商店街が交錯する賑やかな繁華街《ところ》だ。その四条河原町から南北に伸びる河原町通を手まり歌とは逆に北上する。

錦通から蛸薬師、六角、三条通——この辺りまでは賑わいの坩堝だ。姉小路通から御池通を過ぎるとにわかに人通りが減ってくる。人通りの減った通りを尚も北上していくと「おや、こんなところに」

と思わせる場所に小さなお寺がある。細い路地を入っていくと本堂に突き当たり、本堂の手前を左に折れた先が墓地になっている。

その墓地に一本だけ立っている桜の木の下ぐらいになろうか、こじんまりではあるがきれいに手入れされ、表面には一組の男女の名が彫ってある新しい墓石があった。


京都は奈良と並ぶ古都であると共に山に囲まれた盆地であるという点が共通項として挙げられる。冬は寒く夏は暑い。

陽こそ少し前に沈んだが、そこかしこ残照の余韻が今夜も続くであろう熱帯夜を予感させる。

しかし現代では、発達した文明がいとも簡単に避暑を実現させる。かつては涼を求めて鴨川の堤を歩いた人達であったが、今では建物に入りさえすればいきとどいた冷房が忽ちのうちに納涼の世界へ誘ってくれる。

ここ御池通に面した老舗のシティホテルでもまた、外の喧騒や熱帯夜とは別の隔絶された静寂な空間が保たれていた。

そして最上階の展望レストランでは、その静寂の空間に浸りつつ、尽きぬ情熱を持って語り合う一組の男女の姿があった。

男性は三〇代の半ばくらいの年齢であろうか。ノーネクタイでストライプのワイシャツに紺のズボンという服装。一方の女性はまだ若い。生成り地に菖蒲の絵模様の浴衣、浅黄色の帯で涼やかさを演出している。和装に慣れた着こなしでアップにした黒髪のうなじがなまめかしい。

男のほうから声を発した。

「流石に京懐石の老舗だ。展望が良すぎて純和風という風情ではないけれど、見事に満席状態だ。いつもこんなに人気があるのですか？」

「いえ、今日は特別……年に一度の大文字の日どすから。もうすぐ市内の明かりも消されて、ここからきれいに見えますえ」

「あぁ、今日が大文字？　僕らからすれば、テレビかものの本でしか見たことがない……世界中から観光客が来るというあの大文字ですか。しかし僕が連絡をいれたのはつい先日だったのに、よくこんな席が取れましたね」

「たまたま一席、キャンセルが出たとこやったらしおす。運が良かったんどすえ」

「そうですか。そりゃ、楽しみだ。それより、ここにこうしていると、本当に昼間の暑さが嘘のようですね」

「ほんまに。あのお墓参りの時の暑おしたこと。植えてある桜の木もたった一本では木陰もできひんもんやから、お墓にかけるお水をこっちが被《かぶ》りたいくらいどしたわ」

「おや、相変わらず元気なお人だ。——夏夜さんのお墓、きれいに手入れされてましたね。正夫さんもあそこに一緒にはいっておられる訳ですか？」

「ええ、おかげさんでやっと一緒になれて……積もる話に花を咲かせてはりますやろ」

微笑みを交わした後、二人とも相手からいったん眼を逸らした。細められた眼から新たに向けられた視線は宙空の虚ろに留まった。

馳せる思いは同じの都宮と冬朝であった。

あのキーウでの邂逅からさらに一一年の歳月が経っていた。

「久し振りです」

都宮が話しかける。

「ほんに――お久しゅうおす」

冬朝がゆっくりと相槌をうつ。

二人とも懐かしむよう、愛《いと》おしむよう、噛みしめるように小出しに言葉を交わす。

夏夜と正夫の再会の場面に居合わせたという現実から生まれた感動への共感の思いが連帯感、さらには信頼感となって二人を包んでいた。

「あの時……」

都宮がやおら語り出した。

「僕達は確かに歴史的な瞬間に居合わせた――と、思いました。……歴史の立会人になったとでも言いましょうか。それだけ感慨深いひと時でした。放射能の影響もあり、あれから数日後に正夫さんは亡くなりましたが、思い残すことはなかったという印象を受けました」

「ええ、安らかな面持ちやったと思います」

都宮の言葉に冬朝が同意する。それを見て頷いた都宮が話を続ける。

「正夫さんは日本以外の、現地での記憶もかなり思い出しておられました。喪失前の最後の記憶となっていたスープの煮え湯を飲まされたショックがよほど強かったのでしょうね。あれで精神面では記憶が失われ、同時に肉体面では喉を潰され、言葉をも永遠に失ってしまった」

「なんて酷いことを……でもその後はよく生き長らえる機会を得られたこと……」

「そう、正夫さんのその後の消息が謎として残っていたのですが、それがほぼ解明できたのです。今回あなたを訪問する目的の一つはこの報告でした」

「何どすて？」

冬朝が目を丸くして尋き返す。時の移ろいは真実を覆い隠す闇を深める役割でしかありえないと思っていた冬朝だったが、意外なところから正夫の生涯の謎への端緒が開けてきた。

「イワノフ少尉です。彼が退役した後、自らのライフワークとしてこの事件を追ってくれたのです。もちろん、以前のままのソビエト連邦ではとても不可能だったでしょうが……時代が彼を後押ししたのです。即ち一九九一年のペレストロイカです。これによる共産主義体制の崩壊、民主化の実現が、モスクワ・カダラ・タイシェットと訪問してまわった彼の熱意と相俟って調査を可能にしたのです」

「カダラ・タイシェット……それは地名どすか……何や、聞いたことない名前どすな。そんなところに祖父は……」

「ええ、同じ民族がしでかした行為を恥じて、せめて真実を明らかにすることであなたがたに報いたいと思ったんでしょうね。彼は……」

冬朝が頷く。そうだ。日本人もロシア人も同じだ。ひとりひとりをとってみれば、同じ愛情や責任感を持った人間であるのに、戦争や国体が彼らを狂気に駆り立てる。一握りの人間の欲望のために多くの人の命が絶たれていく——酷い！

繰り返し思う。夏夜の遺志を継いで、生涯を賭けて愚かしい考えを正していこう——と。それを可能なさしめるのもまた人間であるのだと。

頃合いを見て都宮が話を続ける。

「俗な表現を使えば『捨てる神あれば拾う神あり』とでも言いましょうか。彼らの中にも煮え湯を飲ませるような強硬派の連中とは対立する穏健派が存在したということです。その穏健派の連中から上層部に話が伝わり、万全とはいえぬまでも病院に入院することができ、正夫さんは一命をとりとめたのです。ただ穏健派の連中にとっても強硬派を糾弾するのには都合がよくても、対外的にはできれば隠蔽したい事件だったのでしょうね。終戦直後のやりたい放題の時期とは違って、世界では人権問題として取り沙汰される時代になってきていましたからね。正夫さんが記憶を喪失したのをいいことに従来から国営農場のスタッフだということにしてしまい、何年かおきに少しずつソビエトの中心部から遠ざけ、徐々に遠隔地に飛ばしてしまうという手段を講じたのです。ソビエト連邦の人民の一人という扱いになったので、生活に困るということはなくなりましたが、だんだん世間から隔絶されていき、最後にはチェルノブイリ近郊の田舎にまで追いやられて今回の事件に遭遇した——あの事故がなければ、誰にも知られぬままあの地に埋もれていく運命だったのでしょうね……以上がイワノフ元少尉が調べてくれた真実です」

都宮が説明を終えた。やっと全容が解明された。歳月を要《か》けたソビエト政府の長大な隠蔽計画は全うされることなく自らの落ち度に因《よ》り破綻をきたしたのであった。それにしても国の体面を守るためとはいえ、何という無慈悲な方策だろうか。まさに人道に悖る行為そのものではないか。全てを理解した冬朝は口を出さずにはいられなかった。

「でも運命は二人を再会させたのです」

正夫と夏夜の愛と執念こそが奸計を凌駕したのだと――冬朝が話を続ける。

「あれから一一年後の今年、同じくロシアの地に埋もれようとしていた蜂谷彌三郎さんという人がやはり五〇年以上の時を超え、日本への生還を果たしています……都宮さん、ひょっとしてこのような人達は他にも存在するのではないでしょうか？」

「そうですね。一九八九年のベルリンの壁の崩壊、そして一九九一年のペレストロイカによるソビエト社会主義連邦の崩壊と、世界は民主化に向け大きく動き始めました。しかし、そんな中、おっしゃったように正夫さんのような人が不幸にもまだ存在するかもしれません。我々にできることはこういう人達を生み出さない社会を造ることです。身を以ってそれを知っている夏夜さんは戦後四〇年、教育の場を離れた後も折に触れ、それを説いてきたそうですね。しかし、どうでしょう？　中近東での湾岸戦争の終了後、掃海艇をペルシャ湾へ派遣したのを皮切りに昨年の二月、ゴラン高原の国連兵力引き離し監視軍（ＵＮＤＯＦ）に陸自部隊を派遣するまで、政府は数回に亘り自衛隊の海外派遣を繰り返しています」

そう、平成三年（一九九一年）の掃海艇派遣に続いて、同年一〇月にはイラクに化学兵器調査の名目で、そして翌年六月には国連平和維持活動（ＰＫＯ）協力法が成立、九月には同法に基づきカンボジアへ、さらに平成五年五月にはモザンビーク、平成六年九月にはルワンダ難民救済のため、ザイール（現コンゴ）へと矢継ぎ早に派兵を実施していた。

「政府は『戦争に行くのではない。あくまでも人道支援だ』と言っていますが……冬朝さん、ひょっとしたら我々を取り巻く状況は、夏夜さんと正夫さんが離別を余儀なくされたあの頃と何ら変わっていないのではないでしょうか？」

問いかける都宮に、

「いいえ」

きっぱりと冬朝が答えた。

「少なくとも今は『生きて還ってきて』と声をあげて言えるようになりましたわ」

やや間を置いて、

「……なるほど」

都宮が呟いた。

それだけしか変わらなかったのか、それともそれだけでもよく変わったというべきなのか。

開闢《かいびゃく》以来の数万年という人類が歩いてきた歴史に較べれば、夏夜が説いた半世紀にも満たない歳月はあまりにも短い。

太古の昔より人類は思想・信条の違いなどから争いを繰り返し、現在《いま》なお世界のどこかで紛争は継続されている。夏夜に限らず数多の先人達が平和のため努力を尽くしてきたが解決の日は永遠に来ないのかもしれない。沈黙が二人を覆った。

「都宮さん」

取り成すように冬朝が口を開いた。

「民族の違い、宗教観の違いと理由はいろいろとあるのでしょうけど、結局のところ、征服欲という人間の持つ煩悩の一つが発露したもんと違いますやろか？」

顔を上げた都宮は冬朝の眼を見つめながらその言わんとするところを聞き逃すまいとしていた。冬朝が話を続ける。

「うちらも同じかもしれません。祖父と祖母が再会を果たした。本来はそれで充分やのに、今度は謎に包まれた祖父の半生が気になりだした。イワノフさんに至っては、何年もかかってそれを解いてくれはった。そういった好奇心・探求心も真理追及のための欲望と考えれば……先生、良きにつけ悪しきにつけ、人間と欲望というものは切り離せないものかもしれませんね」

「そうですね。争いとは対極に位置する今日の文化の隆盛から顧みれば、欲望を善い方向に働かせた場合、自《おの》ずと人類の財産となって浮かび上がってくると考えられます。詰まるところ、欲望を善へ向けるのも悪へ向けるのも使う者次第であり、重要なのは心の持ちようということでしょう。その正しい心の持ちようを夏夜さんは生涯を賭けて説いてきた。しかし、未だに顕著な形となって現れてくることはない。繰り返しそれを説く——何だか堂々巡りのようになってしまいましたね」

都宮が冬朝を見て笑いかける。つられて冬朝も微笑んでしまった。ひとしきり笑いあった後、躊躇《ためら》いながら冬朝が口を開いた。

「そういえば、欲望というほどのことではおへんと思うんどすが、祖母にもひとつだけ、思い残したことがおしたようどす」

「えっ——あの夏夜さんがですか？　そいつは知りたいな。どんなことですか？」

都宮には夏夜という人間がよほど俗事を離れた聖人君子のように映っていたのであろうか、意外な印象だという好奇心を剥《む》き出しにした表情で冬朝に尋《き》いてきた。

「あくまで、強いて言えばということどすけど……」

前置きをして、冬朝が言葉を継ぐ。

「都宮さんはじめ皆さんのおかげで祖母は祖父と再会できた訳ですが……祖母にはその旨を報告したいという人が三人おしたそうどす。一人は軍隊時代祖父と同じ部隊に所属し、二八連隊の中でたった二人生き残った片割れという河合久義さん、もう一人は舞鶴で同じ境遇にありながら、祖母に対して実の子のように親身になって接して戴いたという橋野せいさん、でも二人とも既に帰らぬ人となっておられました」

都宮が頷く。長い歳月が過ぎ去っている。それもまた已むからぬこと——表情がそう物語っていた。

「最後の一人は、この方も舞鶴時代の知りあいで、危ないところを助けて戴いて以来、何かにつけお世話になった井上さんというお医者さんどす。尋《き》けば祖母とそう年齢《とし》の離れていない人であるという し、祖母がそういう人のことを口にするのは珍しいことなので、ひょっとすると憎からず思っていた人かなと、ひそかに推測していたんどすけど……そうそう、そう言えば都宮さんに似た雰囲気の方とも申しておりました。ま、いずれにせよ、輸送船帰国事業の終結後は消息が途絶えてしもうて……再会の報告をできひんかったんが唯一の心残りやったと何かの機会《おり》に聞いたことがおした。こんなこと話すつもりやなかったんどすけど、つい……けど祖母にもそういう女らしい弱みというか、一面があったことを理解して戴いたほうが供養になるんやないかと思て……ん？　都宮さん、どうしぃおした？」

都宮の様子がおかしい。さっきまで冬朝を見つめていた眼は閉じられ、その顔面《おもて》ごと伏せられていた。

「都宮……さん？」

冬朝の再度の呼びかけに応じて都宮がゆっくりと顔を上げ、これもゆっくりと眼を開いた。何やら先程とは様子が変わっている。目許が潤っているのか、感慨に耽ったように細められた眼が冬朝に向けられた。

「冬朝さん……」

都宮が口を開いた。声が震えを帯びている。

「夏夜さんには墓前に報告をしておきました。その人は二人の再会を知っていたと」

「えっ？」

都宮の言っていることが理解できず、冬朝が尋き返した。都宮が噛み砕いて話す。

「井上医師は夏夜さんと正夫さんが巡り会ったことを知っていたということです」

やっと冬朝にも都宮の言っていることが理解できた。しかし同時に発生した新しい疑問が再び冬朝の口を開かせた。

「何で……何でそんなこと知ってはるんどす？」

「それは……井上真一は私の実父《ちち》だからです」

「何どすて？」

冬朝の脳裏が混乱をきたした。夏夜の話の中でしか聞いたこともない人物が今目の前にいる都宮の父親だという——絵空事がそのヴェールを脱ぎ、にわかに現実味を帯びてきた話に理解の度合いがついていけない——そんな表情が見てとれた。

「失礼——わかりやすく説明します」

冬朝とは対照的に興奮から醒めた都宮が落ち着きを取り戻して話し始めた。

「私も夏夜さんと父との経緯《いきさつ》などは全く知りませんでした。今回帰国したのは父危篤の報を受けてのことです。今際《いまわ》の際に間に合った私は、僅かに持ち直した父から全てを聞きました。本来自分のことはあまり語らぬ父でしたが、病気で弱気になっていたのと、私に託す思いがあったからこそと察せられます。——昭和三三年、帰国事業の中止に因り、夏夜さんと袂を分かった父は、失意の内に故郷の信州に帰ってきます。そちらで病院に勤務している時、地元の開業医から眼をかけられて養子入りし、やがて私が産まれました。井上から都宮へ、名字が変わっているのはそういう理由です。そうして私は成長し、大学の医学部を卒《で》て海外留学と、望むままに人生を歩ませてもらっていました。一方の父といえば多忙の中にその人生を忙殺されてしまいます。医者不毛の地にあって、父は貴重な存在でした。患者は平日と休日、あるいは昼夜の区別なく突然発症します。また交通手段の悪い僻地でも病気は待ってはくれません。そして発熱・苦痛などはその当事者しかわかりません。父は唯一他人でありながらその痛みが理解できる医師という職業であるが故に、昼夜休日の区別なく、また交通網の整備されていない奥地も厭わず、請われるままに責務《つとめ》を果たしており、それは生涯変わることはありませんでした。——冬朝さん、身内ですが贔屓目なしに私は父のことを誇りに思っております」

都宮の言葉に冬朝が頷く仕種をする。

「ところが、その多忙さ故に、父は生涯の悔いを残すことになるのです。……冬朝さん、覚えていますか？　私が送ったあの手紙です」

都宮が尋いてきたのは、正夫との出会いを綴った例の手紙のことだった。後に冬朝と夏夜が疑問を解き、男が正夫らしいということを知り得たわけだが、この時点では当然誰もその事は知らなかった。

「父は忙しさにかまけて、手紙の内容をろくに見ようともせず、事情を説明して京都にいる友人に郵送――後事を託したわけです。その人が知り合いである老舗の呉服店に話を持ち込み、そちらの娘さんから冬朝さん、あなたが話を聞いた――と、このように事が運び、やがて、あの衝撃的な再開へと繋がっていく訳ですが……父がその事実を知り得たのはあの京都新報の記事からでした。あれはおそらく日本でもセンセーショナルな話題を提供したであろう事件でしたが、父にしてみれば、それどころではありませんでした。あなたや夏夜さんの機転が結果として再会、そして正夫さんの記憶の回復をもたらしたのですが、もしあなた達の努力がなければ、父の看過が二人を引き合わせるどころか、あろうことか、永遠に再会を果たせぬまま闇に葬られるか、また僅かな時間の遅れのため、先に正夫さんの生命が絶たれるという事態に至った可能性だってあったはずです。その点に父は悔いを残しました。そして負い目を引き摺ったまま一〇年の歳月が過ぎ、亡くなる直前にやっと打ち明けてくれたのです。自分で言うのも口はばったいのですが、父は私に感謝をしておりました。言うまでもなく、父に代わって夏夜さんのお役に立ったことです。父が見過ごした過ちを子の私が補うことで少しは償いになったと思っていたようです。最後に夏夜さんの肝心要《かんじんかなめ》の正念場に立てなかった自分のことをお詫びするようにと告げて父は逝きました。そのことは確かに今日の昼間、夏夜さんの墓前に報告しておきました……私もあなた同様にこのことは話さずに夏夜さんへの報告に留めておくつもりだったのですが、さっきのあなたのお話を聞き、父の思いもあながち一方的なものではなかったのかなと思い、口にしました。夏夜さんと同じく、私の父への供養と思って聞き流してください」

都宮の話が終わった。冬朝は呆然としていた。夏夜と正夫の邂逅の陰でそれほどまでに自分を苛んでいる人がいたのかと思うと、感謝の念と申し訳なさでいっぱいだった。そして同時にある偶然について気付いた疑問を口にしていた。

「それでは祖母は、井上先生、都宮さんと親子二代に亘って恩義を蒙ったということですか？」

問いかける冬朝に都宮の返事はなかったが、それは否定の意思表示をしていないということでもあった。

「なんという縁《えにし》……」

興奮して、中腰になっていた腰を椅子の上に落として、呆然とした表情のまま呟いた。

「私もひとかたならぬ因縁のようなものを感じます」

そう同調した後、ひと呼吸置き、何やら躊躇《ためら》ってはいたが居住まいを正し、意を決したように都宮が話しかけた。

「冬朝さん、あなたは夏夜さんの跡を継ぎ、祇園で茶屋「朱雀」を経営されています。私もまた父の意思を継承し、医師として日々の務めを果たしています。だが、父には一つだけ叶わぬ望みがありました。私は父に代わってそれを成し遂げたいと思います」

「……？」

何のことかと怪訝な表情を見せる冬朝に間を置かず都宮が言った。

「冬朝さん——私とお交際《つきあい》……いや、一緒になっては戴けませんか」

再度の躊躇の後、そう言い切った。

そして、この言葉こそかつて舞鶴の岸壁で井上医師が夏夜に告げたそのままの言葉であった。

しかしそれは都宮と冬朝には知る由もないことでもあった。

「都宮さん……」

寝耳に水の言葉に動揺した冬朝が恥じらって俯く。その優しそうな容貌からは似ても似つかぬ傍若無人ともいえるあまりに直情的な申し出に気持ちが乱れた。

（この人は唐突に何を言い出すんえ。お会いするのは今日でまだ二回目やというのに。お互いのことなんか全くわかってへんというのに……そんなこと急に言うて女が喜ぶと思たら大きな間違いえ。はい、そうですかとお受けする女がどこにおいやす？　女にはもっと心の準備期間ていうもんが必要なんどすから。そんなこと、何にもわかってはらへん。もっと時間が——えっ、ちょっと待って……ほな、準備の時間さえおしたら、うちはこの人を受け入れるんやろか？　何にもわかってへんて思たけど……お医者さんという職業であるのは間違いないし、親譲りの真摯な性格やいうのんも見てとれる。あのおばあちゃんが魅かれるほどの人の息子や。人格も申し分ない。何よりも両家に纏わる縁や。これだけは理屈では解決できひん。引き合う運命にあるとしか言いようがないもんや。そういえば、この人から連絡を受けた時、妙に気持ちが浮きたったもんやった。ひょっとしたら、うちはこの人のことを待っとったんやろか？　……なあ、おばあちゃん、何とか言うて……あ、あかん。もう先程《さつき》から大分時間が過ってる。とにかく、何か言わんと……でも、何を言うたら……）

気持ち乱れるまま取り留めのない世界に冬朝が身を置いていた時、いきなり四囲《まわり》から歓声が上がった。大文字五山の送り火が灯されたのだ。

俗に大文字山と呼ばれる東山の如意ケ嶽から大の文字が浮かび上がってきた。次いで万灯籠山から妙、大黒天山から法の字が相次いで現出してきた。妙法は西山と東山だから一対、併せて一山とみなされている。さらに西加茂明見山からは船形が、大北山からは左大文字、北嵯峨曼陀羅山から鳥居形がその姿を現してきた。

大文字五山の送り火――盆に帰ってきた先祖の霊を浄土に送り返す、京都の夏を代表する伝統行事だ。

東西に一つずつある「大」は人間を、「鳥居形」は神道を、「妙法」は仏教を、「船形」は船を示し、神道の信者も仏教徒も一緒《とも》に船に乗り、常世に向かうことを表している。

起源は諸説あり、平安中期、弘法大使空海が始めたとも、室町中期の足利義政であるとも、また江戸初期に左大臣から関白まで務めた近衛信伊《このえのぶただ》が創始者であるとも伝えられている。

戦争・政治・天災などという一切のものを超越して、過去《いにしえ》から今日まで継続され、今後も人に心というものが存在する限り、絶えることなく引き継がれていくであろう伝統の儀式だ。その行事には仏典に基づき、煩悩を焼き尽くすという意味も籠められていた。

都宮も冬朝も何もかも忘れて眼前の光景に見惚《みと》れていた。

その瞳に大の文字を映しながら、夏夜に思いを馳せている冬朝の脳裏を祇園囃子の調べが、次いで夏夜がこよなく愛したというあの短歌が過《よ》ぎった。

こんこんちきちん

こんちきちん

祇園祭で始まった京都の夏は大文字五山の送り火がその終わりを告げる。

夏の夜はまだ宵ながら明けぬるを
雲のいづこに月やどるらむ

（完）

註／この作品はフィクションです。実在の人物・団体・事件とは一切関係がありません。
また進行上、史実と異なる点があります。

昭和の修作

現代碁界は一強の井山裕太三冠を令和三羽烏と言われる一力遼《いちりきりょう》・芝野虎丸・許家元《きょかげん》が猛追しているが、少し前まではさらに群雄割拠の時代であった。四天王といわれる強豪を軸に新鋭・古豪が隙あらばと鎬《しのぎ》を削っていた。藤沢秀行を師と仰ぐ高尾紳路、林海峯門下の張栩《ちょうう》、緑星会で修業を積んだ山下敬吾、羽根直樹の師匠は言うまでもなく岳父の羽根泰正元王座だ。このように各門下が並立していたわけだが、さらに一昔前には以前の井山裕太のようにタイトルを独占していた一門があった。そう、あの木谷門である。

総帥木谷實が碁界の将来を憂慮し、全国より才能ある若者ばかりを集めてきたもので、ざっと名前を挙げるだけでも美学の大竹英雄、殺し屋加藤正夫、コンピュータ石田芳夫、宇宙流武宮正樹、木谷の愛娘を娶った小林光一、史上初の大三冠保持者であるとともにグランドスラムを達成した趙治勲等々、昭和の五〇年頃からおよそ二〇年の長きに亘って碁界のタイトルというタイトルはこの猛者達に独占されていた。まれに木谷門以外の棋士が手にすることもあったが実に九割以上の確率で木谷一門が完全に碁界を制覇していた。早逝した木谷実も草葉のかげからほくそ笑んでいたものと察する次第である。

さて、その木谷一門についてだが、私には以前から気になっていたことがあった。それはこれだけいる猛者の中で、木谷師は誰が一番最強の弟子と考えていたかということである。師は昭和五〇年に他界している。従って一門が碁界を制圧するのを見届けることなく逝ったわけだが、それでもその時期には名人本因坊を制した石田から大竹が名人位を奪取、加藤や武宮なども既に挑戦手合いに顔を出し始めていた。年の若い小林や趙にはハンデがあるのだが、碁打ちは実績よりも才能の方を評価する傾向があるので、師の本音を聞き出すことに対して、さほど支障にはならないだろうと考えていた。

申し遅れたが私の名前は堀内追落子《ついらくし》、フリーの囲碁ライターだ。棋譜解説の代筆から三面記事まで碁界に関するものは幅広く取り組み、商売のネタにさせてもらっている。今回の質問も個人的興味と共にいずれは記事にさせてもらおうという助平根性……いや、ライターのなせる業とでも言っておこうか。

私が木谷師の入院している病院を訪れたのは、師が亡くなる少し前の小春日和の日だった。その病院は師の住居からそう遠くない閑静な住宅地の一角にあり、白い建物が病院独特の瀟洒な雰囲気を醸し出していた。師の病室は最上階にある個室で、私が見舞った日は比較的体調が良かったのであろう、つきそいや見舞いの客が誰もいなかったせいもあり、嬉しそうに私を迎え入れていただいた。

久し振りに見る師の姿は病との闘いに加えて加齢もあり、ひとまわり小さくなられたように見受けられた。以前より修行僧のように剃髪しておられたが、頬はこけ、寝衣の袂から見える腕はすっかり細くなっており、かつて怪童丸と呼ばれていた頃の師を知るものにとっては何とも寂しい限りであった。

ひととおり時候の挨拶などを交わしてからおもむろに本題をきりだしてみた。

「最強の弟子ねぇ……」

そう呟いて腕を組み黙想していた師の口から出た名前はまったく私の予想もしていないものであった。

「しゅうさく……」

この名を耳にした時、私は不覚にも師が早合点をしたものと思い込んでしまった。

「先生、『最強の棋士』ではなく、『先生の最強の弟子』のことなのですが……」

私の脳裏に浮かんだのは本因坊秀策、江戸時代末期の棋士で現代囲碁の布石の礎を築き、将軍の御前で披露されるお城碁では一二年間で一九戦全勝という実績を残し、若くして早逝したが今なお囲碁の歴史上最強の棋士と謳われる人物だ。師が口にした人物を知らぬ身では無理もないのだが、早合点は私の方だった。

師は一瞬怪訝な表情を浮かべたが、やがて納得した面持ちで言葉を継いだ。

「本因坊秀策のことではないよ。修業の修に作ると書くんだ。そうだったな。堀内君が修作を知らないのも無理はない。なんせ囲碁界から抹殺された男だからね」

「抹殺？　これはまた穏やかじゃありませんね」

「そう、彼は汚名を着せられ、碁界から追放されたんだよ。――永遠にね」

そういうと師は窓外に眼を遣った。その胸に去来したのはいつの出来事であったろうか。

このようにして私は木谷師自らが最強の弟子と語る人物のことを知り得る機会を得た。今年亡くなった呉清源《ごせいげん》師をはじめ当時の関係者の殆どが逝去されていることでもあり、この話をしても差し支えないであろうと思いペンを執った。ここに綴ってみよう。「昭和の修作」こと不動修作の生涯を。

大正一二年九月一日、東京湾沿岸一帯を襲った地震は関東一円を壊滅状態に陥《おとしい》れた。マグニチュード七・九の激震は死者・行方不明者併せて一四万人を超える犠牲者を出し、崩落した建物の残骸と死者の骸の群れを見る限り都心部の再建は不可能のように思われた。しかし屈することのない人々の飽くなき情熱は損壊物を取り除き整地を果たして、またたく間に家並みを復興した。そして震災からの復興に呼応するように大正一三年七月一七日、日本棋院が産声をあげた。

広くアマチュア界への普及とそれまではバラバラであった専門棋士達の大同団結を目的として設立された機関であった。そして、その所属棋士として華々しいデビューを飾ったのが木谷実であった。

明治四二年に生まれ、日本棋院設立の年に弱冠一五歳で入団した木谷は翌年の新進打ち切り戦で一〇人抜きを達成して頭角を現し、さらに二年後の院社対抗戦でも八人抜きを果たした。二〇歳を前にしてのこの快挙により木谷はその童顔と相まって怪童丸との異名を得て、その強さを称えられた。今や木谷は飛ぶ鳥をも落とす勢いだった。

しかし、木谷本人はこの程度のことでは満足していなかった。自分のような未成年の若輩者が何人抜きをも果たすということは、言い換えれば日本の碁界は層が薄いということではないのか。そのことを嘆き、碁界の将来を憂えた。それほどまでにこの男は碁に対して真摯であり貪欲であった。

層が薄いのなら自分が育ててやろう。碁界の底辺を拡大すること――それこそが、とりもなおさず囲碁の普及に繋がる。後に木谷一門を擁して碁界を制覇することになる木谷の偉業はそんな純粋な動機から生まれたものだった。

弱冠二〇歳にしてそのような意識を身につけた木谷は、その後自己の研鑽とともに若い才能を求めることにも時間を割き始めるが、なかなか彼の望むような人物との出会いはなかった。にもかかわらず、碁界の関係者には有能な少年少女を見かけたら声をかけてくれるよう依頼し、無駄足を顧みずいそいそとどこへでも出かけていった。木谷實――信念の人であった。

その日も暑い一日だった。強烈な陽射しが終日の灼熱を演出し、湿気がそれを後押ししていたが、陽が翳《かげ》り黄昏時となってわずかに地面の火照りもひいてきた。その時間帯を木谷は急ぎ足で歩いていた。身にまとった濃紺の浴衣に藍色の帯、流行りのカンカン帽をかぶって、僧形の頭から流れる汗を拭きながら急ぎ足で歩を進めていた。

木谷が急いでいたのには理由があった。木谷のひいき筋で、有楽町で碁会所を経営している原田という席亭から「強い子供がいる」と連絡がはいったのだ。

あいにく出がけに用事がはいったので、木谷が碁会所に着く頃にはあたりはすっかり夜の帳に包まれていた。

碁会所といっても戸口に「碁」という看板があがっているだけで、長屋の一軒を提供しただけのものだ。さすがにこの季節は暑さのため表戸が開けっ放しになっている。

誘われるように入っていくと手狭な三和土《たたき》があり、上がり框《がまち》の向こうが一〇畳ほどの広間になっている。そこに碁盤が八面ばかり並べてあり、熱心な客がまだ何人か居座って烏鷺《うろ》（囲碁のこと）を戦わせていた。

席亭の原田もそんな盤上の戦いに気を取られていたが、ふと木谷に気付いて声をかけてきた。

「先生、こんばんは。早速おいでいただいて恐れ入ります」

年の頃は四〇を少し過ぎたくらいだろうか、額の前側はすっかり禿げあがっており、そこに汗粒をいっぱいためこんでいた。この暑さがこたえていそうな小太りの身体が柔和な雰囲気を漂わせていた。木谷とは何回か棋院を通じて指導碁に来てもらっており、そこで面識を得たという間柄だった。

「ああ、原田さんこんばんは。どうやらあの子のようですな」

原田への挨拶もそこそこに、木谷は早くもそれらしい少年に目をつけていた。

大人の客達が悲喜交々《ひきこもごも》の表情で座っているその陰に隠れるようにして少年の姿が見通せた。

少し汚れた感じの着物姿で、特に袖のあたりなどは洟をこすりつけたりするのか黒ずんできている。髪は素人が力まかせに刈ったようなざんばら頭だ。その髪の切れ目から見える黒目がちな眼と、しじゅう口許を尖《とが》らせている様子から利《き》かん気な性格が見てとれる。身体つきは小さい。尋常小学校の三、四年、歳の頃でいえば一〇歳になったかどうかくらいか——そのあたりまで見てとって、木谷は原田の方に向き直った。

「随分小さいようだけど、あれでどのくらい打つんですか?」

「それが初段くらい……」

「ほう、初段とね」

そう言って木谷の口が嬉しそうに笑みを浮かべた。当時の初段は今でいうアマ五段、プロを目指す者でもなければたやすく到達できる境地ではない。ますます木谷の興味は深まった。

「面白い。それでここにはいつから来ているのですか？　保護者はいないのですか？」

「最初に現れたのは四、五日前でしたかね。親父が一緒でして。この男も初段くらいは打つのですが、どうもあの子の方が少し強いらしい。それでこの会所で賭碁ができるとわかったら、あとはあの子に稼がせてどこかで飲んでるらしい。どうにもタチがよくない親父ですよ」

「ほう、あの子はそんなに稼ぐほど勝ってるわけですか？」

「勝率でいうと六、七割ぐらいですかね。なかなかしぶといですよ」

そうこうしているうちに少年の対局が終わった。どうやら勝ったらしい。石をしまった後、小銭を手にしてキョロキョロしている。陽も暮れたことだし、対局相手がいなければ帰ろうか——そんな感じだ。そこへ木谷が声をかけた。

「よし坊主、ボクと打とう。賭け金は三〇銭でいいのか？」

木谷が当時の碁会所での相場の賭け金を言うと少年が頷いて、手合いを確認しようというのか席亭の原田の方を見た。

「坊やが黒だ。四子ばかり置いてごらん」

原田が声をかけると、少年は一瞬驚いたように目を丸くしたが、やがて黒石を置き始めた。

囲碁では通常強い方が白石を持つとされており、初段ともなると下の者はいくらでもいるが、それより強い者はそうはいないというのが現実だ。

また四子というのはハンデの差を表しており、弱い方がそれを補うためあらかじめ盤上に四つ石を置くことをいう。野球で言えば先に四点もらったようなものだ。

少年はおそらく最近では黒を持つことなどほとんどなかったのであろう。ましてや置き石を四子も置くなどとは到底考えの及ぶ範囲外のものであったに違いない。動揺が好奇心がそして闘志が迸《ほとばし》ったであろうが、最初に目を丸くした以外は内心を表に出すことなく置き石を置いていった。

並べ終えるのを待って木谷が声をかけた。

「坊や、名前はなんて言うのかな？」

「……ふどう……しゅうさく……」

「しゅうさく？　あの本因坊秀策と同じ名前かね？」

これが木谷と少年との初めての出会いであった。

夜もすっかり更けて漆黒の闇が四囲を包んでいる。月明かりとわずかばかりの街灯の明かりが辛うじて人の歩行を可能にしている。昼間の喧騒が静まったように気温も徐々にその火照りを冷ましつつあった。

碁会所もまたさっきまでの熱気は冷め、薄暗い明かりのなか、木谷と原田の二人がぬるい茶を啜《すす》っていた。

「やっこさん、力を出しきれませんでしたかな」

湯飲み茶碗を手許に置いて原田が話しかけた。木谷が返事をして二人の回想が始まった。

「そうですね。置き石を並べるのを見た時にはぞくりとしたんですが」

「置き石？　置き順を知らないんだなというぐらいの印象しか受けませんでしたがね」

「そうじゃないんです原田さん、これを見てください」

そう言って木谷が右手の甲をつきだした。何の変哲もない男の手だ。指が五本あり、その先には
――「ん?」原田の視線が止まった。人差し指の爪を見ている。この爪だけ他の指の爪と明らかに違っているのだ。盛り上がりがなく平坦になっており、他の爪とは別の色合いでてかてかと光っている。

「先生これは……」

「そう、これが専門棋士《くろうと》の指です」

そう言い放つ木谷に原田は初めて玄人《プロ》の恐ろしさを垣間見た気がした。一日にどれだけ碁石を握れば、そしてそれを何年続ければこんな指になるのか、全く見当がつかなかった。

「で、ではあの坊主もそんな爪を……それじゃ、弟子を採るのが目的なら、それだけで合格したようなものじゃないですか」

原田がそう言うのを尻目に、木谷は即答を避けるかのように腕を組み、眼を閉じたが、暫くして呟くともなく言った。

「原田さん、あの子は不合格ですよ」

「ど、どうして……」

「まずは碁の内容です。勝負は白の勝ちでしたが、そんなものはどうでもいい。勝負事には勝敗を度外視した気合というものがあるんです。今日の碁で言うならば、白のこけおどしの手には反発しなくちゃいけないんです。読み負けてつぶされても構わない。戦うべきところでは戦わなくては。置き石に依存して引いてばかりでは気合の悪いこと甚だしい。ま、一歩譲って上手の気合に飲まれたとしま

しょう。しかし何よりも見逃せないのは局後の態度です。原田さん、普通弟子入りのための試験対局で、上手が志願者の何を見るか、ご存じですか？」

「……？」

「それは負けっぷりなんです。玄人《プロ》を目指すような人材はいずれも地元では既に抜きんでた存在になっている子ばかりです。地元では天才と標榜されるほどの者達が初めて苦汁を飲まされるのが専門棋士との対局なんです。盤上でやることなすことがうまくいかず、上には上がある、自分が井の中の蛙《かわず》であったことを思い知らされるのです。そのどうにもならない焦りや苛立ちがひたひたと我が身を包んでいき、失望が絶望となった瞬間、涙となって溢れてくるのです。それが少年達にとって玄人への第一歩であり、生涯を通じて決して忘れることのない人生の一場面ともなるのです。一説にはその時流した涙の量や泣き方の激しさが玄人になった時の強さに比例すると言われてますし、実際そのような気性でもなければおそらく玄人として大成することはないでしょう。しかるにあの少年は私に負けてもけろりとしていた。あまつさえ、再度四子置いて二局目を打とうとしてきた。ま、これは時間が遅いので、止めて帰ってもらいましたが……

これでは、碁会所で対局をこなすことだけを趣味としているおやじさん達と変わらないじゃないですか。

いずれにせよ、彼が専門棋士に向いていないことはよくわかりました」

木谷が畳から腰を上げた。

「原田さん、お邪魔しました。これで失礼させてもらいます」

そう言うと木谷は去っていった。

しばらく呆けたように木谷を見送っていた原田だが、

「そんなもんかね……」

そう呟いて入口の戸を閉め、後片付けを始めようとした矢先のことだった。

ぎしぎし、たてつけの悪い玄関戸を開けて誰かが入ってきた。原田が振り返って見るとあの少年だ。修作が戻ってきたのだ。

きょろきょろと奥の方を覗き込み、誰かを捜している様子だ。

「木谷先生かい？　先生はもう帰っちまったよ。さ、夜も更けた。アメ玉をやるから坊主も早く帰って寝な」

そう言ってアメを渡そうとした原田だが、少年は目を大きく見開いて原田を見つめたまま受け取ろうという素振りさえ見せなかった。

そして次の瞬間だった。口許をゆがめたかと思うと、あっという間に見開いた目許いっぱいに涙をためるや、つうーと、その涙が堰を切って頬に伝い落ちてきた。

——さらに次の瞬間、

「ふぎゃーっ！」

とんでもない大きな声をあげて、猛烈な勢いで泣き出した。雷が落ちたかと思うほどの凄まじい声——号泣であった。

「お、おいボク……こりゃ、どうなってんだ……？」

慰めるいとまもあらばこそ、呆然として少年を見つめる原田の脳裏にさきほどの木谷の言葉が甦ってきた。

「泣き方の激しい子供ほど玄人に向いている」と。

「本物だよ。こいつは……しかし、何故また今頃……？」

泣き出すまでの時間のズレ、その理由がわからず戸惑う原田。

少年の号泣はちょっとやそっとでは収まりそうになかった。


翌日、碁会所には再び呼び出された木谷の姿があった。心なしかその口ぶりには興奮した様子が見てとれた。

「すると少年は突然泣き出したというんですか？」

「そう、宥《なだ》めるのに苦労しました。ただ、先生がおっしゃったように悔しさがこみ上げてきたものなら目的は先生にありと思いましたので『明日先生にはまた来て戴くから出直してきなさい』と言うと、納得したのか、しゃくりあげながらどうにか帰ってくれました。先生、いったい彼の行動をどう解釈されます？」

「どうもこうも私にはさっぱりわかりませんよ。どう納得のできる説明ができると言うのですか」

「そこなんです。私も寝つきが悪いので、いろいろ考えていたのですが、ひとつだけこれなら説明がつくのではないかという解釈に思い至りました」

「ほう、それはどういう……」

「その前に先生、ちょっと伺います。彼らは賭碁を生業《なりわい》としているわけですが、それを続けていくうえで彼らにとって望ましい状況とはどのようなケースと思われますか？」

「賭碁を続けていくうえでねぇ……そりゃ、金っぱなれが良くて碁の弱い旦那でもいりゃ一番いいのだろうけれども、なかなかそうもいかんだろうし……ま、荒っぽい稼ぎをしないのであれば、そここそ恵まれた相手がいる環境で無理をせず少しずつ稼いでいくのが、細く長くやっていける秘訣でしょうね」

「さすがによくわかっていらっしゃる。商人にとって何よりも大切なのはお客さんですよね。儲けようと思っても相手に大損をかけてはつきあいが終わってしまう。需要と供給のバランスが考えられるところです。そうして私はふとあることに気がついたのです。それはあの少年が初対面の相手と打つ時は必ず負けていたという事実です」

「むっ！」

「もうおわかりですね。どうやら彼は一局目は必ず負けるように親父から仕込まれていたと思われます。損して得取れですね。彼にとっての勝負は二局目からだったのです」

木谷の顔がみるみる赤みを帯びてきた。

「ほう、それで……」

「先生との対局も同じだったのです。彼にとっては怪童丸木谷などではなく、並みいるお客様の一人にすぎなかったのです。ただ打っているうちに玄人の凄さが伝わってきて、本気で打ちたくてうずうずしていたことでしょう。この一局だ。この一局さえ辛抱すれば、次は自分の力をすべて出し切ることができる。そういうもどかしさとそして楽しみを持って打っていたことでしょう。それで一局目が終わるや否や、すぐに四子を置いて二局目を打とうとしていた。ところが――」

「その二局目を取りあげられてしまったわけか」

「その場こそいったん引き上げはしたものの、彼にとっては堪らなかったのでしょう。このままでは二度とこの人とは打てないのでは……そう思うといてもたってもいられず戻ってきた。しかし、もうその人はいなかった――後は先生のおっしゃっていた少年達の心理と同じです。いや、自分の力を出していないのだからそれ以上だったと思います。気持ちが堰を切って、涙として溢れだしたということです――あくまで私の推測ですがね」

「なるほど……」

木谷が唇を噛んだ。

「その推測、おそらくそうはずれてはいないでしょう。我々は一〇歳になるかならんかの子供に見事に欺かれたわけか……原田さん、もう私は彼と打ちたくて我慢できないよ」

「先生に来て戴くと彼に言っときましたからおっつけ現れるでしょう。どんな碁を見せてくれるか私も楽しみですよ」

しかし、修作が再びこの碁会所を訪れることはなかった。話を聞いて、その生業からか、専門棋士との接触を嫌った父親が修作を連れて縄張りを移動したのだった。

ぴぴぴぴ、ぴいっぴいっ
ちいっちいっちいっ

鳥が囀っている。蝉の声もかまびすしい。青空に入道雲が湧き立ち、強烈な陽射しが止むことはない。

信州はいま夏の盛りを迎えている。谷川の清流が凄まじい勢いで流れていく。万年雪が残る上流からの雪融け水だ。その清流と並行するように一本の砂利道が通っていた。上流にある一軒宿の温泉へ通じている道だ。

普段は通る人などあまりない道だが、この日は二人の青年が宿に向かって歩を進めていた。いずれも絣の着物に袴姿、今でいう剣道着のような出で立ちだ。時世を反映してかどちらも坊主頭に剃り上げている。

大柄で眼鏡をかけている方が二〇代半ばくらい、小柄で端正な風貌をしている方が二〇歳くらいか、二人とも若さが漲っている。在りし日の木谷実と呉清源の姿であった。

木谷の方は既にその勇名を轟かせていたが、呉清源も決してそれに負けていなかった。北京で天才少年と呼ばれていた呉が見出されたのが大正一五年、その後訪中した日本人棋士達を軒並み打ち破り、昭和三年一四歳で来日、飛び付き三段を許される。そして遂に昭和七年、時事碁戦で木谷を上回る一八連勝を達成、囲碁ファンはこの竜虎の戦いが何時になるのか、固唾を飲んでその日の到来を待ち焦がれていた。

しかし強者は強者を知る。この二人は意外に仲が良かった。それぞれの芸を認め合い、雌雄を決する日が来るのを承知しながらも親交を深めていた。今回の旅行も木谷の夫人である美春の生誕の地である信州地獄谷温泉での避暑を兼ねた研究を行うということで、木谷から誘ったものであった。

同時に木谷にはもうひとつ楽しみがあった。それは修作との再会であった。相思相愛という言葉は何も男女の仲に限ったものではなかった。

あの日、原田の碁会所で再開を果たすことはできなかったものの木谷は修作を忘れることはできなかった。その後、普及の仕事で地方へ出かける際には必ずあの一局の棋譜を持ち歩き、碁会所での解説の実例として使用した。こうすれば何かの拍子に解説を聞いた者から彼に話が伝わることがあるのではないか――そういう一念であった。

そしてついに木谷の執念が実る日がやって来た。その日もいつもと同じように東北の田舎の碁会所で解説を終え、客達が席を立っていくなか、一人木谷を見つめ涙している少年がいた。背が伸び、丸かった顔はやや面長になり、少し無精ひげさえ生やしていたので最初はわからなかったが、それはたしかに修作であった。

修作の方も少年の日のわずか一時間ばかりの出会いである人物の顔は覚えていなかったが、一枚の棋譜が二人を繋いだ。ひいき筋に誘われて、渋々同行した解説会であったが、誰ともしらぬ解説を聞いているうちにあの時の悔しさ懐かしさを思い出し自然と涙していたのだった。あの夏の日から三年の歳月が経過していた。

修作を内弟子に取るということで父親を説得し、やっとのことで思いを成就させた木谷であったが、修作の碁は意に反したものであった。

その天稟《てんぴん》こそ感じさせるものの、内容はいたっておそまつ、およそ専門棋士としての格調のある碁とはかけ離れた「勝てばいい」式の賭碁打ちの碁となりさがっていたのだ。加えて流浪の身であり、尋常小学校にも通っていなかったということで知識・教養というものが皆無であった。とても普通の内弟子と同じように修業をさせるわけにはいかないので、業を煮やした木谷は美春の出身地である地獄谷温泉旅館に修作を預けた。幸いそちらには兵役の地満州で身体を壊して帰国、現在は彼の地に逗留して治療中である同門の田中三段という後輩がいた。修作はこの田中の薫陶を受け、専門家としての碁、並びに国語・算数・一般教養というものを学んでいった。田中はまめに木谷に便りを寄越《よこ》してくれたが、最近の手紙には修作の碁がだんだん田中の手に負えぬようになってきたと認《したた》めてあった。離れて暮らすこと一年、あの泣き虫だった少年がどれほどの成長を遂げたか——そのことを考えると思わずほくそ笑む木谷であった。

歩くこと二時間、やっと旅館が見えてきた。小川に架かった橋の向こう側にある民家を大きくしたような建物——これこそが後に野猿が露天風呂にはいりに来るということで、一躍日本中にその勇名を馳せた信州の名湯地獄谷温泉だった。

「や、またお世話になります」

勝手知ったる上《かみ》さんの実家、木谷が飄々として廊下を奥の間へ進んでいき、呉がすぐ後から続く。奥の間では案の定田中と修作が碁を打っていた。どすどすと乱入してきた木谷と呉に気付き、座り直した修作が嬉しそうに挨拶をした。

「先生、お久し振りです」

「あぁ……」

久し振りと言おうとした木谷の口が閉じられた。その眼は二人が打っている盤上に向けられており、次の瞬間、木谷の口から飛び出したのははまったく別の言葉だった。

「な……なんじゃ？　こりゃ……」


一にアキ隅、二にシマリ、三にヒラいて、四で飛ぶ。これが碁の布石の基本だ。碁とは極論すれば能率を競うゲームだ。

例えば一目を囲うのに隅なら二手、辺でも三手で済むが、中央なら四手かかる。それを表現したのがさきほどの格言だ。そしてそのとおり実践すれば打つ順番は当然隅から辺、三線から四線となるはずなのだが、今修作が打っている局面はまったく様相を異にしていた。隅や辺にほとんど石が置いていないにもかかわらず、中央部分にやたら石が飛び交っているのだ。それは言わば五目並べの配石のようであった。

呆然として硬直してしまった木谷をよそに呉の反応は早かった。立ちつくしている木谷を尻目に盤側に座るや局面を指さしながら二人と会話を始めた。挙句、田中と席を代わったかと思うと続きを打ち始めたのだ。呆気にとられたままの木谷の脇に席を追いやられた田中が来て囁いた。

「僕が手に負えないと言った理由《わけ》がわかりましたか？」

田中だけはまもなく故郷《くに》に帰り、残された三人で新型に対する研究が始まった。碁に着手禁止点以外に打ってはならない所などないということをいつのまにか木谷も呉も失念していた。そして既成観念に囚われる必要などないことを再認識させてくれたのは目の前にいるまだ素人と言ってもいい少年であった。

三人は三様の理由で新型の研究を進めていった。呉は隅を一手で制するスピードを、木谷は中央での戦いに有利な配石を、そして修作は中央に展開する大模様を。三人の異なる思想は中央志向という構想のなかで合致点を見出したのであった。一月《ひとつき》、二月《ふたつき》、連日続けられる研究でそれぞれが自己流の型を会得した頃、秋季大手合は目の前に迫っていた。木谷が呉と修作を前にして口を開いた。

「呉さん、修作、いよいよ山を降りる時が来た。とりもなおさずこの新戦法を使う時が来たということだ」

「わくわくしますね木谷さん、これは碁界を根底からひっくり返すかもしれませんよ」

呉が興奮を抑えきれない様子で語った。修作ももう黙っていられなかった。

「名前がいりますね先生、新戦法・あるいは空中戦法、いや新布石法とでも言いますか……」

「新布石？　おお、それがいいな。よし、呉さん、修作、我々はこの新布石法で昭和の碁会に嵐を呼ぶぞ！」

「先生！」

そして、嵐は吹いた。

昭和八年秋、木谷・呉・入段が叶った修作は秋季大手合いにおいて新布石法を実践し勝ちに勝ちまくった。最初のうちこそ奇異なものを見る目つきで批判論が多かったが、三人の勝率がそれを覆した。そうなれば批判する者より模倣する者の数が増えてきた。それらの者は三々や天元に満足せず、5の五や大高目、大目外しなどといういっそう奇抜な着手点を生み出し、中央主体の新布石法の流行に拍車をかけた。

解説書「新布石法」は碁界始まって以来の大ベストセラーになり、「新布石」は一般社会においても流行語になった。

その流れに乗って秋季大手合は高段の部で呉が一等、木谷が二等、低段の部も修作が制した。三人とその駆使する新布石法は絶頂の極みにあった。が、それを快く思わない者達がいた。時の権威者名人本因坊秀哉一派であった。

「黒を持って先着の効を持続するには、従来の布石の方が新布石より確実であり、優っていると考える」

秀哉は「新奇を好む勿れ」と題してそのように語った。

出る杭は打たれるという諺にあるように新旧の勢力の対立がピークを迎えた時、そのタイミングを計っていたかのように新聞社が名人最後の勝負碁を企画した。江戸時代以来、名人碁所の地位に就いた者は「お止め碁」と言って将軍との対局以外、一切の対局を禁じられていた。その名人を勝負の場に引っ張り出したのだ。すわ、誰が挑戦者になるのか、新旧布石の対立に決着はつくのか、囲碁界の興奮は頂点に達した。

名人最後の勝負碁は専門棋士の間でも賛辞をもって迎えられた。当時は大手合以外対局の機会はなく、対局料・指導碁の他はタニマチに頼らざるを得ないほど収入の場は限られたものだった。そんな中、突如設けられたこの臨時棋戦は対局料も破格で、自己アピールの場としては最高のものだった。

その檜舞台に立つべく修作は勝ち上がっていった。しかし低段者予選を勝ち抜いた彼を決勝トーナメントで待ち受けていたのはあの呉清源であった。

「呉清源、相手にとって不足はない」

入段以来これまで修作は負け知らず、全勝の星をひっさげての決勝トーナメント参入であった。しかし日本の碁界で木谷と並び、早くも第一人者として君臨しようとしている呉清源は別格であった。

序盤、中盤とそれとわからないうちに差をつけられ、ひろげられ、極めつけは中央の折衝であった。修作からはどう見ても要石としか思えない一団の石を呉は捨て石として利用したのだ。利かしを二つ打った後、敢然として大場にまわり、これで形勢は足りていますよというしたり顔だ。

「そんなバカな。これは種石じゃないか」

両者の見解は二分したが、呉の判断がわずかに勝っていた。高邁な見地からの微妙な差の賜物であった。――修作は一敗地にまみれた。

「修作見たか。あの捨て石こそが碁の神髄であり呉清源の真骨頂だ。それを理解せずして彼に勝つことはできぬ。捲土重来せよ」

木谷の評であった。

呉は余勢をかって挑戦者に躍り出た。囲碁ファンの望みどおり新旧の対決となり、先番の呉は三々、星、天元の布石を打ち、決戦は最高の盛り上がりを見せたが、惜しむらくはルールに不備があった。持ち時間各二四時間では一日打ち切りというわけにはいかない。必然的に打ち掛けになるのだが、封じ手制度はまだ存在せず、旧来の慣習に従って白番での打ち掛けになる。白番の優位は明らかで、呉清源、健闘及ばず二目差に泣いた。

名人最後の勝負碁と銘打った日本囲碁選手権から半年、その余韻も冷め、碁界は春の大手合を迎えていた。

前述したように専門棋士の対局の場はこの大手合しかない。修作も腕を撫してこの時を待っていた。しかし、その修作の存在は他の流派にとって脅威の的となりつつあった。木谷や呉ほどの実績もない弱冠一五歳の少年に新布石なるものを駆使されていいようにやられる。そんな屈辱がいつまでも許されるはずはなかった。

「不動修作を潰せ！」

他流派の包囲網が始まった。

修作潰し——それは不眠作戦であった。当時大手合は三日に一局、つまり中二日のローテーションで打たれていたのだが、持時間というものが存在していなかった。従って長考相次ぐ熱戦ともなれば徹夜の勝負になることも珍しくはなかったのだが、これを故意にするとなれば話は別だ。わざと不要な長考を繰り返し、一日で終わるものまで二日、三日と勝負を先延ばしにしていくのだ。そうなれば三日目の徹夜明けにやっと決着が着いた後、寝る間もなくすぐ次の対局に望まなくてはいけない。相手は修作との対局だけに集中すればいいがそれが続く修作の方は堪ったものではない。遂に身体を壊してぶっ倒れてしまった。

これには棋院の方も呆れてしまった。前途有為な若者ばかりがそのような目にあうなら出来の悪い者しか残らないではないか――ということで次回大手合からは持時間制が採用されることになり、修作包囲網は一期で霧散した。

障壁がなくなった修作は着実に段を上げていった。そうして三年の月日が過った。

一方、この頃の日本と世界の状況に触れてみると――昭和八年、国際連盟を脱退した日本はその後毎年のように総辞職を繰り返し、昭和一二年の時点では近衛文麿内閣が発足していた。中国においては昭和七年に建国した満州帝国が健在なまま、昭和一二年には盧溝橋事件が勃発、日中の関係は全面戦争に突入していた。またドイツはスペインのゲルニカを空爆、イタリアはエチオピアへ侵入と、第二次世界大戦への布石は着々とまかれつつあった。

昭和一二年は碁界にとって画期的な年となった。本因坊秀哉が引退を表明、それまで世襲であった本因坊の名跡を碁界に開放し、新聞社を後援とした実力本因坊戦が開催されることになった。

これにより実力さえあれば万人に本因坊位を獲得する機会が与えられ碁界は大いに沸き立った。二年前に設立された将棋の実力名人戦が秀哉の決意を決定的なものとしたのだ。

まず二年かけて挑戦者決定戦を行い、秀哉の引退記念対局を行う。その後からいよいよ実力本因坊戦が開始されるというスケジュールがたてられた。

修作は一八歳、三段になっていた。背はすらりと伸び、かつての洟《はな》たれ坊主が凛々しい青年に成長していたが、ざんばら髪と利かん気の強い顔つきが少年の名残りを留めていた。

めきめき腕を上げ、大手合で敗れることもまずなく、今は七段になった木谷や呉の牙城に迫っていた。秀哉名人との記念対局予選も軽く勝ち上がったが、本線一回戦であろうことか今度は師である木谷とぶつかってしまった。

「容赦はせぬぞ、修作」

師と弟子といえど油断をすれば寝首をかかれる下剋上、すなわち実力本位のこの世界、木谷は渾身の力をぶつけてきた。

碁は修作の大模様の中に木谷が飛び込んできて取るか取られるかの大一番となった。全知全能を賭けて読みあう両者であったが、修作の読みに遺漏があった。修作が読み捨てた中からとんでもない俗手を木谷が放ってきたのだ。動揺した修作が悪手を重ねて一気に決着が着いた。修作は呉に続いて木谷にも敗れてしまった。

「修作、昔の野性味が薄れてきたようだな。賭碁を打っていた時はそのような筋を見逃すお前ではなかったぞ。いま敢えて言う。俗筋を疎かにするなと」

木谷の言葉が胸に響く。いつのまにか専門棋士の打ち方に馴染《なじ》んで、芸の幅を狭くしていたのかもしれない。碁とはそんなものではない。木谷の教えはどこまでも深く遠いものであった。

名人の記念対局への挑戦資格は木谷が獲った。公平さを期するため今回は初めて封じ手制度が採用された。持時間各四〇時間という異例の対局は名人の体調不良もあり、決着まで半年を要したが、新時代の旗手である木谷が五目を残し、新旧交代の波は一気に加速された。

この一局は後にノーベル文学賞を受賞する川端康成が新聞に観戦記を連載し、さらに小説として著した。その小説「名人」から終局の様子を抜粋してみよう。

「しかしむしろ、六十五の老名人が病に苦しみながら、現役の第一人者の必死に食い下がるのを、先手の効を大方失わせるところまで、よくも打ったと言わねばならない。……『不敗の名人』は引退後に敗れた。……若い七段は打ち終えた時に『先生、ありがとうございました』と、名人に礼をしたまま、深くうなだれていて、身動きもしないのだった。両手をきちんと膝に揃えて、白い顔は青ざめていた」

梅雨に始まった対局が終わった時は師走になっていた。そして、いよいよ実力本因坊戦が開始された。


昭和一四年九月一日、ドイツ軍がポーランドに侵攻、第二次世界大戦の火蓋が切っておとされた。同年、日本では国民精神総動員法が発令され、ネオンの全廃、パーマネントの禁止などが決定、翌一五年には米・味噌・マッチなどの入手に切符制が導入された。日米の開戦は時間の問題と思われた。

修作は二〇歳、徴兵検査を受ける年齢に達していた。ひょろりと細いだけで肉付きがいいわけではないので結果は乙種合格、いつ召集されても応じられるように頭を丸めた顔つきからは一層の勝負師らしさが滲み出ていた。

この頃修作はある考えに取りつかれていた。それはかつての新布石のような新たに成立する手段がないかということだ。自分だけの必殺の新手、それを求めて棋譜並べに精を出していたが、何の手がかりも見出されないまま本因坊戦予選は始まった。

既に修作は力量的には木谷や呉と遜色のない境地にまで達していた。足許をすくわれることなく予選を突破したが、本線一回戦で当たったのはまたしても呉清源であった。しかも勝ったとしても同じヤマの次の相手は木谷になる確率が濃厚だった。三度、修作の前に大きな壁が立ち塞がった。

「クジ運が悪いのではない。つまるところ、この二人を倒さぬことには頂点を極めるなどできぬということだ」

それは真理だった。実際、修作を破った二人はいずれも名人本因坊への挑戦権を獲得している。言い換えれば、この二人さえ倒せば栄冠を手中にできるも同様ということでもあった。

呉との対局が開始された。修作の黒番だ。新布石の流行は去り、今は以前の空き隅優先の布石に落ち着いている。以前と違うのは空き隅を占める際に星や三々も多用されるようになったことだ。

この碁も四隅が交互に打たれた後、小目に一間高ガカリした黒石に呉は下ツケした。ごく普通の下ツケ定石の選択だ。が、ここで修作の着手が止まった。一〇分、二〇分、時間が過つ。三〇分、まだ打たない。

呉が何を考えているのかと修作の顔をのぞき込む。修作の眼は問題の隅を睨んだままだった。何やら一心に読みふけっている。

（まさか？）

呉にはぴんとくるものがあった。地獄谷での研究会の際、このような場面で、何かの拍子に呉がツキアタリを打ったことがあった。いかにも俗手ということで深く研究することもなく形を崩してしまい、その後は考えることもなかったが……

（あの手を考えているのか、しかし、研究済みの手ならもう打ってきてもいいはず、ならば彼もこの場で思い至ったということか）

呉のこめかみに冷や汗が流れた。

はたして一時間の長考の末に打たれた着手は――４の四、まさにそのツキアタリの俗手だった。素人でも有段者なら到底打つことのないとんでもない悪手？　だ。

ぴくり、呉が一瞬表情を動かしたが、ノータイムで押さえる。修作の５の三上辺のハネに対して４の六左辺をハネ返す。これで修作の黒石は上下をハネられたダメヅマリの悪形になってしまった。

内心の動揺を押さえて、さあどうしますかという涼しい顔で呉が修作を見つめた。どう打っても悪くなるはずはないとその顔に書いてあった。ところがこれは現代で言う小ナダレ定石、立派に成立する一手なのだ。

「俗筋を疎かにするな」

木谷の評を脳裏に留めていた修作はあえて火中に栗を拾ったのだった。

その隅から始まった戦いは双方五分の別れで一段落したのだが、納得のいかないのは呉清源の方だった。

（そんなバカな。あんな手が成立するはずがない。もっと得する筋を見逃したのでは……）

棋士は貪欲だ。一目にも満たない損得で一喜一憂する。ましてや、かつて自らが打った一手を逆手に取られて、このような目にあわされるなんて……

呉清源ほどの棋士でも手応えと結果のズレから理解不能のエアポケットに陥ってしまった。感情のジレンマが疑心暗鬼となり以後の着手に精彩を欠いた。結果、呉は修作に名をなさしめることとなった。

呉を破った。この結果に一番驚いたのは修作本人だったかもしれない。あの場面で不意に思い出して修作が繰り出した呉清源のものとも言える新手に動揺した呉は変調をきたし自ら土俵を割ってしまった。しかし喜ぶ勿れ。壁はもう一枚ある。師である木谷を倒さぬことにはこの勝利も意味がないのだ。

新手は白日の下にさらされた。木谷が受けて立つかどうかはわからぬが、じっくり研究はしてこられるだろう。次の一局こそ本当の大一番なのだ。修作もまた対局までの数日間新手の研究に心血を注いだ。

数日後、日本棋院二階対局室は本因坊戦準決勝のため、和室の対局室二部屋があてられていた。が、ほとんどの視線は木谷実対不動修作、この師弟対決に向けられていた。かたや優勝候補の大本命、もう一人はその弟子でありながら同じく優勝候補の呉清源を奇妙な新手で下した弱冠二〇歳の青年。この数日間、話題はその新手でもちきりだった。あんな俗筋が成立するはずがない。いや、呉清源を相手に五分の別れをしたなら立派な新手だ。賛否両論、結論は出なかった——というより、結論は対局者である木谷に委ねられた感があった。

握って修作の白番、衆目を浴びて木谷が打ったのは小目、空気がひときわ引き締まった。修作の一間高ガカリには下ツケで応じた。新手を誘っている——おそらくは十分な研究をしてきたのであろう、来るなら来い、木谷の自信のほどが窺えた。

修作に否《いや》も応もない。ツキアタってギャラリーの望むとおりの展開となった。が、木谷はすぐにはハネずに一本ノビ、白のソイを待って三子にしてからハネあげてきた。さらにはアテられてノビこんだ石をぐいと外にマゲてきた。現代で言う大ナダレ外マガリの進行となった。双方の石が競り合ったまま軋みあう。一手も揺るがせにできないしのぎあいで、絡み合った石が中央へと進出してくる。

盤面のおよそ四分の一が埋まったが、部分的にも大局的にもまったく五分と五分の展開であった。しかし木谷には失念していたことがあった。五分と五分の展開であれば、この本因坊戦予選で初めて採用されたコミが負担になるのだ。四目半のコミが木谷に大きくのしかかってきた。

乾坤一擲、必死の反撃を試みるも時既に遅し、起死回生には至らずわずかに一目半、木谷は修作の軍門に降《くだ》った。弟子が師を越えた瞬間であった。

終局してすぐ修作は座布団からすべりおり、横の畳に座り直すや手をつき深々と頭を下げた。

「先生、ありがとうございました」

上座で疲労困憊の青ざめた顔を引きつらせて木谷はその言葉を聞いた。それはさながら、一年前の秀哉—木谷戦の終局場面が再現されたかのようであった。

かくして修作は決勝に名乗りを上げた。もう一方の山を勝ち上がったのは中堅の佐藤六段——修作が呉・木谷を連破したからこそ浮かび上がったような人物だった。

決勝戦は一週間後、日本棋院で。誰もが修作の勝利を疑わなかった。しかし、この時交差した二つの悪意が彼を襲うことなど、当の修作は知る由もなかった。

その一つ、伏したまま動かない修作をギャラリーの中から見下ろす二人の人物があった。うち軍服を着た男が和服を着た大店《おおたな》の主風《あるじふう》の男に声をかけた。

「あれだな、不動修作というのは」

「そうです大佐、ここはひとつ佐藤のために宜しくお願いします」

春の宵、雲間に月が見え隠れしている。朧月夜だ。心地よい風が吹いている。火照った頬に当たるとすこぶる気持ちがいい。絣に袴姿の青年が隅田川の土手をふらふらと千鳥足で歩いていた。修作だ。実力本因坊戦の決勝に勝ち進んだということで若手の有志達が祝杯をあげてくれた。まだ早いと固辞したのだが聞いてくれる連中ではない。

「おめでとう、第一期本因坊」

「佐藤六段など君が呉・木谷先生を連破したから浮かび上がってきただけのことだ」

「本因坊修作か、いかにも聞こえがいいな」

「幕末の秀策よりこれからは昭和の修作の時代だ」

口々に勝手なことを言っていた。口では謙虚なことを言っていても修作も同じような気持ちだった。「勝って兜の緒――」という気持ちと、今日一日ぐらいという思いが交錯して後者が勝った結果だった。

酩酊した足許が覚束ない。土手から足を踏みはずさないようなるべく下を向いて歩いていたのだが、前方に二本の足が見えたので立ち止まった。この夜中に出歩く人間がほかにもいたかと確認するために上を向こうとしたところ、その人物が話しかけてきた。

「不動修作さんですか？」

（おやっ）と一瞬不振に思ったが、

「あ、はい」

と返事をした次の瞬間だった。いきなり後ろから羽交い絞めにされ口許に布をあてられた。麻酔薬を染み込ませてあったのだろう。不覚にも意識を失った修作を数名の男達がかついで停めてあった車に積み込むと何処ともなく去っていった。

「何、修作が行方不明？」

決戦を前にして、心構えを伝授しようと木谷が内弟子を修作宅に遣ったのだが、返ってきた返事はそうであた。

「はい、郵便物も開封した形跡もなくたまっており、近所の人に聞いてもここ二、三日見かけないということで……とりあえず、連絡するようにという伝言の用紙を玄関にはさんできましたが……」

「そうか、どこかに修業に出たのかもしれんし、いずれにせよ明日明後日《あすあさって》のうちには何らかの連絡をよこすだろう」

そう言って自らを納得させた木谷だが、前々日が前日になっても修作からの連絡はなかった。そして不安要素が拭われないまま決戦の日はやって来た。


第一期本因坊戦決勝戦は昭和一五年四月吉日を予定していた。花曇り、満開の時季を過ぎた桜が折からの春の強風にあおられ次々と花びらを散らして、幾枚もの舞った花びらが建物や路上を行く人に降り注がれていた。

ここ日本棋院正面玄関前では、花びらをよけようともせず立ちつくしている一人の男がいた。木谷実であった。対局開始の時刻が刻一刻迫っているというのに未だ姿を現さない修作のことで不安の念をかきたてられ、居ても立ってもいられず玄関前まで出てきていたのだ。

街中は人通りもあまりなく静まりかえっていた。木谷はその雰囲気のなかから勝負の緊張感とは別の何やら得体の知れぬ殺気のようなものがまとわりついているのを感じとっていた。それは勝負師としての勘がなせる業であろうか、例えて言えば、あたかも蜘蛛が網を張り巡らして獲物を待っているような気配だった。しかしぐるりを見渡してもその気配の正体はわからなかった。

その時だった。突如一台の乗用車が現れたかと思うと後部座席から人ひとりを放り出し、猛スピードで走り去っていった。疾風迅雷、あっという間の出来事であった。

何が起こったか理解できず、ほとんど硬直状態におかれていた木谷だったが、車から放り出された人影が動くのを見て呪縛から解き放たれたかのように駆け寄った。そして助け起こそうとした時にそれが修作であるということに木谷は気付いた。

「せ、せんせい……」

やっとのことで声を上げた修作だったが、木谷はその顔を見て再度驚かされた。眼窩は大きく窪み、眼の下には黒い隈ができており、頬はげっそりとこけている。さらには青紫色の痣が顔だけに留まらずその腕にも見受けられる。いったいこの数日で修作に何が起こったというのか。これが今から決勝戦を打つという男の顔か。

（ともかく、すぐに救急車を呼ばねば……）

そう思い、誰かを呼ぼうと修作を抱きかかえたまま木谷が振り向こうとした時だった。ばたばたと木谷のまわりを数名の男達が取り囲んだ。

「むっ？」

ただならぬ雰囲気に木谷の顔に緊張が疾《はし》った。しかし男達が見ていたのは木谷ではなかった。責任者らしき男が一歩足を踏み出して言った。

「不動修作だな。貴様を連行する」

「……何だって……？」

今にも閉じそうな瞼《まぶた》を無理に押し開き、腹の底から声を振り絞るようにして修作が問い返した。

「連行されるような覚えなどない。大体何者だ、お前達は？」

それを聞いて男が不敵な笑みを浮かべ近付いてきた。

「いい度胸をしているな。憲兵に向かってそういう科白《せりふ》を吐くとは」

「憲兵？」

それを聞いて驚いたのは修作よりむしろ木谷を始めとする囲碁関係者だった。尋常ならぬ騒ぎを聞きつけ、いつのまにか立会人や新聞記者等関係者全員がこの場に駆けつけていた。

憲兵とは軍隊内を掌《つかさど》る軍事警察のことで、その手荒さは国家警察も一目置くと言われ、鬼より怖いと謳われた組織だった。

よく見れば全員カーキ色の上下、詰め襟で、軍服を模した服装に前つばの帽子をかぶっている。ドイツの秘密警察ゲシュタポをモデルにしたとも言われるその制服は恐怖の象徴でもあった。

「不動修作、召集令状発令にもかかわらず、招集日に連隊に出頭することもなく、このような場所《ところ》にぬけぬけと姿を現すとは不届き至極。畏れ多くも陛下からの召集を何と心得とるか！　連行、重営倉入り後、軍事裁判で確固たる処分を下す故、覚悟しておけ！」

修作の顔色が変わった。

「ま、待ってくれ。ボクは今まで拉致されていて、そんな令状の来ていることすら知らなかったんだ。だから……」

何を言おうと、修作の弁解に耳を貸すような連中ではなかった。

「問答無用、それっ、連行しろ！」

忽《たちま》ち男達が数名がかりで修作を羽交い締めにし、車に乗せようとした。

「先生、助けてください！　ボクは――」

堪《たま》らず木谷が取り組ろうとするのを振りほどいた憲兵は、

「文句があるなら、あとで連隊まで来い！」

そう言い残して、修作を攫《さら》っていってしまった。取り残された木谷や碁界関係者は何が何やらまったく理解できないでいた。

その日のうちに木谷は修作宅を訪れ、未開封の赤紙を手にすると連隊本部に足を運び、修作の弁護を図ろうとしたが、日米開戦を間近に控え勇み立っている軍部は取りつく島もなかった。逆に棋院に対し召集を無視した非国民に何らかの処分を下さないことには棋院組織そのものに良くない方向で裁定が降りることになると圧力をかけてきた。

この時期、軍部の言うことは絶対だった。理事会を開き、修作に対する欠席裁判を断行した。結果は木谷の弁護にもかかわらず、除名処分となり、修作は一方的に碁界を追放されることとなった。初代本因坊には不戦勝で佐藤六段がその座に就いた。

修作の名誉回復のために幾度となく棋院や軍部に足を運んだ木谷であったが、修作との接見すら叶わず、時代はそれどころではない方向へ闇雲に突き進んでいった。

日本が真珠湾を急襲し、太平洋戦争が始まった。最初こそ景気の良かった日本軍ではあったが、ミッドウェー海戦で惨敗を喫してからは敗走を重ね、次第に暗黒の時代へ入っていった。

昭和一九年夏、木谷にも召集令状が届いた。その頃には棋院に所属する棋士達も次々に召集されてその数は随分と淘汰されており、木谷はなかば投げやりな気持ちになっていた。

少し前、修作の召集は佐藤六段のひいき筋が軍部の縁故に頼ったからだというまことしやかな噂が流れていたが、そんなことはもうどうでもよかった。ただ、あれ以来消息を絶ったままの修作の行方のみが気がかりだった。

そんな折、休暇が取れたということで、既に入隊していた田中が木谷を訪ねてきた。前回の召集で身体を壊し、地獄谷で湯治をしていたあの田中だ。今回が二度目の召集ということになる。田中は空軍に所属し、軍需物資の空送などに携わっていた。今や制空権は完全に米軍のものだった。その間隙を縫っての大陸や南方戦線への飛行だ。見つかれば必ず撃墜される、まさに命がけの毎日を送っていた。一期一会、今会っておかなければ次に会う機会があるかどうかさえわからない身であった。しかし田中が木谷を訪問した理由は末期《さいご》の挨拶ばかりではなかった。

「先生、ボクは修作と会ってきました！」

「何！　しゅ、修作と……！」

思わず口ごもる木谷、あの春の日の別離から三年、ぷっつりと音信の途絶えたままだった修作、その修作の手懸かりが初めて木谷の耳に飛び込んできた。

「何処《どこ》だ？　修作を何処で見かけたんだ？」

「硫黄島です」

「硫黄島……！」

硫黄島、それは日本とサイパンとのちょうど中間地点にあり、日本の南方約一、二〇〇キロメートル、小笠原諸島の南西に位置する常夏の島だ。本土空襲への燃料補給の拠点として戦略上絶好の位置に存在する。日本軍は栗林忠道中将以下二万名の兵を送り出した最激戦地だ。

「君も制空権を握られている中、よく生きて帰れたな」

「ええ、おそらくこれが最後の飛行になったのではないでしょうか」

田中の話では島に物資を届けた後、兵からの手紙等を積み込むのに時間がかかり、その待ち時間の間に田中を見かけた修作から話しかけてきたという。

「ひどいものですよ。みんなガリガリに痩せていて腹だけぽっこり膨らんでいる。古画に載っている餓鬼のようで栄養失調の典型ですね。髪も髭も伸び放題で、落ち窪んだ眼だけやたらギョロギョロしていましたね。修作も同様で最初は話しかけられても誰だかわかりませんでした。我々用の簡易食を分けてやるとやっと人心地ついたようでいろいろ話してくれました」

田中の聞いたところによると、修作が決勝を前に行方不明になったのは、どこやらの組組織《くみそしき》に拉致され、八百長を強いられたためだったと言う。普通、組織が専門棋士に接触するようなことはないのだが、蛇の道は蛇、以前修作の父が彼らと連《つる》んでそういったことに及んだ経緯があったらしい。

加えて呉・木谷を連破した修作に一方的に掛け率が偏っていたので、それがひっくり返った時には相当な収入が見込まれるので、殴ったり宥《なだ》めたり賺《すか》したり、果ては食事抜きや眠らせないという拷問にまで及んだが、修作があくまで拒否したので、それ以上大事にならぬよう対局前に開放したということだった。無論、赤紙などまったく知る由のないことで、拉致期間中にそんなものが届いていたのは不運としか言いようのないことだった。

さらに連行された軍部でも理不尽な拷問を受け、本来なら最激戦区の南方戦線に送られるところであったが、棋士不動修作を知る人物がおり、わずかに修作の言い分が認められてか、出征先は硫黄島となったのであった。

とまれ修作は生きていた。木谷の不安を裏切って彼はまだ生きていたのだ。ここ数年感じることのなかった安堵の気持ちが木谷を包んだ。

「修作よ、よく生きていてくれたな」


田中は修作から託されたという手紙を木谷に渡して帰っていった。次はいつ休めるかわからないので、これから実家へ向かうと言う。貴重な時間を割いてまで来てくれた田中に対して木谷は感謝の念を送り、その無事を祈った。

そして修作の手紙を開いた。材質の悪いざらばん紙に急いで書いたものだろう。荒っぽい字がほとんどなぐり書きの状態で並んでいた。


「先生、ご心配をかけたと思いますが、ボクはまだ生きています。この南方の地で暑い日を過ごしていると先生と一緒に過ごしたあの信州の日々が思い出されてなりません。思えばあの頃が一番楽しかったんでしょうね。碁はつくづく平和な時代背景があってこその産物だと思います。

さて、先生は覚えておられますか。以前ボクに二つの課題を出されたことを。それぞれ先生と呉先生に敗れた時のものです。

まずそのうちの一つ目「俗手を疎かにするな」に関してですが、これについては例のツキアタリ戦法で返事に代えさせて戴きました。もともとは呉先生の軽い気持ちの発案なのですが、いざ実践でとなるとさすがに先生も呉先生も苦慮されたかと思います。

もう一つの課題は「捨て石こそ碁の真髄である」でしたね。こちらも間もなく果たせそうです。もうすぐ米国の大軍がこの硫黄島に総攻撃をかけてきます。今までのどんな戦いよりも激烈な文字通りこの島における最終決戦が展開されることでしょう。その時こそ御国のためボクは――ボクは捨て石となって戦うつもりです。

何と見事なものじゃないですか。この正念場で先生の教えをいかせるなんて。国を守って先生の課題にも応える――まさに一石二鳥の両アタリですよね。

――さて、田中さんの乗る飛行機の離陸時間が迫ってきたのでもうあまり書けません。

先生、短い間でしたがありがとうございました。先生の教えのおかげで後顧の憂いなく戦えます。自分で言うのも何ですが、最後まで先生の教えを守るいい弟子だったでしょう。先生の褒めてくださる笑顔が目に浮かぶようです。何年経とうが弟子にとって師匠のお褒めに勝るものはありませんからね。

それでは一足お先に真の地獄谷《ほんとう》へ行ってまいります。後日お会いすることがあれば一局ご指南ください」

修作の手紙はこう結ばれていた。震える手で手紙を翳《かざ》そうとした木谷は、ふと裏面にも文字が書かれてあるのに気付いた。そこには震える文字でこう認《したた》めてあった。

「先生、ボクはもっと……もっと碁が打ちたかった」

これが修作の本音か？　懊悩から絞り出した魂の片鱗か？　堪らず手紙を握りしめて木谷が言った。

「ばかもの。私はそんな捨て方を教えた覚えなどないぞ！　何がいい弟子だ。こんな覚えの悪い弟子がいるものか。もう一度……もう一度、一から鍛え直してやる。いいか、そのためにも……必ず還ってくるんだぞ！」

きらりと木谷の頬を伝うものがあった。

まもなく木谷も応召した。

そして、翌昭和二〇年三月、硫黄島は玉砕した。

広島、長崎に原子爆弾が投下され、八月一五日終戦の日を迎えた。

各地に散っていた棋士達もぽつりぽつりと還ってきた。

しかし、不動修作が還ってくることはなかった。

以上が私（堀内）が知り得た不動修作の生涯だ。取材を終えた後、木谷師は安堵したかのようにまもなく息を引き取った。

不明な点は呉師に補足を依頼し、発表できるだけの体裁は整ったのだが、雑事に追われずるずると今日まできてしまった。その間、修作に陽の目が当たるようなことはなかったのだが……


吹奏楽の演奏が鳴り響いた。見事に晴れ渡った秋の空にその音楽が吸い込まれていくようだった。

信州長野県は囲碁王国を自称し、毎年この地に囲碁のタイトル戦が招聘されている。その長野県でかつて一世を風靡した囲碁の研究が為されたことがあった。そう、あの新布石である。

昭和八年、木谷実・呉清源はこの地において新布石の研究を行い、その布石で日本の碁界を席巻する大ブームを巻き起こし「新布石」は碁界のみならず一般社会においても流行語となった。

囲碁王国を自負する長野県でこれを放っておく手はないということで、この地獄谷温泉に「新布石発祥の地」の記念碑が建てられることになった。話はとんとん拍子に進み、平成一五年一〇月一二日、新布石の研究から七〇年の時を経てその除幕式が披露された。

テープカットを終えて記念碑を覆っていた白布が剝がされた。台座と合わせて身の丈二メートルはあろうかという黒の巨大な一枚岩に「新布石発祥之地」という文字が彫られている。

市長の挨拶、そして今なお健在な呉清源が当時を顧みて所見を述べる。好天に恵まれてセレモニーが進行していく。やがて拍手でもってお披露目はお開きとなり、三々五々、別に設《しつら》えてある食事会場へ足を運び、人の数はまばらになっていった。

私(堀内)はその一部始終を末席から眺め、当時に思いを馳せていた。そう、木谷・呉と並んで新布石革命に貢献した不動修作のことを考えていた。

木谷師から取材をした不動修作の記事は、この時点では世に出ることなく棋院預りになっていた。これが公表されると今でも支障のある人物がいるということだろうか。今日のセレモニーでも当然のことながら彼のことに触れた発言はなかった。私は呉師だけには随分と取材に協力を戴いたので、今日はあらためてお礼とお詫びを言う機会を窺っていた。

やがて参列者は全員いなくなったが、呉師だけは名残惜しそうに碑を見ながらいつまでもそこに佇んでいた。昼とはいえ信州の風は冷たい。呉師の体調を懸念して近づこうとしたところ、ちょうど振り向いた呉師と眼が合った。師は私を招くようにしたので尾《つ》いていくと、通常のルートからはずれた杣道《そまみち》のようなところへ入っていった。なおも尾いていくと少し開けた場所に出た。墓石がいくつか並んでいる。共同墓地のような場所だろうか。

その一角で師は立ち止まり再度私を招いた。小さな墓石の前、それほど古い物ではなさそうだ。名前は……

「不動修作……！」

その名が私の口をついて出た。師がいつもの穏やかな表情で答えてくれた。

「そう、戦後に私と木谷さんとで建てたものです。中には彼の遺品となったあの手紙が入っています。私達にできることはこれくらいでした」

不動修作は木谷と呉の胸の中で生きていたんだ。眼の前の小さな墓石がそれを語っていた。そう思うと私は感無量だった。

木谷・呉が並立した後の碁界は昭和のタイトル王坂田栄男が一時代を築いた。その坂田を破ったのは呉の弟子である林海峯だった。

その林海峯を石田芳夫が倒して木谷門の台頭が始まった。石田を同門の先輩大竹英雄が破り、さらにその大竹を後輩の趙治勲が……歴史は繰り返す。木谷・呉の戦いは次世代に引き継がれ、綴られていく。

木谷一門は現在孫弟子まで含めた専門棋士は五〇人以上、合計段位は五〇〇段を越え、その碁界に及ぼした貢献度は図り知れないものがある。

その総帥木谷實をして、かつて最初にして最強の弟子と言わしめた男がいた。

その男は強かった。

が、その男は生きる時代を誤った。

生まれ変わることができるのならば、彼が望んだ平和な時代に生を受けるがいい。

その男はこの地で眠っている。

世間の喧騒を離れて――

彼が一番楽しかったと述懐したこの地獄谷の地で
彼は眠っている。

今は静かに眠っている。


（完）

註／この作品はフィクションです。実在の人物・団体・事件とは一切関係がありません。

【著者紹介】

真宮　正次（まみや　しょうじ）
1956年大阪市内で生まれる。父が京都出身であるため、多少そちらの方面には縁が深い。大阪府内の高校を卒業後、運送会社に就職。在籍時は旅行部・総務部等に所属。国内外各地へ出張し、地理・歴史への興味を深める。定年退職後、当時の経験を活かし小説を書き始める。

夏《なつ》の夜《よ》のカヨ

2023年9月18日　第1刷発行

著　者 ― 真宮《まみや》　正次《しようじ》

発行者 ― 佐藤　聡

発行所 ― 株式会社 郁朋社《いくほうしや》

〒101-0061　東京都千代田区神田三崎町2-20-4
電　話　03（3234）8923（代表）
ＦＡＸ　03（3234）3948
振　替　00160-5-100328

印刷・製本 ― 日本ハイコム株式会社

 ISBN978-4-87302-800-2 C0093